KB211132

# 난장이가 된 범여왕

동화로 쓴 본생경 · 6

# 난장이가 된 범여왕

한국 불교아동문학회 엮음

대양미디어

# 본생경 동화는 꿈을 안내하는 길

한국 불교아동문학회 회장 이 창 규

한국 불교아동문학회에서 여섯 번째로 〈동화로 쓴 본생경〉을 내게 되었습니다.

어린이들에게 본생경의 이야기들은 지금의 현실에 맞지 않을 수도 있고, 이해하기 어려운 내용일 수 있어서 우리 회에서는 오늘의 어린이 수준에 맞는 이야기로 고쳐쓰는 일을 계속해서 추진해 왔던 것입니다.

본생경 동화 읽기는 포교활동의 일환이기도 합니다. 부처님이 남기신 재미있는 이야기인 본생경 읽기는 성인들 보다 자라나는 어린이들이나 동자승들을 기준으로 하였을 때 백년 앞을 내다보는 기대활동이기도 한 것입니다.

본생경 이야기는 부처님의 말씀이어서 오늘의 어린이에게는 어렵기도 하거니와 지금의 현실과 맞지 않을 수도 있어서 그 내용을 오늘의 감각으로 고쳐쓰지 않을 수 없어 우리 회에서는 이 일을 계속해 왔습니다. 이런 활동을 통해 우리 회는 부처님을 모르는 어린이들에게도 포교 자료로서 역할을 할 수 있을 것으로 생각합니다.

뿐더러 이 본생경 동화집은 어린이들의 선행지도와 가르침에 대한 인성자료로서도 한 몫을 하게 될 것으로 생각합니다.

끝으로 본생경 동화집을 발간하도록 도와주신 조계종 총무원에 고마움을 전하고, 책이 나오기까지 협조를 아끼지 않으신 대양미디어 관계자와 더위에 이 일에 참여해 주신 회원 여러분들께 감사드립니다.

불기 2559(2015)년 가을에

# 차 례

# 열매의 주인은 누구일까요?

박 춘 희〈애락혜〉

전생에 지혜로웠던 보살이 원숭이로 태어났습니다. 보살은 수많은 원숭이를 거느린 원숭이왕이 되었습니다.

히말라야 설산 아래에 마을이 있었습니다. 그 마을은 사람들이 살기에 여러 가지로 불편했습니다. 사람들이 마을을 떠나기 시작하면서 빈집이 늘었습니다. 텅 빈 마을은 마침내 원숭이들의 세상이 되었습니다.

마을 입구에는 넓은 터가 있었습니다. 그 가운데 진두가나무가 있었습니다. 진두가나무는 땅속 깊이 뿌리를 박고, 사방으로 가지를 뻗었습니다. 잎이 무성해진 뒤에 꽃이 피었습니다. 꽃이 진 자리에는 열매가 주렁주렁 달렸습니다.

진두가나무는 원숭이들의 신나는 놀이터였습니다. 나뭇가지 사이로 건너뛰거나 매달려 그네를 탔습니다. 어린 원숭이들은 푸른 잎사귀 사이로 몸을 숨겨 술래잡기도 했습니다. 놀다가 배가 고프면 진두가 열매로 배를 채웠습니다. 잘 익은 진두가 열매는 부드럽고 달콤했습니다. 한 번이라도 먹었다하면 누구도 그 맛을 잊지 못했습니다.

마을을 떠났던 사람들이 다시 돌아오기 시작했습니다. 처음에는 열댓 명이 왔습니다. 낡은 집을 손질하고 가족들을 데려왔습니다. 하루가 다르게 사람들이 늘면서 원숭이들은 설산으로 되돌아갔습니다.

진두가나무는 올해도 가지가 휘도록 열매를 달고 있었습니다. 마을 사람들은 진두가 열매를 독차지 하고 싶었습니다. 원숭이들이 진두가 열매를 따먹지 못할 방법을 찾았습니다. 진두가나무 둘레에 대나무로 울타리를 세웠습니다.

설산의 원숭이들은 자주 마을 얘기로 꽃을 피웠습니다. 많은 원숭이들이 진두가나무에서의 추억을 즐겁게 떠올렸습니다.

"사람들은 왜 마을로 돌아왔을까?"

"진두가 열매 때문일 거야."

"맞아. 우리도 그 맛을 못 잊잖아."

"사람들은 진두가나무를 심지도 않았는데, 왜 주인행세를 할까?"

"열매가 익는 것은 비와 바람과 햇볕 덕분인데!"

"비와 바람과 햇볕은 주인 행세를 하지 않아. 가서 따먹자."

"붙잡히면 어쩌려고?"

왕은 원숭이들이 얼마나 진두가 열매를 먹고 싶어 하는지 알고 있었습니다. 그렇지만 그들이 바라는 대로 해 줄 수는 없었습니다. 교활한 사람들이 가만있을 리가 없기 때문입니다.

근육이 단단하고 힘센 원숭이와 행동이 빠른 원숭이가 나섰습니다.

"대왕마마, 다들 마을로 내려가고 싶어 야단입니다. 사람들이 잠든 사이에 다녀오겠습니다."

"진두가 열매는 요즘이 한창입니다. 하룻밤만 허락해주십시오."

왕은 망설였습니다.

"어떤 위험이 닥칠지 생각해 봤느냐?"

두 원숭이가 다시 간청했습니다.

"조를 짜서 질서 있게 움직이겠습니다."

"제가 앞장서고, 날쌘 친구는 망을 볼 것입니다."

생각에 잠겼던 왕이 마침내 고개를 끄덕였습니다.

다음 날, 원숭이들은 해질 무렵 마을로 향했습니다. 뒷산 바위에서 어둡기를 기다렸습니다. 한밤중이 되자 집집마다 불이 꺼지고 마을도 잠든 듯이 고요했습니다.

높이뛰기 선수 같은 원숭이들에게 대나무 울타리는 문제없었습니다. 보름이 가까워 달빛마저 원숭이들을 도왔습니다. 힘센 원숭이는 앞장서서 조별로 이끌었습니다. 눈 깜짝 할 사이에 커다란 진두가 나뭇가지는 원숭이들 차지가 되었습니다. 두 원숭이는 저만큼 물러나 주변을 살폈습니다.

얼마쯤 지났을까, 마을 입구에 사람의 모습이 보였습니다. 이웃

마을로 문상을 갔다가 늦게 돌아오는 사람이었습니다. 그는 진두가나무 옆을 지나다가 걸음을 멈추었습니다. 수많은 원숭이들이 진두가나무에서 소란스럽게 움직이는 모습을 본 것입니다. 그는 숨을 몰아쉬며 마을로 내달렸습니다. 집집마다 문을 두드려 원숭이 떼가 나타났다고 소리쳤습니다. 잠결에 놀란 사람들이 허겁지겁 밖으로 나왔습니다. 원숭이를 때려잡자고 입을 모았습니다. 어떤 사람은 밭갈이에 쓰는 연장을 찾았습니다. 사냥꾼은 활과 화살집을 어깨에 걸쳤습니다. 톱이나 칼을 들고 나온 이도 있었습니다. 하다못해 막대기나 돌멩이까지 움켜쥐고 나왔습니다.

사람들이 어찌나 빨리 모였는지 방법을 찾을 틈이 없었습니다. 두 원숭이는 진두가나무를 에워싼 사람들을 뒤에서 지켜봐야만 했습니다.

"밤중에 몰래 와서 훔쳐 먹다니, 이 원숭이 도둑놈들아!"

흥분한 사람이 소리치자, 여기저기서 맞장구를 쳤습니다.

"날이 밝기만 해봐라."

"한 놈도 도망 못 가게 막아야 해."

"팔면 고스란히 돈이 되는 값비싼 열매를 저 원숭이들이 감히……."

포위된 걸 알아챈 원숭이들은 숨도 크게 쉬지 못했습니다. 겁에 질려 떨고 있는 원숭이도 있었습니다.

두 원숭이가 머리를 맞댔지만 해결책이 떠오르지 않았습니다. 우선 위급한 상황을 왕께 알리기로 결정했습니다. 힘센 원숭이가 남아서 망을 봤습니다.

"대왕마마, 큰일 났사옵니다. 무장한 사람들이 진두가나무를 에워싸고 있습니다."

"염려했던 일이니 겁낼 것 없다. 사람들이란 일이 많은 법이다. 너희들을 죽이려고 벼르는 일보다 더 큰일을 만들어야겠구나."

왕은 날쌘 원숭이를 안심시켰습니다. 그리고 명령을 내렸습니다.

"아직은 한 밤중이니 먹고 싶었던 진두가 열매나 실컷 따먹도록 해라."

왕의 명령을 전해 듣고 원숭이들은 안심했습니다. 왕은 어떤 위기도 지혜롭게 해결하는 분이라 믿기 때문입니다. 아니면 어둠속에 뒤엉켜 큰 혼란이 일어났을지도 모릅니다.

왕은 설산에 남아있는 원숭이들을 불러 모았습니다.

"대왕님, 세나카가 보이지 않습니다."

세나카는 왕의 조카였습니다.

"걱정 마라. 세나카는 여기 없어도 너희들에게 행운을 가져다 줄 것이니라."

오후부터 낮잠을 즐기던 세나카는 원숭이들이 마을로 간 줄도 모르고 잠만 잤습니다. 세나카가 깨어났을 무렵, 원숭이들은 뒷산 바위근처에 있었습니다. 세나카는 밤이 깊어서야 마을에 닿았습니다. 진두가나무를 에워싸고 흥분된 목소리로 떠드는 사람들을 보았습니다. 형편을 살핀 세나카는 슬그머니 뒷걸음으로 물러났습니다.

마을의 모퉁이를 지나다가 외딴 집을 발견했습니다. 머리가 허옇게 센 할머니가 아궁이 앞에서 군불을 때고 있었습니다. 세나카는 빨랫줄에서 할머니 손자의 옷을 걷었습니다. 그 옷을 걸쳐 입자, 달빛에 비친 세나카는 할머니의 손자로 보였습니다. 졸음에 겨운 할머니는 세나카가 옆에 가도 몰랐습니다. 세나카가 생솔가지를 뭉쳐 횃불을 만들었지만 계속 꾸벅거렸습니다.

밖으로 나온 세나카는 마을 곳곳에 불을 질렀습니다.

"불이야, 불이야!"

"이 밤중에 웬 불이야?"

"참, 이상한 일이로다!"

마을 사람들은 불난 곳을 향해 몸을 돌렸습니다. 사람들은 진두가나무의 원숭이들을 두고 불만 믿고 허겁지겁 뛰었습니다. 원숭이들 생각은 까마득히 잊어버렸습니다.

진두가나무의 달콤한 열매로 배를 채운 원숭이들은 느긋하게 나무에서 내려왔습니다. 몇몇 원숭이들은 그 열매를 따가지고 왔습니다.

"난 대왕님께 받쳐야겠어."

"이건 세나카한테 줄 거야."

"암, 그래야지. 그 분들의 지혜가 우리를 구하셨으니까."

◐ 생각 키우기

가을 산에서 밤, 머루, 도토리 같은 열매로 배낭을 채워 오는 어른들을 본 적이 있겠지요? 사람들이 열매를 거둬 오면 짐승들은 어떻게 겨울을 지낼까요? 흙은 어머니처럼 나무를 품어 주고, 그 나무의 열매는 비와 바람과 햇볕 덕분에 익었을 것입니다. 사람이나 동식물도 자연에서는 동등합니다. 사람이 동식물을 생각하고 배려할 때 진정한 주인이 될 수 있겠지요. 〈본생경 제177화 진두가나무의 전생이야기〉

**愛樂慧 · 朴春姬**

경남 남해에서 태어나 진주교대, 동국대 국문과와 대학원을 나옴

〈소년〉〈새교실〉 동화 추천 완료, 〈소년중앙〉 창간기념 동화최우수 당선. 한국아동문학상, 불교아동문학상 수상

동화집 『달맞이꽃』, 『가슴에 뜨는 별』, 『들꽃을 닮은 아이』 등 다수

수필집 『모난 돌』

2012년 2월 진선여고에서 정년퇴직

# 난장이가 된 범여왕

신 이 림 〈광명심〉

"요런, 귀여운 사미 녀석!"

한 비구스님이 다락문을 나서는 난장이 상좌스님의 머리를 콩 쥐어박았습니다. 그러자 뒤따라오던 삼십 명의 비구 스님들도 저마다 장난을 치기 시작했습니다. 옷자락을 잡아당기고, 귀를 잡아당기고, 코를 잡고 비틀었습니다. 지방에서 올라온 비구 스님들이라 부처님을 모시는 상좌스님인 줄 몰랐기 때문이지요. 그저 사미 중에서도 키가 유난히 작은 사미쯤으로 생각한 탓이었습니다.

난장이 상좌스님은 두 손으로 머리를 감싸 쥔 채 얼른 그 자리를 빠져나왔습니다.

'부처님의 상좌로 있는 내가 이런 수모를 겪다니……. 전생에 범여왕으로 있을 때의 못된 죄업이 현세의 나를 이렇게 만들었구나!'

난장이 상좌스님은 보리수 그늘 아래 앉아 한탄하며 전생의 자신을 되돌아보았습니다.

옛날 바라나시에서 있었던 일입니다. 범여왕은 왕위에 오르고 며칠이 지나자 대신들을 불러 명을 내렸습니다.

"여봐라! 내일은 짐이 특별한 연회를 열 것이다. 맛있는 음식을 준비하고 성 안에 사는 노인들을 모두 궁궐 안에 초대하도록 하라."

대신들은 왕의 명을 받들어 노인들을 궁궐에 초대하였습니다.

"늙은이들을 위해 연회를 베풀어 주시다니 이번 왕도 참 어진 분이신가 보네."

"그러게나 말일세. 돌아가신 왕께서도 늙은이들을 잘 보살펴 주시더니."

노인들은 기쁨에 가득 찬 얼굴로 모여들었습니다.

궁궐 큰 마당은 찾아온 노인들로 북새통을 이루었습니다. 마당 가장자리를 따라 음식상이 차려지고 한가운데는 악사들과 무희들이 자리했습니다.

드디어 왕이 모습을 나타냈습니다. 노인들은 몸이 불편했지만 감사하는 마음과 존경하는 마음으로 엎드려 절을 올렸습니다. 왕이 자리에 앉았습니다.

"오늘은 모두들 마음껏 먹고 즐기도록 하라!"

풍악이 울리고 무희들은 연주에 맞추어 춤을 추었습니다. 대신들도 서로 술잔을 나누며 흥겨운 분위기에 빠져들었습니다.

"돌아가신 왕보다 더 훌륭한 왕일세. 노인들을 위해 이렇듯 성대한 잔치까지 베풀어주시다니."

노인들은 춤과 음악을 감상하며 마냥 흥겨운 시간을 보냈습니다. 분위기가 한창 무르익을 무렵이었습니다. 왕이 자리에서 일어났습니다. 모든 눈길이 왕에게로 쏠렸습니다.

"오늘은 특별한 날, 짐이 그대들에게 맛난 음식을 대접하였으니 그대들 또한 짐을 위해 뭔가를 해야 하지 않겠소?"

왕의 말에 노인들은 모두 당연하다며 고개를 끄덕였습니다. 왕이 흐뭇한 미소를 지었습니다.

"지금부터 그대들은 남녀 가릴 것 없이 모두 물구나무를 서서 춤을 추도록 하라."

뜻하지 않은 왕의 분부에 연회장 안은 갑자기 찬물을 끼얹은 듯 조용해졌습니다. 대신들도 노인들도 모두 자신의 귀를 의심했습니다.

"방금 왕께서 뭐라고 말씀하신 건가?"

"허리가 다 꼬부라진 우리 노인들에게 물구나무를 서서 춤을 추라고?"

"에이, 이 사람아, 설마 왕께서 그런 분부를 내리실 리가!"

"우리 왕께선 농담도 잘 하시는군. 정말 재미있는 분이야."

노인들은 서로 얼굴을 마주보며 큰소리로 웃었습니다. 그러자 왕이 화가 난 얼굴로 버럭 소리를 질렀습니다.

"빨리 시행하지 않고 뭣들 하는가! 짐의 명을 거역하는 자는 상투를 모두 잘라버릴 것이다!"

그제야 사람들은 왕의 말이 장난이 아니란 것을 깨닫게 되었습니다.

"이 나이에 물구나무를 서서 춤을 추라니! 도대체 무슨 영문인지 알 수가 없군."

"왕이 미쳐도 단단히 미쳤군."

갑작스런 왕의 분부에 대신들도 서로 눈치를 보며 할 말을 잃었습니다. 노인들은 아직도 왕의 말이 믿기지 않는 듯 수군대기만 했습니다. 왕이 또다시 역정을 냈습니다.

"당장 시행하지 않으면 여기 있는 늙은이들의 상투를 모조리 잘라버릴 것이다!"

노인들은 할 수 없이 하나 둘 연회장 가운데로 나갔습니다. 그러나 그 누구도 먼저 물구나무서기를 하는 이는 없었습니다.

"뭣들 하느냐! 당장 하지 않고!"

왕의 호통에 노인들은 할 수 없이 물구나무서기를 하였습니다. 부끄럽고 수치스러웠지만 어쩔 수가 없었습니다. 머리를 바닥에 대고 다리를 들어 올리려 했습니다. 그러나 그 많은 노인 중 제대로 물구나무서기를 하는 사람은 아무도 없었습니다. 머리가 바닥에 닿기도 전에 고꾸라지는 노인, 간신히 머리를 바닥에 대긴 했지만 다리를 올리려다 넘어지는 노인, 잘못하여 허리를 다친 노인……. 노인들의 비명과 탄식소리가 여기저기서 흘러나왔습니다. 연회장은 그야말로 아수라장이 되고 말았습니다.

"하하하하! 거참 재미나도다! 태어나서 이렇게 재미난 구경은 처음이로구나."

왕은 이리저리 처박히면서도 물구나무서기를 하려는 노인들을 보며 배꼽이 빠지도록 웃었습니다.

그 뒤에도 왕은 노인들에게만 유독 몹쓸 짓을 골라가며 하였습니다. 나중에는 하다못해 늙은 짐승들에게까지 몹쓸 짓을 하였습니다.

"돌아가신 왕은 장수하는 노인과 효도하는 자식들에게 상까지 내렸건만……."

늙은 부모가 괴롭힘을 당하자 자식들은 눈물을 머금고 부모님을 외국으로 내보냈습니다. 그대로 있다가는 부모님이 제 명대로 살 수 없을 것만 같았기 때문입니다.

하늘나라에서 이 모양을 지켜보던 제석은 범여왕을 그대로 두어서는 안 되겠다고 생각했습니다. 제석은 임금의 모습에서 초라한 노인의 모습으로 변하였습니다. 새 수레는 낡은 수레로 만들고, 수레를 끄는 암소도 지친 늙은 암소로 만들었습니다. 수레에 간장이 가득 든 간장독도 두 개나 실었습니다.

바라나시의 축제일이었습니다. 왕은 아름답게 꾸민 코끼리를 타고 성문을 돌았습니다. 제석은 일부러 수레를 왕이 있는 곳으로 몰았습니다.

"저 낡은 수레를 당장 세워라!"

왕이 코끼리를 세우고 소리쳤습니다. 그러나 범여왕의 눈에만 수레가 보이게 마술을 부렸으므로 대신들의 눈에 수레가 보일 리는 없었습니다.

"대왕님, 수레가 어디 있다고 수레를 세우라 하십니까?"

뒤따르던 대신이 주위를 두리번거리며 말했습니다.

"바로 네 눈앞에 있지 않느냐!"

"대왕님, 제 눈앞에는 대왕님의 코끼리만 있을 뿐입니다. 도대체 어디에 낡은 수레가 있다는 것입니까?"

대신은 도무지 알 수 없다는 표정을 지었습니다. 뒤따르던 대신들도 낡은 수레가 어디에 있느냐고 수군거리며 주위를 두리번거렸습니다.

"여봐라! 다들 뭣들 하고 있느냐! 당장 저 낡은 수레를 세워 늙은이를 내 앞으로 끌고 오너라!"

왕은 고래고래 소리를 지르며 대신들에게 호통을 쳤습니다. 왕의 고함소리에 구경을 나온 백성들이 구름처럼 모여들었습니다.

"드디어 왕이 실성을 한 게로군. 도대체 낡은 수레와 늙은이가 어디 있다는 거야?"

"쯧쯧, 노인들에게 온갖 몹쓸 짓을 하더니 천벌을 받았군, 천벌을."

사람들은 수군덕거리며 왕에게 손가락질을 했습니다. 제석은 이때다 싶어 간장독을 번쩍 들어 왕의 머리 위에 쏟아 부었습니다.

"엣취! 퉷! 퉷

왕은 눈도 제대로 뜨지 못한 채 재채기를 하며 허우적거렸습니다. 심하게 재채기를 하느라 왕관은 벗겨지고 화려한 비단옷은 시커먼 간장물로 뒤덮였습니다.

제석은 다시 간장독 하나를 왕의 머리에 부었습니다. 놀란 코끼리가 왕을 떨어뜨리고 달아났습니다. 왕은 물에 빠진 생쥐 꼴이 되어 흙바닥에 나뒹굴어졌습니다.

그때 제석이 본 모습을 드러냈습니다.

"몹쓸 왕이여, 그대는 어찌하여 노인들을 그렇게 괴롭히는가? 그대도 머지않아 곧 늙은이가 될 터, 어찌 그대만이 늙음을 피해 갈 수 있겠는가. 그대로 인해 바라나시에는 효자가 사라지고, 자식으로부터 봉양을 받는 부모 또한 없음이니, 이 모든 책임이 그대에게 있음을 깨우쳐야 할 것이다."

그제야 왕은 자신의 어리석음을 깨닫고 부끄러움에 눈물을 흘렸습니다.

그런 일이 있은 뒤, 왕은 외국에 나가있는 노인들을 모두 나라 안으로 불러들였습니다. 그동안 고생한 노인들을 위해 잔치를 베풀고 옷감도 선물로 주었습니다.

범여왕의 노력으로 바라나시는 다시 부모님을 잘 섬기는 효자 나라가 되었습니다.

◐ 생각 키우기

범여왕은 늙은이를 못 살게 군 죄업으로 다음 생에서 난장이로 태어났습니다. 지혜롭고 설법을 잘 하기로 소문이 났지만 키가 작아 많은 괴롭힘을 당하지요.

지금의 내 모습을 보면 전생을 알 수 있다고 하였습니다. 지금 처지가 어렵더라도 착한 마음을 잃지 않고 살아간다면, 다음 생에서는 반드시 좋은 모습을 받게 될 것입니다. 〈본생경 제196화 탐희의 전생이야기〉

**光明心 · 辛易臨**

1996년 서울신문 신춘문에 동화 당선

2011년 '황금펜아동문학상' 동시 당선

동화책 『염소배내기』 외

동시집 『발가락들이 먼저』

# 교만한 왕 이야기

이 동 배〈청심〉

옛날 범여왕이 『참 나라』라는 큰 나라를 다스리고 있었어요.

그 나라의 사제관으로 세 가지 도술, 여덟 가지 학술에 숙달한 보살 한 분이 있었는데 이런 놀라운 재주 외에 남을 복종시키는 주문을 알고 있었어요. 그것은 군대에서 승리를 비는 신들의 제문이었는데 덕이 있는 사람이 의로운 일에 쓰도록 항상 조심스럽게 전해 내려오는 귀중하고 소중한 것이었어요.

어느 날 보살이 외적의 침입에 대비하여 그 주문을 외우려고 숲속으로 들어가 그 중에서 조용하고 남한테 알려지지 않은 은밀한 굴속을 찾아 들어가 주문을 외었어요.

그런데 마침 그 굴속에 다른 나라에서 반역을 일으키다 도망쳐 숨은 승냥이 한 마리가 그 신주를 듣고 다 외워버렸지 뭐예요. 그 승냥이는 전생에 학술스님으로 살았기 때문에 머리가 영리해서 그것을 쉽게 익힐 수 있게 된 것이지요. 그것을 모르는 보살님은 주문을 다 외운 것에 만족하고 굴을 나오는 데 승냥이가 큰 소리로 외쳤어요.

"보살님! 죄송한데요. 그 주문은 당신보다 제가 더 잘 외운답니다. 고마워요! 잘 쓸게요."

승냥이는 곧 숲속 깊은 곳으로 도망을 쳐 버렸어요. 깜짝 놀란 보살은 그 승냥이가 신주를 함부로 사용하여 못된 짓을 할까봐 잡으려고 그 뒤를 쫓았지만 그만 놓쳐버리고 말았어요.

숲속으로 도망을 친 승냥이는 어떤 암 승냥이를 만나 주문을 외웠어요. 암 승냥이가 갑자기 엎드리면서

"존경하는 나의 주인이시여! 무슨 일이신지요?"

암승냥이는 무릎을 다소곳이 꿇고 쳐다보며 말했어요. 기분이 좋은 승냥이는

"나를 아는가? 모르는가?"

하고 물었어요. 암승냥이는

"어찌 제가 주인을 모르겠습니까? 무슨 명령인지 내려주십시오."

하며 고개를 숙였습니다. 자신감을 얻은 승냥이는 그 주문을 계속 외웠어요. 이제 주변에 있던 수백 마리의 승냥이와 코끼리, 말, 사자, 호랑이, 돼지, 사슴 등 네발 달린 짐승들 모두 자기 곁에 오게 되었어요. 승냥이는 이들을 종같이 부려먹고 거들먹거리며 살게 되었어요. 그리고는 마침내 일체 아라는 승냥이 왕이 되고 마음에 드는 암 승냥이를 왕비로 삼았지요.

거기에 만족하지 않고 승냥이는, 두 마리의 큰 코끼리 등에 크고 화려한 자리를 만들었어요. 그 위에 사자를 올라타게 하고 그 위에 일체아와 왕비가 앉게 하여 주변에 있던 모든 동물들이 자기를 받들게 하였지요. 큰 명예를 얻게 되자 그것에 취해 교만한 마음이 생긴 승냥이 왕 일체아는 많은 신하와 군대를 이끌고 『참 나라』 부근까지 다다라 큰소리로 외쳤어요.

"범여왕아! 어서 나라를 내 놓아라 그렇지 않으면 싸움이 날 것이고 너희들은 모두 죽게 될 것이다!"

그리고 힘센 사자를 범여왕에게 보냈어요.

참나라 백성들은 재빨리 성문을 굳게 닫았지만 두려움에 떨고 있었어요. 그때 사제관인 보살이 앞으로 나서서 범여왕에게

"왕이시여! 두려워하실 것 없습니다. 저 승냥이는 제가 책임지고 물리치겠습니다. 안심하십시오."

하고는 망루에 올라갔어요.

"가소롭고 욕심 많은 일체아여! 너는 어떤 방법으로 이 나라를 빼앗으려고 하는가?"

일체아는 건방진 모습으로 대답했어요.

"만약 항복하지 않으면 네가 선물한 신주를 외워 모든 사람을 내 발밑에 엎드리게 하여 빼앗으리라!"

이 말을 들은 사제관 보살은 망루에서 내려와 범여왕에게 부탁했어요.

"왕이시여! 지금 즉시 이 성 안에 있는 모든 사람들에게 콩가루

반죽으로 귀를 막게 해 주십시오."

이 말을 들은 왕은 큰 북을 울려 모두 귀를 막게 하였습니다. 사제관 보살은 다시 망루에 올라가

"이 어리석고 가여운 일체아야!"

"왜 그러느냐 늙은 보살아! 항복을 할 것이면 빨리 하라!"

"너는 그 어떤 방법으로도 이 나라를 빼앗지 못하리라. 그리고 또 출신이 좋고 갈기가 멋있으며 아름다운 빛깔을 가진 사자왕이 늙어빠진 네 명령을 들을 까닭이 없다."

"그럼 내가 타고 있는 이 사자가 주문을 외치게 하리라."

"할 수 있으면 해 보라."

승냥이 왕 일체아를 계속 태우고 다니며 자존심이 상한 사자는 코끼리 이마의 혹에 입을 대고 지금까지 듣지 못한 큰소리로 주문을 외쳤어요. 그러자 가까이 있던 코끼리는 그 소리에 놀라 벌떡 일어서며 승냥이왕을 떨어뜨렸어요. 모든 짐승들과 군대는 서로 싸우다가 목숨을 잃게 되었어요. 주인을 잃은 큰 코끼리들은 숲속으로 들어가 사라져 버렸어요. 그 모습을 본 사제관 보살은 망루에서 내려와 성문을 열고는 말했어요.

"백성 여러분! 이제는 그 귀마개를 없애버리고 편안하게 행복하게 사십시오!"

◐ 생각 키우기

이 이야기는 교만한 마음이 강한 사람들은 많은 부하를 거느리고 권세가 높아도 결국 그것으로 인해 망한다는 교훈을 줍니다. 큰 이익과 부, 명예를 갖게 되었지만 그것

으로 인해 남을 해치고 어려움을 주면 언젠가는 자신의 교만과 헛된 욕망으로 자신을 해치게 된다는 것을 우리는 잘 알아야 할 것입니다. 〈본생경 제241화 일체아의 전생이야기〉

**淸心 · 李東培**

계간 현대시조 신인상(1996년),아동문예상(2010년) 현대시조 동인, 섬진시조문학회장, 한국 · 경남 · 합천 · 김해 문협회원, 경남 · 진주 시조시인협회 부회장, 경남 문협 이사, 경남아동문학회원, 한국불교문인협회원, 국제펜클럽회원, 시조집 『합천호 맑은 물에 얼굴 씻는 달을 보게』 3인 사화집 2004. 『흔적』 도서출판 고요아침 2013, 김해삼성초등학교장

# 욕심 많은 아내의 최후

백 두 현 <석교>

어떤 부부가 살고 있었습니다.

남편은 우직한 사람이었습니다. 부자는 아니었지만 성실해서 궁핍하지도 않았습니다.

그러나 아내는 달랐습니다. 영리했지만 시기심이 많은 사람이었습니다.

그래서 아내는 항상 좋은 옷을 입었고 남편은 허름한 옷을 입었습니다. 어쩌다 남편이 좋은 옷을 선물 받아도 아내는 즉시 자기 옷으로 바꿔 입어야 직성이 풀렸습니다.

남편은 착한 사람이라 그런 아내를 원망하지 않았습니다. 그럴수록 아내는 남편을 이용했습니다.

남편이 땀 흘려 일한 돈으로 늘 혼자서 멋진 옷이나 보석을 샀습니다. 그럼에도 아내는 남편에게 고맙다고 생각하지도 않았습니다.

남편은 원래 소박한 것만 찾는 어리석은 사람이라고 여겼습니다.

귀한 것은 자신이 소유하고 천한 것은 남편에게 어울린다고 생각했습니다.

사람들은 그런 남편이 불쌍했습니다. 보는 사람마다 아내를 욕했습니다. 그러나 남편은 아내를 두둔하기만 했습니다.

"나는 비단옷을 싫어하는 성격입니다."

"보석은 아내에게 어울리지요."

하고 아내가 나쁜 사람이 아니라고 말했습니다.

답답한 사람들이 결국 왕에게 찾아갔습니다.

"임금님!"

"아내 때문에 너무 불쌍하게 사는 사람이 있습니다."

"모든 사람들이 아내를 버리라고 했지만 착한 남편이 말을 듣지 않아요."

"임금님께서 못된 아내를 벌주셨으면 좋겠습니다."

하고 왕에게 도움을 청한 것입니다.

이야기를 전해들은 왕은 즉시 부부를 궁궐로 불렀습니다. 그랬더니 정말 아내는 좋은 옷을 입고 말을 타고 궁궐로 왔습니다.

그러나 남편은 허름한 옷을 입고 말고삐를 잡고 하인처럼 걸어왔습니다.

그래서 왕은 아내에게 호통을 쳤습니다.

"어째서 너는 남편이 벌어온 돈으로 혼자서 편히 살고 남편을 구박하는가?"

"그렇지 않습니다. 이는 남편이 원하는 바입니다."

왕이 남편에게 물었습니다.

"정말로 네가 원하는 바이냐?"

"예 임금님, 좋은 옷과 말은 제게 어울리지 않습니다."

부부가 서로 그렇게 말하니 왕으로서도 도리가 없었습니다. 고민하던 왕은 남편만 가질 수 있는 선물을 주기로 했습니다.

"이 말은 하루에 쉬지 않고 천리를 달리는 말인데 너에게 선물로 주겠다."

"감사합니다. 임금님!"

"대신 한 가지 조건이 있다."

"무엇입니까?"

"이 말이 쓴 황금마구는 왕이 네게만 주는 상이니 항상 남편이 지니고 다녀야 한다. 이를 어기게 만드는 사람에게는 큰 벌을 내릴 것이다."

"예, 알겠습니다. 임금님! "

부부는 기쁜 마음으로 집으로 돌아왔습니다.

남편은 선물 받은 말을 타고 아내는 집에서 데려간 말을 타고 왔습니다.

왕에게 선물 받은 말은 정말로 훌륭한 말이었습니다.

사람들이 아내가 탄 말은 아무도 쳐다보지 않고 오로지 남편의 말을 부러워했습니다.

그래서 아내는 남편의 말을 뺏고 싶다는 욕심이 생겼습니다.

그러나 왕께서 황금마구가 남편 곁에 없으면 큰 벌을 준다고 해서 고민이었습니다.

점점 아내는 어떻게든 말을 뺏고 싶어 조바심이 났습니다. 시간이 지날수록 커지는 시기심으로 아예 병이 나 버렸습니다.

남편의 멋진 말을 보면 볼수록 참을 수가 없었습니다. 그래서 꾀를 내어 남편을 속이기로 작정했습니다.

"여보! 이 말의 황금마구는 아무래도 당신이 하는 것이 나을듯해요."

"사람들이 황금마구를 칭찬하는 것이지 말을 칭찬하는 것이 아니잖아요."

"아마도 당신이 직접 이 황금마구를 쓰고 다니면 사람들이 말을 칭찬하지 않고 당신을 칭찬할 거예요."

착한 남편은 아무런 의심 없이 아내의 말을 믿었습니다. 아내가 자신을 위해 충고한 것이라 생각했습니다.

그래서 선물 받은 말을 아내에게 주고 대신 말에게 쓰였던 황금마구를 직접 머리에 쓰고 말처럼 네 발로 걸어 다녔습니다. 그랬더니 사람들이 여기저기서 깔깔대고 웃었습니다.

"말이 쓰는 황금마구를 사람이 쓰고 다니네."

"저 사람이 분명 미쳤나봐!"

사람들은 마구가 얼굴을 가려 남편인지 모르고 마음껏 흉을 보았습니다.

그러던 어느 날, 마구를 쓰고 네발로 걷는 사람이 있다는 소문이 왕이 사는 궁궐까지 퍼졌습니다.

왕은 이상히 여겨 그 사람을 궁궐로 불렀습니다. 그랬더니 바로 그 마구는 왕이 선물한 바로 그 황금마구였습니다.

왕은 그에게 서둘러 황금마구를 벗도록 했습니다. 아니나 다를까 마구속의 사람은 바도 그 남편이었습니다.

왕은 욕심 많은 아내의 짓이라는 것을 바로 알았습니다. 그래서 즉시 아내를 불렀습니다.

"어째서 너의 남편이 마구를 쓰고 다니느냐?"

"왕께서 저 마구를 남편이 항상 지켜야 한다고 하셨잖습니까?"

"그렇다면 내가 준 말은 어디 있느냐?"

"집에 있습니다."

"네가 남편의 말이 탐나 남편에게 몹쓸 짓을 했구나."

"……"

아내는 더 이상 변명할 수가 없었습니다.

"여봐라! 저 욕심 많은 여자를 지금 즉시 성 밖으로 쫓아내도록 해라."

그리고 왕은 남편에게 어울리는 착한 여자와 다시 결혼하여 살도록 했습니다.

남편과 새로운 아내는 공평하게 말을 타고 다니며 행복하게 살았습니다.

뒤늦게 아내는 잘못을 깨닫고 용서를 빌었지만 소용없었습니다. 더 이상 말을 탈 수도 없었고 좋은 옷을 입을 수도 없었습니다.

오랫동안 성 밖에서 거지로 살았지만 아무도 불쌍하게 여기지 않았습니다.

◐ 생각 키우기

사람들 중에는 양보를 모르고 욕심이 지나친 사람이 있습니다. 그러나 욕심이 지나치면 결국 화를 부르게 됩니다. 이 이야기는 지나친 욕심으로 남편을 속이고 모든 것을 차지하려 했던 아내가 최후의 갚음을 받는 이야기입니다. 부처님은 이 전생 이야기를 통해 사람들에게 서로 양보하고 이해하며 사이좋게 살아가라는 삶의 지혜를 일깨워 주셨습니다. 〈본생경 제191화 루하카 바라문의 전생 이야기〉

**石橋 · 白斗鉉**

충북 청원 생으로 2009년 계간 〈자유문학〉과 〈선 수필〉을 통해 등단하여 동시와 수필을 쓰고 있습니다. 불교아동문학작가상과 중봉조헌문학상, 여성가족부장관상을 수상한 바 있으며 수필집으로 『삼백 리 성묫길』이 있습니다.

# 아름다운 우정

김 영 순〈한산〉

옛날 범여왕이 바라나시에서 나라를 다스리고 있을 때의 일입니다.

궁궐의 숲에는 여러 가지 아름다운 꽃과 나무와 풀들이 이웃에 모여 살았습니다. 그 숲에는 줄기가 곧고 가지가 사방으로 넓게 퍼진, 아주 멋지게 생긴 행나무가 있습니다. 숲속의 여러 나무의 신들은 행나무신을 받들고 있는데, 그 이름은 뭇카카나무라고 하였습니다.

뭇카카나무에 큰 위력이 있는 신왕이 있었는데, 길상초 덤불의 초신 보살은 뭇카카 신왕과 매우 친하게 지내고 있었습니다. 그런데 이 궁궐의 숲에 사는 다른 나무 신들은 길상초 초신을 미워하고 시기했습니다.

"길상초는 키가 훤칠한 나무도 못되는 가시덤불인 주제에 뭇카카 왕수나무를 넘보고 있구나."

단풍나무신이 길상초를 시기합니다.

"길상초는 주제파악도 못한다니까. 덤불이 커야 도깨비가 난다는데, 손바닥만한 가시덤불로 뭘 어쩌겠다는 거야?"

배롱나무신도 길상초를 질투합니다. 장미꽃신과 목련 꽃신들도 길상초 신을 따돌리려고 쑥덕거립니다. 궁궐의 숲에 사는 꽃과 나무들은 자기 혼자만 뭇카카를 독차지하려고 길상초를 시기하고 질투하는 것입니다.

"여기 궁궐의 숲에 사는 꽃과 나무와 풀들은 모두 우리들의 친구이며 이웃의 벗들입니다. 우리는 벗을 사귈 때에는 종족이나 생김새나 잘 사는 것이나 못사는 것을 가리지 말고 친하게 지내야 합니다."

뭇카카나무의 신왕은 '친구 한 명을 따돌림 하는 것은 매우 나쁜 일이다' 라고 나무 신들에게 말합니다.

길상초 덤불의 초신인 보살은 자기의 편이 되어주는 뭇카카 신왕이 언제나 좋습니다.

그때 범여왕은 외기둥의 궁전에 나와 있었습니다. 그런데 그 궁전의 외기둥이 흔들리고 있었습니다.

"대왕이시여, 궁전의 외기둥이 심하게 흔들리고 있습니다."
하고 신하들은 왕에게 알렸습니다.

"목수를 불러오시오."

왕은 목수들에게 다음과 같이 말했습니다.

"목수들은 듣거라. 궁전의 외기둥이 흔들리고 있다. 튼튼한 나무기둥을 가지고 와서 갈아 넣어라."

범여왕의 말을 듣고 목수들은 궁전의 기둥으로 사용할 훌륭한 나무를 찾아보았습니다. 그런데 궁궐의 기둥으로 쓸 만한 적당한 나무를 다른 데서는 찾지 못했습니다. 오직 궁궐의 숲에 있는 뭇카나무가 기둥으로 쓸 만한 재목이었습니다.

목수들이 그곳의 숲에서 나올 때 범여왕을 만났습니다.

"어디 기둥으로 쓸 만한 재목을 찾았느냐?"

왕이 목수들에게 물었습니다.

"대왕님, 좋은 재목을 보기는 보았습니다만, 그 나무를 벨 수는 없었습니다."

"왜 좋은 재목을 보고도 벨 수 없다는 것이냐?"

"우리 목수들은 다른 데서는 적당한 재목을 찾을 수 없어 궁궐의 숲으로 들어갔더니, 거기 있는 왕수 뭇카카나무를 발견했습니다. 그러나 우리는 궁궐 숲속의 왕수는 차마 벨 수는 없었습니다."

목수들은 대왕님의 허락도 없이 궁궐의 숲에서 왕수를 벨 수 없었다고 말합니다.

"아니다. 숲에 가서 그 뭇카카나무를 베어 궁전을 튼튼하게 만들어라. 숲엔 다른 왕수를 심으면 된다."

범여왕은 목수들에게 뭇카카나무를 베어오도록 허락을 했습니다.

범여왕의 허락을 받은 목수들은 공물(신에게 바치는 물건)을 가지고 궁궐의 숲으로 다시 들어가, 왕수 뭇카카에게 공양(음식을 이바지하다)을 드렸습니다.

"왕수 뭇카카는 들으시오. 우리 목수들은 내일 왕수님을 베어

외기둥궁전의 기둥재목으로 쓸 것이오. 왕수여, 슬퍼하지 마시오. 궁궐의 기둥나무가 되어 천년만년 영화를 누리시오."

목수들은 뭇카카나무에게 공양을 드리며, 내일 베러 오겠다고 알리고 돌아갔습니다.

왕수 뭇카카나무가 내일이면 목수들의 도끼날에 베어진다는 소문은 곧 숲속으로 퍼져 나갔습니다.

숲속의 여러 꽃과 나무 신들은 목수들이 왕수 앞에 공물을 차려 놓고 공양하는 걸 직접 보았기 때문에, 뭇카카나무가 내일 베인다는 것을 제일 먼저 알게 되었습니다.

"내가 그럴 줄 알았다니까. '뾰족한 돌이 제일 먼저 정에 쪼인다.' 고, 뭇카카가 이 숲에서 제일 잘 생겼다고 뻐기더니, 제일 먼저 베어지게 되었잖아."

단풍나무신이 비아냥거리는 투로 말합니다.

"차라리 길상초처럼 못생긴 가시덤불로 태어났으면, 나무꾼의 낫에도 베이지나 않으련만, 뭇카카나무는 너무 잘생겨서 목수들이 탐을 내는 것이란 말이야."

장미꽃신도 왕수가 베어지는 것이 마땅한 일이라도 되는 양 그렇게 말합니다.

배롱나무신과 목련나무신도 뭇카카나무의 슬픈 운명이 코앞에 다가왔는데, 먼 산에 난 불구경을 하듯 멍하니 바라보고만 있습니다.

단풍나무와 장미꽃과 배롱나무와 목련꽃은 제각각 자기가 뭇카카와 제일 친한 벗이라고 지금까지 자랑해 왔었습니다. 그런데 왕수 뭇카카가 어려움에 빠지자, 궁궐 숲속의 그 꽃과 나무들은, 그 아름다운 우정을 헌신짝처럼 버리고 맙니다.

그런데 행나무의 신왕은 사랑하는 아이들만이라도 목수들의 도끼날을 피해보려고 벗들을 찾아다녔습니다. 그렇지만 누구도 신왕의 아이들을 숨겨주고, 돌봐주겠다는 이는 없었습니다.

"내일이면 우리 천궁이 없어집니다. 나는 아이들을 데리고 어디로 가면 좋겠습니까? 우리 아이들만이라도 숨겨주십시오."

신왕은 몸을 피할 곳이 없으므로 아이들의 목을 안고 엉엉 울었습니다. 그의 벗들은 신왕이 울고 있는 모습만 우두커니 바라보고 있을 뿐입니다. 사정이 딱하기는 하나 자기들도 왕수 뭇카카를 베지 못하게 할 방법이 없으므로, 신왕의 울고 있는 모습만 멍청하게 바라보고 있었습니다.

그 때 길상초 덤불의 초신 보살이 신왕을 찾아가 이렇게 말했습니다.

"걱정하지 마시오, 나는 내 벗이 베어지는 것을 잠자코 보고만 있지 않을 것이오. 내일 목수들이 왔을 때 내가 어떻게 하는지, 잘 보아 주시오."

초신 보살은 신왕을 위로해주었습니다.

이튿날 목수들이 도끼를 들고 뭇카카나무를 베려고 왔습니다. 이때 초신 보살은 카멜레온으로 몸을 변신하고, 목수들보다 먼저 가서 왕수 뭇카카나무를 구멍투성이로 만들어 놓았습니다. 그리고 카멜레온은 꼭대기에 올라가 머리를 흔들고 있었습니다.

목수의 우두머리는 머리를 흔들고 있는 카멜레온을 보고 이상하게 생각되어 손으로 나무를 두드려 보았습니다. 나무의 여러 곳에 생긴 구멍에서 이상한 소리가 났습니다.

"이렇게 구멍투성이의 나무로는 궁궐의 기둥으로 쓸 수 없지. 어제는 구멍 뚫린 것도 모르고 부질없이 공양만 하였구나."

목수들은 뭇카카나무를 원망하며 그대로 돌아갔습니다.

'목수들은 이 카멜레온의 마술에 잘도 속아 넘어가는구나!'

카멜레온은 주위의 환경에 따라 마술사처럼 몸빛을 바꿀 수가 있습니다. 그리고 가짜 구멍을 만들 수도 있습니다.

왕수나무의 신왕은 초신 보살의 덕택으로 천궁의 여왕이 되었습니다. 천궁의 여왕을 축하하기 위해 숲속의 꽃과 나무 신들이 모두 모여왔습니다.

여왕은 천궁을 차지하게 된 일에 만족하여, 그들 앞에서 초신 보살의 덕을 칭송했습니다.

"여러분, 우리는 위력을 가졌으나, 미련하게도 그런 방편을 몰랐습니다. 그러나 길상초 덤불의 초신은 뛰어난 지혜로 나를 살려내고, 이 천궁의 여왕이 되게 해주었습니다."

여왕은 너무 감격해 말을 멈추고, 물 한 모금을 마신 뒤 칭송을 다시 이어갑니다.

"우리는 실로 못난이나 잘난 이나, 없는 이나 있는 이나, 다 벗으로 삼아야 합니다. 아름다운 우정으로 맺은 모든 벗은 각자의 힘에 따라 벗에게 고통이 생겼을 때, 그것을 구해주어 편안하게 만들어 주어야 합니다."

여왕은 벗을 찬탄하는 게송을 읊었습니다.

나와 같은 이도 낫다고 생각하며,
나보다 못한 이도 낫다고 생각하라.
그들은 어려울 때 큰 도움 주리니,
행수가 길상초의 도움을 받는 것처럼.

행수여왕은 이 게송으로 여러 신들에게 설법하고 일생동안 길상초초신과 친하게 지냈습니다.

◐ 생각 키우기

이 '길상초의 전생 이야기'는 부처님이 우리들에게 들려주신 우화입니다. 나무와 꽃들을 사람에 견주어 의인화한 것입니다.

어려움에 빠진 친구를 구원해 주려는 친구가 정말 아름다운 우정을 지닌 친구입니다. 그런 우정을 오랫동안 간직하려면 우리는 어떻게 해야 할까요?

이 이야기의 행수신은 지금의 아난다며, 길상초초신은 부처님이라고 합니다. 〈본생경 제121화 길상초의 전생이야기〉

**韓山 · 金榮淳**
1934년 충남 서천군 한산에서 출생
1962년 한국일보신춘문예 동화당선
『우차꾼의 아들』 등 동화책 32권 출판
제12회 방정환문학상 등 수상

# 잘난 모습 겨루다가

신 현 득〈선행〉

갠지스강은 히말라야 산 남쪽 아눅달 못에서 시작됩니다. 히말라야 산 발치에서 샘솟는 아눅달 못에는 아눅달 용왕이 살면서 갠지스강의 근원을 다스리고 있었습니다.

〈평화롭게 지내자. 다투지 말자.〉

아눅달 용왕이 정해 둔 갠지스강의 생활규칙입니다. 모든 물고기, 모든 수중동물이 용왕의 지시를 잘 따르기 때문에 갠지스강에는 평화가 이어졌습니다. 아눅달 못에서 시작되는 갠지스강은 수만리를 흐르면서 수많은 지류를 합쳐 큰 강을 이루어 남쪽 큰 바다에 이르게 됩니다.

그런데, 용왕의 법을 어기는 자가 나타났습니다. 갠지스강 본류에서 지류 야포나강이 합쳐지는 곳에서였습니다.

이곳 본류에 황금빛 물고기가 살고 있었습니다.

"에헴! 나는 갠지스강 본류에 사는 황금 물고기라는 말씀. 나와 잘난 모습을 겨룰 자 있거든 나오너라!"

황금빛 물고기는 자기 자랑을 않고는 견디지 못하는 자랑대장이었습니다. 갠지스강에서 자기가 제일 잘났다는 생각을 해 왔습니다. 이것은 아뇩달 용왕의 지시를 크게 어기는 일이었습니다.

야포나강이 갠지스강으로 흘러 들어가는 곳에는 붉은빛 물고기가 살고 있었습니다.

"에헴! 나는 야포나강에 사는 붉은빛 물고기라는 말씀. 나와 잘난 모습을 겨룰 자 있거든 나오너라!"

붉은빛 물고기도 자랑대장이었습니다. 야포나강에서 자기가 제일 잘났다는 생각을 해 왔습니다. 이것도 아뇩달 용왕의 지시를 크게 어기는 일이었습니다.

"나 여기 있다. 잘난 모습을 겨루어 볼까?"
하고 황금빛 물고기가 나섰습니다.

"나의 몸 빛깔을 보라구. 황금빛은 으뜸가는 빛깔이야. 세상에서 가장 값진 것이 황금이야. 가장 귀한 것이 황금이지. 황금빛깔 내 몸이 얼마나 훌륭한가!"

야포나강 붉은빛 물고기가 말했습니다.

"나는 붉은빛이다. 세상의 온갖 빛깔의 으뜸은 붉은빛이야. 태양도 떠오를 때는 붉은빛인 걸. 온갖 불빛이 붉은 빛이고, 가장 힘차고 뜨거운 빛도 붉은빛이야!"

좀처럼 다툼이 끝나지 않았습니다. 갠지스강의 수많은 물고기와 수중동물이 큰 구경이 생겼다며 모여들었습니다.

"그렇다면, 몸 크기로 잘난 모습을 겨루자!"

"좋다!"

그런데 황금 빛깔, 붉은 빛깔 두 물고기는 몸 크기가 똑같았습니다.

"그럼 지느러미 모양으로 겨루자!"

"좋다!"

그런데 지느러미 모양도, 크기도, 수도 똑 같았습니다.

"헤엄치는 힘으로 겨룰까?"

"좋다!"

그러자 물고기 세상이 두 편으로 갈라졌습니다.

"나는 황금 물고기 편이다!"

"나는 붉은 물고기 편이다!"

모여서 자기편을 응원했습니다.

목표점을 정해놓고 같은 출발선에서 같이 헤엄쳐 달렸습니다. 야단스런 응원으로 물고기 세상이 흔들렸습니다. 그런데 황금 물고기, 붉은 물고기가 같은 시간에 같이 닿았습니다. 헤엄치는 힘으로도 잘난 모습이 가려지지 않았습니다.

이렇게 하여 갠지스강 물고기 세상이 두 쪽으로 나뉘어졌습니다.

"이거 큰일 났네. 두 물고기 때문에 갠지스강의 평화가 깨지고 있다!"

갠지스강의 물고기 세상을 걱정하는 물고기들이 나타났습니다.

할 수 없이 두 물고기는 갠지스강의 지킴이 거북 왕에게 가서 부탁하기로 했습니다.

"거북 왕이시여! 우리 두 물고기에서 잘난 이가 누구입니까? 판결을 내려주십시오."

거북 왕이 빙긋 웃으며 말했습니다.

"잘난 모습을 내세우지 않았다면 갠지스 본류의 황금빛 물고기도 야포나강의 붉은빛 물고기도, 두 물고기 모두가 잘났지. 그러나 너희 둘은 갠지스강의 평화를 어지럽히며 자기 자랑을 드러내려 했으니 이제는 못난 모습 밖에 남지 않았다. 지금 서로의 얼굴을 봐라."

두 물고기가 서로의 얼굴을 보았습니다.

"얘, 정말 네가 못난이가 됐네. 눈도 입도 홱 돌아갔어!"

"너도 그래. 이거 어쩌지?"

자랑대장 두 물고기에게 벌이 내린 것이었습니다.

거북 왕이 말을 이었습니다.

"우리들 거북은 네 발 가진 못난 동물이다. 시구율다 나무처럼 몸이 뚱뚱하고 멍에같이 구부정한 목을 가졌지. 그러나 입과 눈이 돌아간 너희 둘보다는 훌륭하고 잘난 모습이야."

◐ 생각 키우기

자기를 낮추는 사람이 돋보입니다. 부처님이 들려주신 이 우화는 사람의 경우를 견주어서 이야기하신 거예요. 자기를 억지로 내세우려하는 사람, 거기에 거짓을 덧붙이는 사람은 언젠가는 망신을 당해요. 이것이 세상의 흐름인 걸요. 자기만 잘하고 보면 절로 세상에 알려지는 것이 세상의 흐름이지요. 〈본생경 제205화 항하 고기의 전생이야기〉

**善行 · 申鉉得**

1959년 조선일보 신춘문예 동시 가작 입선. 세종아동문학상(1971), 한국불교아동문학상, 서울시문화상(1911) 등 수상.
동시집 『아기 눈』(1961), 『고구려의 아이』(1964) 등.

# 비파 연주가 굿티라 악사 이야기

이 승 민〈지장행〉

옛날 옛날에 범여왕이 바라나시에서 나라를 다스리고 있을 때였습니다.

보살은 바라나시에 있는 어떤 악사의 집에서 태어나, 그 아기를 굿티라 동자라고 불렀습니다. 굿티라 동자는 점점 자라 어른이 되어 음악가로서 최고의 자리에 오르게 되었습니다. 그래서 굿티라 악사 보살이라고 하면 수미산 주변에서 가장 뛰어난 악사로 알려졌습니다.

그러나 그는 결혼하지 않고 앞을 보지 못하는 장님인 부모를 모시며 살고 있었습니다.

그러던 어느 때 바라나시에 사는 상인들은 모두 장사를 위해 바라나시에서 떨어진 울선니로 가게 되었습니다. 그 때 울선니에는 나라의 큰 축제가 열리고 있어 바라나시 상인들은 마음껏 보시하는 물건들을 사 모았습니다.

그리고는 많은 꽃과 피우는 향, 바르는 향, 단단한 음식, 부드러운 음식 등을 준비하여 놀이터에 모여서 사람들에게 부탁했습니다.

"우리가 돈을 낼 것이니 악사 한 사람을 데려오시오."

그 때 울선니에는 무시라라고 하는 악사들의 우두머리가 있었습니다. 그래서 사람들은 무시라 악사를 불러 연주를 하게 했습니다.

무시라 악사는 상인들 앞에서 비파를 가장 높은 가락으로 연주했습니다. 그러나 굿티라 악사 보살의 음악 소리를 자주 들어 온 바라나시 상인들은 그의 연주를 아무도 즐거워하지 않았습니다. 무시라 악사는 너무 높은 가락이기 때문에 그런가 보다 생각하고 이번에는 중간 가락으로 연주를 했습니다. 그래도 사람들은 여전히 아무런 감동을 느끼지 못했습니다.

그러자 무시라 악사는 '이 상인들은 아무 것도 모르는구나.' 라고 생각하여 아주 낮은 가락으로 연주를 했습니다. 그렇지만 여전히 사람들은 누구도 감동하지 않았습니다.

이윽고 무시라 악사는 사람들에게 말하였습니다.

"상인 여러분들은 내가 비파를 연주하고 있는데 왜 아무런 감동이 없는 건가요?"

"무시라 악사님은 비파를 연주한 것인가요? 우리는 악사님이 연주를 위해 비파 줄을 고르고 있는 중인 줄 알았지요."

"상인 여러분들은 나보다 훨씬 뛰어난 악사를 알고 있는 건가요? 그렇지 않으면 그대들이 음악을 아무 것도 모르기 때문에 감동하지 않는 것인가요?"

"바라나시에는 굿티라라는 악사가 있는데, 그가 타는 비파 소리를 들어온 우리의 귀에 무시라 악사님의 비파 소리는 마치 여자가 아기를 달래는 소리 같이 들립니다."

"그렇다면 당신들이 내게 준 이 돈을 도로 받으시오. 나는 이것을 받을 수가 없소. 그렇지만 당신들이 바라나시로 돌아갈 때에는 나를 좀 데려가 굿티라 악사의 집을 알려 주기를 부탁하오."

"예, 무시라 악사님. 그렇게 하지요."

상인들은 무시라 악사의 제안을 승낙하고 돌아갈 때 그를 데리고 바라나시로 갔습니다.

상인들은 바라나시에 도착하여 무시라 악사에게 굿티라 악사 보살의 집을 가르쳐 준 뒤에 각자 자기 집으로 돌아갔습니다.

무시라 악사는 굿티라 악사 보살의 집에 들어가 걸려있는 훌륭한 비파를 보고는 곧 그것을 연주하기 시작했습니다. 그러자 굿티라 악사 보살의 부모는 장님이기 때문에 비파를 연주하는 무시라 악사를 보지 못하고 말했습니다.

"쥐가 비파를 갉는 것 같구나. 시잇, 시잇, 쥐가 비파를 갉는구나."

그러자 무시라 악사는 비파를 내려놓고 굿티라 악사 보살의 부모에게 인사를 하였습니다.

"당신은 어디서 왔습니까?"

"예, 저는 굿티라 악사 스승님에게 비파를 배우기 위해 울선니에서 왔습니다. 스승님은 어디에 계십니까?"

"우리 굿티라는 밖에 볼 일이 있어 나갔는데 곧 돌아올 것이오."

그리하여 무시라 악사는 굿티라 악사 보살이 돌아오기를 기다렸습니다.

저녁 무렵에야 굿티라 악사 보살이 집으로 돌아오자, 무시라 악사는 예의를 갖추어 인사를 드리고 그를 찾아온 까닭을 말하고 비파를 가르쳐 주기를 청했습니다.

굿티라 악사 보살은 자신의 집에 와 있는 무시라 악사의 관상을 보고 인성이 좋지 않은 사람이라는 것을 알았습니다. 그래서

"그만 돌아가십시오. 내게는 당신을 가르칠만한 기술이 없습니다."

라며 거절하였습니다.

굿티라 악사 보살로부터 거절당한 무시라 악사는 굿티라 악사 보살 부모의 발을 붙잡고 매달리며, 시중을 들고 기분을 맞추면서 비파를 배울 수 있도록 해달라고 간청했습니다.

그리하여 부모가 아들인 굿티라 악사 보살을 설득하자, 차마 부모의 청을 거절할 수 없었던 굿티라 악사 보살은 무시라 악사에게 연주법을 가르쳐주게 되었습니다.

뿐만 아니라 굿티라 악사 보살은 무시라 악사를 데리고 왕궁에도 가서, 왕에게 자신의 제자라고 소개하여 무시라 악사는 왕과도 친하게 되었습니다.

굿티라 악사 보살은 아낌없이 정성을 다해 무시라 악사에게 비파 연주 기술을 가르쳐 주었습니다. 그리고 그에게 말하였습니다.

"이제는 내가 아는 것을 다 가르쳤네. 더 이상 가르칠 것이 없네."

그러자 무시라 악사는 마음속으로 생각했습니다.

'나는 이제 비파 연주 기술을 완전히 숙달했다. 이 바라나시는 수미산 주변에서 제일가는 도시인데, 이 스승은 이제 노인이 되었으니 나는 여기서 이대로 살면 내가 1등 연주가가 될 수 있는 거야.'

그래서 그는 스승에게 말하였습니다.

"스승님, 저는 왕에게 봉사하고 싶습니다."

굿티라 악사 보살은 그의 의견을 수락하고 왕에게 가서 청했습니다.

"대왕님, 저의 제자가 대왕님께 봉사하고 싶어 하니 그의 봉급을 정해 주십시오."

"그대의 봉급 절반으로 하시오."

라고 왕은 말하였습니다.

이 소식을 전하니 무시라 악사가 말하였습니다.

"나는 당신과 같은 봉급이라면 봉사하겠지만 그렇지 않으면 봉사할 수 없습니다."

"그것은 무슨 까닭인가?"

"나도 당신이 아는 연주 기술을 다 알고 있지 않습니까?"

"그야 알고 있지."

"그렇다면 왜 당신의 봉급 절반만 받는 것입니까?"

이 말을 들은 굿티라 악사 보살은 왕에게 가서 다시 사정을 말하였습니다. 그러자 왕은

"만일 무시라 악사가 그대와 같은 연주 기술을 보인다면 그대와 똑같은 봉급을 줄 것이다."

라고 말하였습니다.

굿티라 악사 보살은 다시 왕의 말을 무시라 악사에게 전했습니다.

"왕은 그대가 나와 같은 연주 기술을 보여주면 봉급을 나와 똑같이 주겠다고 하셨네."

"좋습니다. 그럼 연주 기술을 보여 드리겠습니다."

굿티라 악사 보살은 무시라 악사의 말을 왕에게 아뢰었습니다.

"좋다. 그 연주 기술을 어디 한 번 보도록 하겠네. 그러면 언제 보여주겠는가?"

"대왕님, 지금부터 이레 뒤에 보여드리겠습니다."

그러자 왕은 무시라 악사를 불러서 물었습니다.

"그대는 그대의 스승과 연주 시합을 하겠다고 한 것이 진정 사실인가?"

"예, 대왕님, 사실입니다."

"무시라, 그대가 스승에게 연주 시합을 도전하고, 스승과 화합하지 않는 것은 옳지 않은 일이니 그 시합을 그만 두도록 하라."

"아닙니다, 대왕님. 그것은 상관없습니다. 지금부터 이레 뒤에 저는 스승과 시합을 하겠습니다. 아는 것을 서로 배우면 되지 않겠습니까?"

그래서 할 수 없이 왕은 승낙하고, 이레 뒤에 왕궁 문에서 스승 굿티라와 그 제자 무시라의 비파 연주 시합이 있다고 성내 사람들에게 북을 쳐서 널리 알리게 신하에게 지시했습니다.

이 때 굿티라 악사 보살은 '이 무시라는 아직 젊은데, 나는 늙어 기력도 쇠한 노인이니 일이 잘 되기 어려울 것이다. 제자가 지는 것은 별일 아니지만 스승인 내가 진다면 매우 수치스러운 일이다. 그러니 차라리 숲속에 들어가 죽어 버리는 것이 낫겠다.' 라고 생각하였습니다.

그리하여 숲속에 들어갔지만 죽음이 두려워 다시 돌아오고, 돌아 왔다가는 수치스러운 일을 당할 일이 두려워 또 숲속으로 들어가기를 반복하다가 엿새가 지나갔습니다.

숲으로 오가는 길에는 풀이 말라 길이 생길 정도였습니다.

그때 하늘의 임금 제석천이 굿티라 악사 보살이 괴로워하는 모습을 보게 되었습니다.

"지금 굿티라 악사는 그 제자 때문에 숲 속에 들어가 매우 괴로워하고 있구나. 내가 가서 도와주지 않으면 안 되겠다."
하며 숲 속으로 가서 굿티라 악사 보살 앞에 서서 물었습니다.

"보살이여, 왜 이 숲 속에 왔습니까?"

"당신은 누구십니까?"

"나는 제석천입니다."

"천왕님이시군요. 천왕님, 저는 제자에게 지는 것이 두려워 이 숲속에 들어왔습니다."
라고 말한 뒤 다음 게송을 읊었습니다.

"일곱 줄 있고 미묘하며 재미나는 것을
나는 아낌없이 다 제자에게 가르쳤는데
지금 그는 도량에서 나를 이기려 하니
제석천이여 나에게 도움이 되라."

제석천왕은 그 말을 듣고
"걱정하지 마시오. 나는 보살을 보호해 드리겠소."
하며 다음과 같은 게송을 읊었습니다.

"보살이여, 나는 당신에게 도움이 되리.
나는 스승을 존경하는 사람이니,
그 제자는 당신을 이기지 못하리.
스승이여, 당신은 그 제자를 이기리라."

그리고 제석천왕은 굿티라 악사 보살에게 일렀습니다.

"비파를 타다가 한 줄을 끊고 여섯 줄로 타십시오. 그래도 당신은 비파를 보통으로 소리가 나게 연주할 것입니다. 그러면 무시라 악사도 한 줄을 끊을 것입니다. 그러나 무시라는 여섯 줄의 비파로 소리를 제대로 내지 못할 것이니 그는 지고 말 것입니다. 그리고 그가 진 것을 알거든 둘째, 셋째, 넷째, 다섯째, 여섯째, 일곱째 줄도 모두 다 끊어 버리고 다만 비파의 몸체만 가지고 연주하십시오. 그러면 그 끊어진 줄 끝에서 소리가 나서 그 비파 소리는 사방팔방으로 퍼져 온 바라나시를 다 울리게 될 것입니다."

이렇게 말하고 제석천왕은 굿티라 악사 보살에게 요술 주사위 세 개를 주면서 말했습니다.

"보살이여, 줄 끊어진 비파 소리가 온 성내에 퍼지거든 이 주사위 하나를 공중에 던지십시오. 그러면 삼백 명의 천녀가 당신 앞에 내려와 춤을 출 것입니다. 그들이 춤추고 있을 때 둘째 주사위를 던지십시오. 그렇게 하면 또 삼백 명의 천녀가 내려와 당신의 비파 끝에서 춤을 출 것입니다. 그리고는 셋째 주사위를 마저 던지십시오. 그 때는 삼백 명의 천녀가 내려와 그 복판에서 춤을 출 것입니다. 나도 그 천녀들 속에 섞여 올 것이니 아무 걱정 말고 집으로 돌아가시오."

그 말을 듣고 굿티라 악사 보살은 집으로 돌아왔습니다.

왕궁 문에는 연주 시합을 위해 새로이 가건물 집을 짓고 왕의 자리를 만들었습니다. 왕은 궁전에서 내려와 화려하게 꾸민 가옥 가운데 자리 한 복판에 앉았습니다. 그리고 화려하게 장식한 사만 명의 여자들과 대신, 바라문, 백성들도 왕의 주위에 앉았습니다.

성내의 사람들은 모두 다 모인 것이었습니다. 왕궁 뜰에는 수레와 수레가 겹치고 의자와 의자가 겹치도록 군중들이 많이 모였습니다.

굿티라 악사 보살은 목욕을 하고 몸에 향유를 바른 뒤 갖가지 맛있는 음식을 먹고 나서 비파를 들고 나가 제 자리에 앉았습니다.

제석천왕은 남에게 보이지 않도록 변장하고 내려와 그 공중에 머물렀습니다. 굿티라 악사 보살만이 그를 알아보았습니다.

제자 무시라 악사도 비파를 들고 와서 제 자리에 앉았습니다.

많은 사람들이 그들을 둘러쌌습니다.

처음 연주는 스승과 제자 두 사람이 같이 했습니다. 군중은 그 소리를 듣고 감동하여 갈채를 보내고 소리를 질렀습니다.

그 때 제석천왕은 공중에서 굿티라 악사 보살에게만 들리도록 한 줄을 끊으라고 말하였습니다. 보살은 첫 번째 비파 줄을 끊었습니다. 그 끊긴 비파 줄에서 나는 소리가 마치 천상의 음악 소리와도 같았습니다. 그것을 본 무시라도 따라서 줄을 끊었습니다. 그러나 거기서는 아무런 소리가 나지 않았습니다.

굿티라 악사 보살은 둘째 줄부터 일곱째 줄을 차례대로 모두 끊고 그 몸체만으로 연주를 했습니다. 그 아름다운 소리는 온 성내에 울려 퍼졌고, 군중들은 옷을 공중에 던져 올리면서 수도 없는 갈채를 보내고 함성을 질렀습니다.

그 때 굿티라 악사 보살은 제석천왕이 준 주사위 하나를 공중에 던졌습니다. 그러자 삼백 명의 천녀들이 내려와 춤을 추었고, 그와 같이 둘째, 셋째의 주사위를 던져 올리자 모두 구백 명의 천녀들이 내려와 제석천왕의 말한 대로 춤을 추었습니다.

그와 동시에 왕이 군중들에게 신호를 보내자, 군중들은 일어나서 제자 무시라 악사에게 말하였습니다.

"너는 분수도 모르고, 너의 스승에게 무례하게 도전하고 연주시합을 하여 동등한 지위가 되려고 했구나."

그러면서 각자 손에 든 돌이나 막대기로 무시라 악사를 마구 두들기고 두발을 잡아끌어 쓰레기통에 던져 버렸습니다.

왕은 굿티라 악사 보살의 연주에 크게 만족하여, 마치 큰 비를 내리듯이 보살에게 많은 금을 상으로 주고 성내의 사람들에게도 그와 같이 하였습니다.

제석천왕도 굿티라 악사 보살과 인사를 나눈 뒤에

"스승님, 나는 당신에게 천 마리 말이 끄는 수레를 드리고, 마부 마두려를 보내 드리겠습니다. 당신은 그 승리의 수레를 타고 천상세계로 오십시오."

하고 거기서 떠났습니다.

제석천왕은 천상 세계로 돌아가 붉고 누런 털 담요 빛깔의 돌자리에 앉자, 천녀들이 와서 물었습니다.

"대왕님, 어디 갔다 오셨습니까?"

제석천왕은 그녀들에게 있었던 일에 대해 이야기하고, 굿티라 악사 보살의 덕행을 칭송하였습니다.

"대왕님, 우리도 그 스승님을 뵙고 싶습니다. 그 분을 여기로 데려와 주십시오."

라고 천녀들이 제석천왕에게 말했습니다.

그러자 제석천왕은 마두려를 불러 말하였습니다.

"천녀들이 굿티라 악사 보살을 보고 싶어 하는구나. 그러니 네가 가서 그분을 승리의 수레에 태워 모시고 오너라."

마두려는 제석천왕의 분부를 받고 가서 굿티라 악사 보살을 천상으로 모시고 왔습니다.

제석천왕은 굿티라 악사 보살과 인사를 나눈 뒤에 말하였습니다.

"스승님, 천녀들이 스승님의 음악을 듣고 싶어 하고 있습니다."

"대왕님, 저와 같은 악사는 연주 기술로 살아가는 사람이니, 요금을 주시면 연주를 하겠습니다."

"예, 요금은 드리겠으니 연주를 해 보십시오."

"저는 다른 요금은 필요 없고, 이곳에 있는 천녀들이 지은 선업을 이야기해 주면 이 비파를 연주하겠습니다."

그러자 천녀들이 굿티라 악사 보살에게 말하였습니다.

"우리 천녀들이 지은 선업은 연주 후에 당신에게 모두 이야기할 테니, 스승님이시여, 우선 그 음악부터 들려주십시오."

그리하여 굿티라 악사 보살은 천녀들을 위해 이레 동안 연주를 했는데, 그것은 천상의 음악보다 더 훌륭하였습니다.

이레째 되는 날 굿티라 악사 보살은 맨 처음부터 한 사람 한 사람의 천녀들에게 그들이 지은 선업이 무엇이었는지를 물었습니다.

굿티라 악사 보살은 먼저 제석천왕의 하인으로 태어나 수천 천녀들의 시중을 받고 있는 우두머리 천녀에게 물었습니다.

"당신은 전생에 어떤 선업을 지었기에 이곳 천상으로 오게 되었습니까?"

"예, 저는 가섭 부처님 때, 어떤 비구에게 최상의 법의를 보시한 공덕으로 이렇게 아름다운 얼굴로 천상에서 태어나 즐거움을 얻게 되었습니다."

또 굿티라 악사 보살은 천녀들에게 그들이 지은 선업을 물었더니, 천녀들은 각자의 선업에 대해 차례대로 대답해 주었습니다.

"저는 탁발하러 돌아다니는 비구에게 꽃을 보시하였습니다."

"저는 불탑에 갖가지 향을 올렸습니다."

"저는 갖가지 맛있는 과일을 공양 올렸습니다."

"저는 여행 중에 저의 집에 머무르는 비구와 비구니들에게 법문을 들었습니다."

"저는 물 위의 배에서 식사하는 비구에게 물을 공양 올렸습니다."

"저는 가족생활에서 성내는 일 없이 시부모의 할 일까지 제가 대신하였습니다."

"저는 제가 얻은 것을 다른 사람에게 나누어 주었습니다."

"저는 남의 집 하녀로 살면서 성내지 않고 교만하지 않으며, 제가 얻은 것을 남에게도 나누어 주어 천왕의 하녀로 태어났습니다."

굿티라 악사 보살은 이와 같이 「천궁사경」에 나오는 서른여섯 천녀들에게 어떤 선업을 지어 천상에 났는가를 다 물어 보았고,

천녀들의 대답을 들었습니다.

굿티라 악사 보살은 천녀들의 말을 듣고 말했습니다.

"참으로 유익했습니다. 나는 여기 와서 조그만 선업이라도 그것에 의해 행운이 얻어진다는 것을 들어 알았습니다. 지금부터 나는 인간세계에 돌아가 보시와 선업을 행해야겠습니다."

라고 말하며 그 감흥으로 다음 게송을 읊었습니다.

"실로 헛되지 않았다. 오늘 내가 여기 온 것
광명이 있고 이익이 있었다.
마음대로 변형하는 천자와 천녀를 보았다.
그들의 법을 들었거니 나는 큰 선업을 행하자.
보시하고, 함께 일하고, 자제하고, 극기로서
후회 없이 살아갈 그 곳으로 나는 가자."

그로부터 이레가 지난 뒤에 천왕은 마부 마두려에게 분부를 내려, 굿티라 악사 보살을 수레에 태워 바라나시로 보냈습니다.

바라나시로 돌아온 굿티라 악사 보살은 자신이 보았던 천상 세계의 모습을 사람들에게 이야기해 주었습니다. 그 이야기를 들은 사람들은 그 뒤로 더욱 힘써 선업을 닦으려는 마음이 생겼습니다.

부처님은 이 이야기를 모두 마치고 나서, 그 당시 무시라 악사는 지금의 제바달다이고, 제석천왕은 석가모니 부처님의 십대 제자 중 한 사람인 아나율이며, 굿티라 악사 보살은 바로 부처님 자신이었음을 전생과 금생을 연결하여 말씀해 주셨습니다.

◐ 생각 키우기

부처님께서는 이 이야기를 통해 은혜와 분수를 모르는 행동에 대해 경종을 울려주셨습니다. 또한 천상 사람들의 이야기를 통해 선악에는 과보가 있고 작은 선행에도 행운이 따른다는 것을 알려 주시며, 살아가는 동안 우리들이 보시와 선행을 실천할 것을 다짐하게 하는 이야기입니다. 〈본생경 제243화 굿티라 악사의 전생 이야기〉

**地藏行 · 李承珉**

동시로 등단 후 동시집 『물소리 바람소리』, 『기차를 따라오는 반달』이 있으며, 한국아동문학 창작상을 수상하였다. 사회복지학 박사학위를 받고 서연상담복지연구소 소장으로 상담 복지 관련 일을 하고 있으며, 대구가톨릭대학교, 위덕대학교, 영진전문대학 등에 출강하고 있다.

# 왕을 깨우친 사제관

양 인 숙 〈월하연〉

"그래? 그 놈이 그랬다는 것이지?"

신하의 말에 왕은 버럭 화를 냈습니다. 귀를 간질일 만큼 가까이에서 속닥이던 신하의 얼굴에 비웃음이 번졌습니다. 그러나 화가 난 왕은 신하의 얼굴을 보지 못했습니다.

"당장 이혜를 내 앞에 무릎 꿇게 하라"

"네에~~"

신하는 엉덩춤을 추며 나갔습니다. 이혜가 퇴궐하던 것을 보고 와서 고자질을 한 것이거든요.

잠시 뒤, 이혜가 영문을 모르고 왕 앞에 섰습니다.

"이제는 내 앞에 있지 말라. 너는 오늘부터 나의 사제관을 하지 말라!"

"예에."

이혜는 대답하고 물러나왔습니다.

왕의 호령에도 변명 한마디 하지 않았습니다. 조용히 물러나오는데 또 귀가 먹먹할 정도로 큰 소리가 들렸습니다.

"당장 그 놈을 이 바라나시에서 쫓아내 버려라!"

왕의 말은 곧 하늘의 뜻이었습니다. 이혜는 왕이 왜 사제관직을 빼앗는지, 왜 바라나시를 떠나라고 하는 것인지, 알려고 하지 않았습니다. 그렇게 명령을 내릴 때는 그만한 이유가 있을 것이라 생각했거든요.

이혜는 화가 나 있는 사람에게 진실이라고 말을 해 봐야 소용없다는 것을 벌써 알고 있었기 때문입니다.

"흐음!"

입을 굳게 다물 뿐이었습니다.

이혜는 사제관이었던 아버지의 아들로 태어났습니다. 공부를 할 때말고는 바라나시를 떠나 본 적이 없었습니다. 공부를 마치고 바로 아버지의 사제관 지위를 물려받았기 때문에 다른 곳을 알지도 못했습니다. 막상 어디로 갈지 막막하기만 했습니다.

그러나 왕의 명령인데 어쩌겠습니까?

이혜는 처자를 데리고 바라나시를 벗어나 이웃나라 가시국을 찾아 갔습니다. 얼마를 갔을까요? 바라나시에서 신고 왔던 신발은 다 떨어지고 말았습니다. 옷도 너덜너덜 해졌습니다. 그러다가 그만 지쳐서 길가에 쓰러지고 말았습니다.

"여기에서 쉬어 가거라. 좋은 날 있을 것이다."

이혜가 쓰러져 잠시 정신을 잃었을 때 어디선가 들려온 소리였습니다. 정신을 차려보니 같이 오던 가족들도 이혜 곁에 쓰러져 잠이 들어 있었습니다. 그곳에 큰 소나무 한그루가 있었습니다. 나무를 엮어 울타리를 만들면 네 식구의 비는 피할 수 있을 것 같았습니다.

이혜는 그 곳에 오두막을 짓고 살기로 했습니다. 사람들이 많이 사는 동네하고는 멀리 떨어진 곳이었지요.

"고생을 시켜 미안하구나."

이혜는 가족들에게 미안하다는 말을 잊지 않았습니다.

이혜가 사제관에서 쫓겨나면서 가족들의 고생 역시 이만저만이 아니었습니다. 이혜는 평생 책을 보고 공부만 했을 뿐 일을 해 본 적이 없었습니다. 먹을 것을 구해야 했습니다. 사제관으로 있으면 먹을 것 걱정은 하지 않아도 되었거든요.

이혜의 아내는 현명한 사람이었습니다. 남편을 위해 자기가 무엇을 해야 하는지 알았습니다. 우선 땅을 일구기 전에 두 자녀에게 마을에 내려가 노래를 불러주고 먹을 것을 구해오게 하였습니다. 두 아이가 나가지 않으면 온 가족이 굶어야 했습니다. 이혜의 아이들 역시 어머니를 닮아 마음이 부드러웠습니다.

"먹을 것을 구하더라도 그냥 얻지는 말아라. 노래를 불러주지 못하거든 마당을 쓸어주고서라도 반드시 그 대가를 치르고 와야 한다."

아내는 두 아이에게 우선 먹고 목숨을 이어갈 음식을 구해오게 하고, 자신은 남편인 이혜와 함께 땅을 파고 씨앗을 뿌렸습니다.

하루 종일 햇볕에서 일을 하고 먹을 것을 찾아 숲 속을 헤매기도 했습니다.

온 가족이 힘을 합하여 서로 돕고 일을 하였습니다. 음식은 꼭 필요한 만큼만 구했습니다. 어쩌다 음식이 좀 많이 생기면 자기들보다 없는 사람에게 주었습니다.

하루 이틀 배고픈 사람들에게 나누다 보니 그들과도 친해졌습니다. 그들은 이혜의 가족이 참 너그러운 사람들이란 것을 알게 되었습니다.

"아이쿠, 어렵게 구한 것을 주십니까?"

"오늘은 숲에 갔다가 좀 많이 구해왔습니다."

이혜의 가족이 사는 오두막 근처로는 얼마 되지 않아 세 집이 이사를 왔습니다.

그들은 이혜가 누구인지 몰랐습니다. 떠돌아다니다가 지쳐 잠시 멈춰 사는 나그네로 만 알았습니다. 이혜가 사제관이었다는 사실을 아는 사람은 아무도 없었습니다. 그러나 먹을 것을 나누며 마음을 나누게 되자 차츰 사람들은 그가 좋은 사람이고 그의 가족들을 보면 마음이 편안해졌습니다.

이혜가 오두막을 지을 당시에는 소나무만 한 그루 덩그러니 있던 곳에 얼마되지 않아 마을이 생겨났습니다. 씨앗을 뿌리면 잘 자라 먹을 것도 차츰 넉넉해졌습니다.

사람들이 많아졌지만 오히려 먹을 것은 풍성해졌습니다. 배고픈 사람이 없어졌습니다. 이상한 일은 이혜가 사는 곳만이 아니고 가시국 전체가 풍년이 들고 사람들이 살기 좋아졌다는 것입니다.

그러나 이혜를 쫓아 낸 바라나시에는 흉년이 들었습니다. 사람들은 먹을 것을 조금이라도 더 차지하기 위해 서로 싸우고 헐뜯고 빼앗았습니다. 힘없는 사람들은 차츰 바라나시를 떠나 가시국으로 모여들었습니다.

한 사람 두 사람, 한 집 두 집, 바라나시를 떠났습니다. 왕의 주변에서 알랑거리는 사람들에게 있는 것을 빼앗기고 살기 힘들었기 때문이었습니다.

가시국에는 풍년이 들었습니다. 힘든 일은 서로 돕고 먹을 것을 나누며 이웃을 모함하는 일이 없었습니다. 이혜는 가시국에서 글자를 모르는 사람들에게 글자를 가르치기도 했습니다. 노랫말도 적어 돌려가며 노래를 부르곤 했지요. 가시국 사람들은 행복했습니다.

이혜로부터 글자를 배워 알게 되니 마음이 환해졌습니다.

노래를 지어 서로의 마음을 전하니 싸우는 일도 없었습니다.

"바라나시 사람들은 다 어디 갔느냐?"

어느 날, 바라나시 왕이 신하에게 물었습니다.

"가시국으로 떠났습니다."

"왜 그리로 떠난단 말이냐?"

"가시국이 사람 살기가 좋다고 합니다."

신하도 가시국의 소식을 들었습니다.

"그럼 우리도 가시국처럼 살면 될 것 아니냐?"

왕은 가시국처럼 하는 것이 쉬운 일인 줄 알았습니다.

"그것은 쉬운 일이 아닙니다. 여기서 쫓겨난 이혜가 가시국으로 갔는데 거기서 수작을 부리기 때문입니다."

"수작?"

"이혜가 하늘을 움직여 가시국에만 풍년이 들게 하기 때문입니다."

"이혜? 그 사제관 말이냐?"

신하는 이혜를 또 모함하였습니다.

"예에!"

"그래? 그 사제관이 가시국에 있다는 말이냐?"

왕은 신하의 말에 고개를 갸웃했습니다. 이혜를 쫓아내고부터 바라나시는 잘 되는 일이 없었습니다. 그래서 왕은 신하의 행동과 말을 생각해 보게 되었습니다. 신하는 이런 왕의 마음을 몰랐습니다. 왕이 자기를 미워할까봐 갖은 아양을 떨며 왕의 비위만 맞추려고 하였습니다. 왕은 늘 마음이 편치 않았습니다.

"이혜를 아예 바다건너로 보내버려야 합니다."

신하는 이혜를 모함한 것이 들통이라도 날까봐 불안했습니다.

한번 거짓말을 하게 되면 그 거짓말을 덮으려고 더 큰 거짓말을 하게 되지요. 더구나 이혜가 돌아와서 자기들의 잘못을 왕에게 이야기 한다면 큰일입니다.

그러나 이미 왕은 신하가 잘 못하고 있다는 것을 알았습니다.

"그래, 이혜를 바다 건너로 보내면 네가 살 것 같으냐?"

왕은 신하를 보며 말했습니다.

"네에?"

신하는 왕의 말에 목 잡힌 토끼눈이 되었습니다.

"네가 살 수 있는 방법은 이혜를 바라나시로 모셔오는 것이다. 어떻게 모셔오겠느냐?"

왕의 물음에 신하는 벌벌 떨기만 했습니다. 왕이 다시 말했습니다.

"사람은 잘못 할 수가 있다. 그러나 더 큰 잘못은 그 잘못을 풀지 못하고 죽는 것이다. 풀지 못하고 죽으면 지옥으로 떨어져 하루에 한 번씩 죽는 고통을 겪을 것이다. 나는 네가 죽기 전에 그 잘못됨을 알고 풀었으면 한다. 이것이 그동안 나를 위해 고생한 너에게 해 줄 수 있는 기회이니라."

신하는 왕의 말에 떨던 몸이 얼어붙은 듯했습니다. 입에서 소리가 나오지 않았습니다. 이혜를 데리러 가겠다는 말도 차마 할 수가 없었습니다. 그러나 살기 위해서는 소리를 내서 뭐라고 말을 해야 했습니다.

"가겠느냐?"

왕이 '덩' 울리는 종소리처럼 강하게 물었습니다. 그 소리에 퍼뜩 정신이 든 신하는 무릎걸음으로 왕 앞에 엎드려 꺽, 꺽 고개로 대답을 했습니다.

"네가 그냥 가서는 그는 돌아오지 않을 것이다. 내 편지를 가지고 가 모셔오너라. 그는 현자이기 때문에 이 편지의 내용을 알아보고 곧 돌아올 것이다."

왕은 이혜가 하늘이 내린 덕인이라는 것을 알게 되었습니다. 그렇지 않고서야 그럴 리가 없습니다. 그를 맞아들인 가시국은 풍년이 들고 사람들이 모여드는데, 그를 내쫓은 바라나시는 매년 흉년이 들고 사람들이 떠나버려 나라가 텅텅 비게 되었으니 말입니다.

뒤늦게야 그의 덕을 깨달은 왕은 나뭇잎에 시 한 구절을 썼습니다.

강물이 차면

강물이 차면 물을 마실 수 있고
곡식이 우거지면 숨을 쉴 수 있고
멀리 가는 나그네 부를 수 있네

그 까마귀 지금 온다
바라문아, 먹으라.

왕은 나뭇잎에 시를 적고 까마귀고기를 구워 그 잎과 하얀 베에 싸서 왕의 도장을 찍어 보내면서 말했습니다.

"그가 정말 덕인이요 현자라면 내 편지를 읽고 이것이 까마귀고기인줄을 알고 돌아올 것이요. 그렇지 않으면 돌아오지 않을 것이다. 이것을 가지고 가서 이혜를 모셔오너라."

왕은 이혜를 모함하던 신하를 가시국으로 보냈습니다.

신하는 가시국으로 들어서자마자 날아드는 돌을 맞았습니다. 바라나시에서 살기 힘들어진 것이 이 신하가 거짓말로 이혜를 모함하였기 때문이란 것을 알고 있었기 때문입니다. 그래서 신하를 알아보는 사람마다 욕하며 돌을 던진 것입니다. 가시국 사람들도 신하를 보면 돌을 던졌습니다. 이혜를 데려가 버리면 자기들이 전처럼 못살게 될까봐 신하가 이혜를 만나지 못하게 해야 한다고 믿었기 때문입니다.

신하는 가시국 사람들에게도 바라나시에서 온 사람들에게도 욕설과 돌을 맞아야 했습니다.

사람들은 신하가 이혜를 찾아가지 못하도록 방해를 했습니다. 신하는 이혜를 찾아가기가 힘들어졌습니다. 이혜 있는 곳을 잘 가르쳐 주지도 않았습니다. 가르쳐 주는 것 같이 하면서도 반대로 가르쳐 주었습니다. 그래서 몇날 며칠을 이혜의 집 가까운 곳에서 뱅뱅 돌았습니다.

먹을 것도 떨어져서 이제는 구걸을 해야 했습니다. 그러나 먹을 것마저 주지 않았습니다.

배는 고프고 날은 춥고 돌에 맞아 몸은 아프고 옷은 해지고 날은 어두워지고 죽을 것만 같았습니다. 그러나 왕이 써준 편지를 이혜에게 전하지 못하면 자기는 죽어서도 하루에 한 번씩 죽는 고통을 당할 걸 생각하면 끔찍했습니다. 왕의 편지를 가슴에 품고 추위에 온 몸을 떨며 바위 밑 오목한 곳에 들어 날이 밝기를 기다렸습니다. 어둠 속에서 그는 까무룩 잠이 들었습니다.

"어찌 이런 곳에서 잠들어 있단 말이냐? 어서 이 사람을 집으로 데려가거라."

신하가 눈을 떠보니 아침햇살 속에 사람의 형상이 검게 보였습니다. 누구인지 알아볼 수 없었습니다.

"살려주세요. 밥 좀 주세요. 잘못했습니다."

신하는 후광이 비치는 사람에게 애걸을 하였습니다.

"무엇을 잘못하였는지는 모르지만 우선 집으로 가십시다."

이혜는 두 자녀를 시켜 그를 집으로 데려가게 했습니다. 아침 산책을 나왔다가 신하를 발견한 것입니다.

밥을 차려주고, 목욕을 시키고, 헌 옷이지만 입히고 나서 보니 그가 자신을 모함한 신하라는 것을 알게 되었습니다. 두 자녀도 그가 아버지를 모함한 신하라는 것을 알게 되었습니다. 밥을 차려준 부인도 알게 되었습니다. 온 가족들이 다 신하를 노려보았습니다.

"아버지, 저런 사람은 구해줄 필요가 없습니다."

"내가 저런 사람을 위해 밥을 차렸단 말입니까?"

자녀들도 아내도 억울하다는 듯이 말했습니다.

"그럴 것 없다. 우리가 벌을 주지 않아도 하늘이 알아서 벌을 주지 않느냐."

이혜는 가족들을 다독이며 안정시켰습니다.

"그래 무슨 연유로 이렇게 되었습니까?"

가족들이 안정되자 이혜가 신하에게 물었습니다. 그때야 정신을 차린 신하가 왕의 편지를 꺼내 내밀었습니다.

왕의 편지를 읽은 이혜도 왕에게 편지를 썼습니다.

종소리 울리면

왕은 지금 날 만나고 싶어 하신다.
거위가 웃어도 해오라기 날아도
공작새 꼬리부채 만들어도 까마귀 보낸 이유
나를 까마귀로 여기니 참 나쁘네.
까마귀가 아니거든 종소리 따라 따지러 오길 바라네.

이혜는 가족을 데리고 수레를 타고 바라나시로 갔습니다. 말방울 소리가 경쾌하게 가시국과 바라나시에 울렸습니다.

이혜가 가는 길목마다 사람들이 나와서 그를 환호했습니다. 이 모습을 보는 신하는 감히 얼굴을 들 수가 없었습니다. 저런 분을 자기가 모함했다는 사실에 몸을 떨었습니다. 만약 왕이 이런 기회를 주지 않았다면 자기는 죽어서도 날마다 한 번씩 죽는 고통을 겪었을 것이라 생각하니 왕에게, 이혜에게 고개를 숙이지 않을 수 없었습니다. 이혜를 바라볼 때마다 저절로 고개가 숙여졌습니다.

왕은 이혜를 보자마자 사제관을 주었습니다.

이혜는 사제관이 되어서도 가시국에 있을 때와 같았습니다. 바라나시에서도 가시국에서도 존경받는 사제관이 되었습니다.

◐ 생각 키우기

배려는 세상의 모든 사물을 평등하게 보고 행하는 것이다. 잘못을 한번 저지르는 일보다 그걸 깨닫지 못하는 것이 더 큰 잘못이다. 〈본생경 제214화 신하를 깨우친 왕 이야기〉

**月下蓮 · 梁仁淑**

아동문학평론 신인상 동화 당선

조선일보 신춘문예 동시 당선

저서로는 동시집 『웃긴다, 웃겨 애기똥 풀』 외 1권 동화집 『담장 위의 고양이』 외 2권이 있으며 『덕보야, 용궁가자!』가 "세종도서 문학나눔"에 선정되었다.

# 운마의 전생 이야기

봉 현 주〈공학〉

부처님께서 기원정사에 계실 때 일입니다.

어느 날, 한 비구의 얼굴에 수심이 가득한 것을 보시고 부처님께서 물으셨습니다.

"비구여, 무슨 고민하는 일이 있느냐? 얼굴이 몹시 어두워 보이는구나."

"예, 부처님. 저는 아름답게 꾸민 어떤 여자만 보면 욕정이 올라옵니다. 그것 때문에 무척 괴롭습니다."

비구가 대답하자 부처님께서 그윽한 목소리로 말씀하셨습니다.

"비구여, 얼굴, 소리, 냄새, 맛, 촉감 등으로 남자의 마음을 빼앗는 여자들이 있다. 그런 여자들을 '야차 여자'라고 하는데, 그 야차 여자들은 남자가 제 매력에 사로잡힌 것을 알게 되면 재산과 목숨까지도 빼앗는다."

이어 다음과 같은 이야기를 들려주셨습니다.

옛날 세이론에 시리밧두라는 야차의 거리에 야차 여자들이 살고 있었습니다. 그 야차 여자들은 배가 난파당해 밀려오면 아름답게 치장한 후 아기를 업고 찾아갔습니다. 선원들이 안심하게끔 거리에 소나 말이 다니게끔 하고 먹을 것을 들고 찾아갔습니다.

"이걸 드시고 기운 내십시오."

두려움과 배고픔에 떨던 선원들이 야차 여자들의 상냥한 말투에 '이제야 살았구나!' 하는 표정으로 허겁지겁 식사를 하기 시작했습니다. 그 모습을 보고 야차 여자들은 속으로 웃으며 더욱 다정하게 물었습니다.

"여러분은 어디로 가는 길입니까?"

"우리는 장사하러 가는 길인데 도중에 태풍을 만나 여기까지 오게 되었소."

"아, 그렇습니까. 저희들 남편도 장사하러 배를 타고 나간 지 3년이 되었습니다. 아마 죽었을 것입니다. 당신들을 보니 남편 생각이 더욱 간절해지는군요. 그러니 이제부터 여기에 머무십시오. 저희가 잘 보살펴 드리겠습니다."

그렇게 안심시킨 후, 야차 여자들은 선원들을 야차의 거리로 데려가 그들과 결혼했습니다. 먼저 잡아 온 선원들은 사슬에 묶어 파멸의 집에 던져 넣었습니다. 만약 파선 당한 배가 들어오지 않으면 멀리는 카루야니, 가까이는 나가디파까지 다니며 선원들을 유혹했습니다. 이것이 그 야차 여자들의 습관이었습니다.

그러던 어느 날, 500명의 상인들이 탄 배가 파선을 당해 그곳으로 떠내려 왔습니다. 야차 여자들은 아름답게 꾸민 후 그들에게 유혹해 야차 거리로 데리고 갔습니다. 그리고는 야차 여자의 우두머리는 상인의 우두머리를, 그 밖의 야차 여자들은 남은 상인들을 남편으로 삼았습니다. 먼저 잡아 두었던 사람들은 사슬로 묶어 파멸의 집에 던져 넣었습니다.

그날 밤, 야차 여자들은 상인들이 잠든 틈을 타 파멸의 집으로 가서 사슬에 묶인 사람들을 잡아먹었습니다. 두 볼에 붉은 피를 흘리며 빠삭빠삭 소리를 내며 뼈까지 몽땅 먹어치웠습니다. 그리고는 살금살금 돌아와 다시 이부자리로 들어갔습니다. 상인의 우두머리는 잠결에 야차 여자의 우두머리를 안다가 깜짝 놀라 잠에서 깨어났습니다. 야차 여자의 몸이 얼음장처럼 싸늘했기 때문이었습니다.

'사람을 잡아먹으면 이렇게 몸이 싸늘하다고 하던데, 이 여자는 사람이 아니라 야차가 틀림없구나! 날이 밝는 대로 서둘러 달아나야겠다.'

이튿날 아침, 상인의 우두머리는 상인들을 모아 놓고 말했습니다.

"이 여자들은 사람이 아니라 야차다. 만일 다른 배가 파선 당해 오면 그들을 남편으로 삼고 우리를 잡아먹을 것이다. 그러니 빨리 달아나지 않으면 안 된다."

그러나 상인들 중 250명은 우두머리의 말을 믿지 않았습니다. 이미 야차 여자들에게 푹 빠져 있었기 때문이었습니다.

"우리는 아내를 버리고 갈 수 없소. 그러니 당신들이나 가시오."

그때 설산에서 새하얀 말이 날아왔습니다. 머리는 까마귀와 같고 털은 문차풀과 같은 운마였습니다.

"사람 사는 곳으로 가고자 하는 이가 있습니까? 사람 사는 곳으로 가고자 하는 이가 있습니까?"

운마는 상인들을 향해 자비로운 목소리로 세 번 외쳤습니다.

"그대여, 우리는 사람 사는 곳으로 가고 싶습니다."

상인의 우두머리와 그를 따르는 250명의 상인들은 운마를 향해 우러러 합장하고 대답했습니다.

"그렇다면 어서 내 등에 올라타시오."

운마의 말에 상인들은 우르르 달려가 등에 올라타거나 꼬리를 붙잡았습니다. 다리에 매달리기도 했습니다. 그러나 야차 여자에 빠진 250명의 상인들은 멀거니 보기만 했습니다. 할 수 없이 운마는 250명의 상인들만 태우고 하늘 높이 날아올랐습니다. 그리고는 각자의 집에 데려다 주었습니다.

얼마 후, 야차의 거리에 또 다른 배가 난파되어 들어왔습니다. 야차 여자들은 아름답게 꾸민 후 바닷가로 달려가 그 배의 선원들을 새로운 남편으로 맞았습니다. 그리고는 남아 있던 250명의 상인들을 모두 잡아먹었습니다.

"비구들이여, 야차의 말을 따른 상인들은 목숨을 잃고 운마를 타고 떠난 상인들은 각자의 집으로 돌아가 편히 살게 된 것처럼,

내 교훈을 따르지 않는 비구, 비구니, 우바새, 우바이들은 네 가지 나쁜 곳과 다섯 가지 번뇌에 의해 범한 죄의 과보를 받는 곳에서 큰 고통을 당한다. 그러나 내 교훈을 따르는 이들은 세 곳의 행복한 세계와 여섯 곳의 즐거운 천상세계와 스무 곳의 범천 세계에 나서 큰 열반을 얻게 된다."

이야기를 마치시고 부처님께서 다시 게송으로 읊으셨습니다.

내가 가르치는 교훈을
실행하지 않는 사람은
저 야차 여자들에게 잡아먹히는
불운한 상인들과 같이 되리라

내가 가르치는 교훈을
실행하는 사람은
운마를 의지한 상인들처럼
저 언덕의 행복에 이르게 되리

이어 부처님께서 말씀하셨습니다.

"그때 운마의 말을 들은 250명의 상인들은 지금의 내 제자들이요, 그 운마는 바로 나였다."

부처님의 말씀을 듣고 고민하던 비구는 수다원과를 얻었으며, 다른 사람들도 수다원 · 사다함 · 아나함 · 아라한 등의 여러 과를 얻었습니다.

◐ 생각 키우기

우리는 살다보면 수많은 유혹에 빠지게 됩니다. 어떤 때는 돈에, 어떤 때는 권력에, 어떤 때는 이성의 유혹에 빠지게 되지요. 특히 젊은 사람들은 이성의 유혹에 빠지기 쉬운데, 이 이야기 속의 250명의 상인들이 그렇습니다. 그들은 집으로 돌아가자는 운마의 권유에도 야차 여자들에게서 벗어나지 못합니다. 그러다 결국 목숨까지 잃게 되었지요. 부처님께서는 아름답게 꾸민 여자들을 보며 괴로워하는 비구를 위해 이 말씀을 하셨으니, 우리는 과연 어떤 유혹에 빠져 열반에서 멀어지고 있는지 살펴볼 필요가 있겠습니다. 〈본생경 제196화 바라핫사 전생 이야기〉

**空學 · 奉賢珠**

1960년 서울 출생

2002년 한국일보 신춘문예 〈보리암 스님〉 당선

저서 『상근아 놀자』 『노란 우체통』 『개밥에 도토리』 등이 있음.

# 당신 먼저 마셔봐요

김 옥 애〈관음행〉

불량배들 몇이서 공원에 앉아 의논을 했습니다.

"야, 술 마시고 싶은데 술값이 없어서 어쩐다니?"

한 사람이 대답했습니다.

"나는 술값을 마련할 좋은 방법을 알고 있거든."

"그게 뭔데?"

모두들 놀란 눈빛으로 다음 이야기를 기다렸습니다.

"옮겨 다니는 술집을 임시로 차리는 거야. 물론 빈 병들을 모아 가짜 술을 만들어야겠지. 그 술에 잠자는 수면제를 슬쩍 타는 것도 잊지 말 것."

"그게 다야?"

"내 이야기 안 끝났어. 그 술을 이 동네에서 제일 부자인 김 사장에게 마시도록 하는 거야. 김 사장이 우리 주막 앞을 지나갈 때 꼬드겨 데리고 와서 술을 먹여. 그가 정신을 잃으면 그 때 김 사장

호주머니를 털면 될 것 아냐."

"좋아! 아주 좋아! 그렇게 쉽게 술값을 벌 수 있는 방법이 있었네."

가짜 술집을 차린 불량배들은 몇 날을 기다리며 김 사장이 지나가는 길목을 지켰습니다. 그러던 어느 날 마침내 김 사장이 술집 근처로 걸어오는 것을 보았습니다. 나이 어린 한 사람이 김 사장 앞으로 다가 갔습니다.

"사장님, 안녕 하십니까?"

"응, 자네가 어인 일인가?"

"저기요, 친구들과 함께 술집을 차렸거든요. 잠깐 들려서 쉬었다 가실래요? 여러 종류의 좋은 술들이 있습니다. 그냥 공짜로 한 잔 쭉 들이키시고 가십시오."

그 말을 들은 김 사장은 순간 망설였습니다.

'저들은 왜 내게 친절을 베푸는 걸까? 나는 회사의 대표이고, 또 부처를 믿는 진실한 보살인데 함부로 술을 마셔도 되는 걸까?'

김 사장은 술을 마시고 싶지는 않았지만 이상스러운 그들의 낌새를 파헤쳐 보고 싶어졌습니다. 김 사장은 술집 안으로 뚜벅뚜벅 걸어갔습니다. 술집 안에는 여러 색깔의 술병들이 놓여 있었습니다.

술병들을 살핀 김 사장은 고개를 갸웃했습니다. 낡은 병들 안에 든 술의 빛깔들이 모두 처음 보는 것이었으니까요.

불량배 하나가 엷은 쌀뜨물 빛깔의 병과 잔을 가져 왔습니다.

"사장님 어서 앉으십시오."

"응, 그러세."

김 사장은 술집 나무 의자에 앉았습니다.

김 사장이 말했습니다.

"이 사람아! 왜 잔을 하나만 가져 오나?"

"예?"

불량배는 가슴이 두근두근해졌습니다.

"잔을 더 가져 와서 모두 이쪽으로 같이 앉게나."

불량배들은 순간 서로의 얼굴을 쳐다보았습니다.

"어서들 와서 앉으라니까."

"아! 예."

김 사장의 재촉에 그들은 어찌할 도리가 없었습니다. 불량배들은 태연하게 의자에 앉아서 김 사장을 마주 보았습니다.

김 사장이 먼저 술병을 텄습니다.

"쌀뜨물 빛깔의 이런 술은 나는 처음이오."

김 사장은 불량배들 앞에 놓인 잔에다 술을 가득 가득 따랐습니다. 그리고 자기 잔은 맨 나중에 채웠습니다.

"자, 위하여. 그럼 모두들 술잔을 입으로 가져가게!"

불량배들 중 누군가가 말했습니다.

"사장님이 어르신이신데 먼저 드시지요."

김 사장은 문득 술에 몹쓸 독이 들어 있을지 모른다는 의심이 생겼습니다.

"이 자리는 위와 아래가 없는 술친구들만 모여 있을 뿐이네. 그러니 함께 똑 같이 쭉 마시도록 하세."

불량배들은 모두 손을 저으며 말했습니다.

"아닙니다. 사장님이 먼저 드셔야 합니다."

김 사장은 일부러 뜸을 들이면서 술을 마시지 않았습니다. 불량배들도 마찬가지로 술을 입에 대지 않았습니다.

김 사장의 의심은 점점 확실해졌습니다.

'이건 분명 나쁜 술이야'

"술들을 좋아할 것 같은데 왜들 입에 대지도 않고 바라만 보고 있는가?"

불량배들은 자기들끼리 눈으로 이야기를 나누었습니다.

"저는 화장실에 좀 다녀올게요."

불량배 하나가 일어나서 밖으로 나갔습니다.

"저도 화장실에 가려고요."

또 한사람의 불량배가 뒤따라 나갔습니다.

"저도요. 저도요"

불량배들은 모두 화장실에 간다면서 밖으로 나갔습니다. 한참을 기다려도 그들은 나타나지 않았습니다. 마지막 남은 한 남자를 보면서 김 사장은 말했습니다.

"술병에 술이 그대로이구려. 이런 좋은 술을 그대들은 왜 나한테만 마시라 했을까? 그래서 난 이미 짐작했다네. 이 술은 결코 이로운 술이 아니라는 것을."

◐ 생각 키우기

술을 마시고 싶은데 술값이 없으면 우리는 어떻게 해야 되나요? 당연히 안 마셔야죠. 그리고 마시고 싶으면 당당하게 일을 해서 번 돈으로 마셔야죠. 옳지 못한 생각이나 행동은 오래가지 못합니다. 마음의 눈과 지혜를 갖춘 사람들에게 금방 들통이 나지요. 전생에도 옳지 못한 생각으로 옳지 못한 짓을 한 사람들이 있나 봅니다. 이 글에서 지혜 있는 김 사장은 보살입니다. 그는 일생동안 보시와 선행을 쌓았어요. 그리고 업보에 맞는 곳에서 다시 태어났답니다. 〈본생경 제57화 만병이 전생 이야기〉

**觀音行 · 金玉愛**

전남 강진에서 태어나 전남일보 및 서울 신문 신춘에 동화가 당선되었다. 한국아동문학상, 한국불교아동문학상, 광주일보문학상 등을 수상했으며 장편동화 『별이 된 도깨비 누나』『들고양이 노이』『그래도 넌 보물이야』『엄마의 나라』와 그림책 동화 『흰 민들레 소식』 등이 있다.

# 니르그란타의 비방

장 승 련〈연화행〉

옛날에 사자장군(師子將軍)이란 사람이 살고 있었어요.

사자장군은 부처님의 참 말씀을 듣고 바른 삶을 실행하려고 부처님께 귀의하기로 결심하였습니다. 어느 날은 부처님을 뵙고 대접해 드리고 싶은 마음이 들었어요. 그래서 하루는 부처님을 초대하였습니다.

"부처님께서 만족하도록 정성을 다하여 대접해 드려야지."

사자장군은 모처럼 대접하는 일이라 극진한 마음으로 부처님께 드릴 음식을 마련하였어요. 그릇을 씻고 또 깨끗이 씻어서 정성들여 요리한 음식을 곱게 담아내고 고기를 곁들여 부처님께 내어 놓았지요. 그러나 부처님께는 그 사람의 정성이 보일 뿐 그것이 고기로는 보이지 않았습니다.

그곳을 지나던 나체외도 니르그란타가 이 소문을 들었어요. 니르그란타 교도들은 스스로 총명하다며 고행으로 열반에 이를 수 있다고 가르치고 있었어요. 몸에 난 털을 모두 뽑고 옷을 입지 않아요. 벌거벗은 채 거리를 다니며, 벌거벗은 채 걸식을 하면서 조금도 부끄러워할 줄 모르는, 별난 외도의 무리였습니다.

'흥, 나에게는 대접도 안하고…. 사문구담(부처님)이 뭔데 그를 대접하다니…'

니르그란타는 질투심에 부아까지 치밀어 올랐습니다.

'내가 그냥 있을 줄 알고?'

니르그란타는 이 때다 싶어 부처님의 명예를 손상시키려고 마음먹었습니다. 다니는 곳마다 많은 사람들에게 큰 소리로 떠들며 부처님을 비난하였습니다.

"사문구담(부처님)은 자기에게만 공양하기 위해 요리한 고기를 익히 알면서도 대접을 받아 다 먹었답니다. 특정한 사람을 공양하기 위해 생물을 죽여 요리한 고기를 먹으면 죄가 되지 않습니까? 사문 구담은 본인이 죄를 지었는데, 다니며 무슨 설법을 할 수 있습니까?"

그 말을 들은 비구들은 법당에 모여 앉아 걱정하고 또 걱정하였습니다.

"법우들이여, 저 니르그란타는 사문 구담이 자기에게만 공양하기 위해 요리한 고기를 알면서도 먹었다고 비난하며 다니니 이를 어쩌면 좋을까요?"

햇살이 좋은 날이었어요. 부처님은 이 법당에 찾아 들었습니다.

그런데 모인 비구들은 하나같이 부처님을 보자 반가워하면서도 걱정스런 얼굴들을 감출 수가 없었어요.

"무슨 일이 있었던 게냐? 꽃이 피는 얼굴에 걱정하는 구름이 드리워져 있구나."

부처님이 좌중을 둘러보며 말씀하셨지요. 그러자 한 비구가 조심스럽게 니르그란타가 부처님을 비방하고 다니는 일을 말씀드렸습니다.

부처님은 한동안 생각에 잠기고 나서 말씀하셨습니다.

"비구들이여, 니르그란타가 요리한 고기를 먹었다고 나를 비방하는 것은 지금만이 아니다."

"아니 그럼, 이전에도 그랬단 말입니까?"

모든 비구들이 놀라서 보다 커진 목소리로 여쭈어 보았습니다.

"니르그란타는 전생에도 그러했느니라."

"예? 전생에도요?"

부처님은 전생에 있었던 일을 말씀해 주셨어요.

옛날 범여왕이 바라나시에서 나라를 다스릴 때였습니다.

보살은 어떤 바라문의 집에 태어났습니다.

그는 성년이 되자 출가하여 선인의 도에 들어갔습니다. 도를 닦으며 지내는 동안 소금과 식초가 떨어지자 설산지방을 떠나 바라나시로 왔습니다. 성내를 이리저리 다니며 식초와 소금을 구하였습니다. 그리고는 사람들이 모여 머리카락 자르는 곳을 지나다가

자기 자신도 탁발을 하였습니다. 깔끔하게 삭발을 한 보살은 다시 바랑을 짊어지고 길을 가고 있었습니다. 그 때 어느 집 주인이 삭발한 모습의 보살을 보자 문득 놀려주고 싶은 생각이 들어 보살을 불러 세웠습니다.

"보살님! 먼 길 가시는 것 같은데 제가 한 끼 식사를 대접해 드리지요."

집 주인은 집안으로 들어온 보살에게 준비한 자리에 앉히고는 생선과 고기를 내어 놓아 대접하였습니다. 그러나 보살의 눈에는 그것이 생선과 고기로 보이지 않았습니다. 맛으로도 그것을 느끼지 못했습니다. 식사가 다 끝나자 집 주인은 보살에게 히죽거리며 말하였습니다.

"이 고기는 당신에게만 드리기 위해 생물을 죽여 요리한 것입니다. 그러므로 살생한 악업은 당신에게만 있는 것이지, 내게는 전혀 관계없는 것이지요."

그런 다음 들으란 듯이 게송을 외는 것이었습니다.

> 자제하는 마음이 없는 사람
> 생물을 때려죽여 보시했나니
> 그 고기를 먹은 사람
> 그 죄 때문에 더러워졌으리.

이 게송을 듣고 보살은 아무렇지도 않은 듯 다음 게송으로 화답

하였습니다.

자제하는 마음이 없는 사람
생물을 때려죽여 보시했을 때
지혜 있는 사람은 그걸 먹어도
느끼지 못하네.

보살은 집 주인에게 설법하고 자리에서 일어나 길을 떠났습니다.

부처님은 이 이야기를 마치고 비구들을 돌아보며 말씀하셨지요.

"그 때의 집 주인은 지금의 저 니르그란타요, 그 보살은 바로 나였다."

◐ 생각 키우기

니르그란타가 많은 사람들에게 부처님을 비방하고 다니는 이유는 무엇일까요? 남의 명예를 떨어뜨리면 자기 명예는 높아지는 것일까요?

남의 명예를 떨어뜨리기 위해 비방해서는 안 됩니다. 남을 높이고 존중해줘야 자기도 존중 받습니다. 자기가 한 말에 책임을 지는 건강한 마음을 지녀야 합니다. 〈본생경 제246화 겨름 교훈의 전생 이야기〉

**蓮花行 · 張勝蓮**

1988년 아동문예 동시 작품상 당선으로 등단
발간 시집으로 『민들레 피는 길은』, 『우산 속 둘이서』, 『바람의 맛』
아동문예작가상, 한정동 아동문학상, 한국불교아동문학상, 한국아동문학상을 수상하였다.

# 하늘에서 떨어진 거북

양 정 화〈여래심〉

옛날에 바라나시라는 곳이 있었습니다. 그곳의 백성들은 훌륭한 왕 덕분에 평화롭고 풍요롭게 살아가고 있었습니다. 왕이 있는 곳에서 가까운 어느 마을에 나라를 위해 일하는 대신이 살고 있었습니다. 대신이 그토록 기다리던 아들이 얼마 전에 태어났습니다.

"묵아. 내 아들 묵아. 현명하고 좋은 사람이 되어야 한다."

대신은 아들이 정직하고 올곧은 사람으로 자랄 수 있도록 노력했습니다.

묵은 아버지의 가르침에 따라 어떤 일이든지 차분하게 생각하고, 아첨하지 않는 소년으로 자라났습니다. 어떤 일을 보면 왜 그런 일이 벌어졌는지 알아내고 무엇을 조심해야 할지 생각하는 신중한 사람으로 성장했습니다.

묵이 자라서 어느덧 어른이 되었습니다. 열심히 공부하고, 많은 책을 읽은 덕분에 왕의 일을 돕는 고문이 되었지만, 거드름을 피

우거나 자랑하는 일은 전혀 없었습니다. 조용하고 부지런히 다니면서 왕이 나라와 백성을 위해서 일을 할 수 있도록 열심히 도왔습니다.

"그러니까 모두 내 이야기를 들어보란 말이야."

왕이 또 이야기를 시작했습니다. 아침부터 신하들을 불러 모아 이런 저런 이야기를 해대더니, 오후에 또 한 번 수다를 떨 모양이었습니다.

이런 왕을 보고 있는 묵은 걱정이 앞섰습니다. 왕이 너무 말이 많았기 때문입니다. 하루 종일 쉬지 않고 사람들에게 이야기를 하는데, 그다지 의미 없는 시시한 일이 대부분이었습니다. 그러다가 가끔 아주 중요한 일도 아무렇지도 않게 떠벌이는 바람에 문제가 생긴 적도 있었습니다. 그런데도 왕은 그 일을 대수롭지 않게 여겼습니다.

"저…… 왕이시여! 그 이야기는……."

옆에 있던 신하가 왕의 말을 막으려고 했습니다.

"조용히 내 이야기나 들으시오."

왕은 자신이 이야기를 할 때는 다른 사람이 끼어들 틈을 주지 않았습니다.

"이러다가 정말 큰 일이 생기고야 말거야."

옆에서 왕을 지켜보던 묵은 더 이상 이대로 두면 안 되겠다고 생각했습니다. 말이 많아서 실수를 많이 하는 왕이 돌이킬 수 없는 일을 벌일까봐 항상 걱정이었습니다. 묵은 왕의 습성을 고치기 위해서 어떤 방법이 없을까 계속 생각했습니다.

그 무렵, 왕궁에서 멀지 않은 설산 지방의 한 호수에 거북이 살고 있었습니다. 거북은 아름다운 호수에서 평화롭게 사는 것을 무척 좋아했습니다.

"평생 이렇게 살면 좋겠어. 난 정말 행복한 거북이야."

한낮의 더위를 피해 그늘에서 물놀이를 하고 있을 때였습니다. 거위 두 마리가 먹이를 찾으러 호수에 왔습니다.

"안녕, 거북아!"

"안녕, 거위들아!"

거북은 거위에게 먹이가 많은 곳을 알려주었습니다. 그러자 거위들은 세상을 여행하면서 본 많은 것들을 말해주었고 거북은 호수에 있는 수많은 것들에 대해서 알려주었습니다. 오랫동안 함께 지내던 거북과 거위들은 아주 친한 친구가 되었습니다.

어느 날 거위가 거북에게 말했습니다.

"거북아. 우리가 살고 있는 설산에는 짓다구타 산이 있어. 이 산에 있는 황금굴은 이 호수보다 더 살기 좋은 곳이야. 우리는 긴 여행을 끝내고 이제 황금굴로 돌아가려고 하는데, 우리와 함께 가지 않겠어?"

거위들은 자신이 살던 곳에 대해서 말해주었습니다. 거북은 자기가 살던 호수와는 다른 황금굴의 이야기를 듣자 함께 가고 싶은 마음이 커졌습니다.

"정말 내가 갈 수 있을까? 난 이렇게 다리도 짧고, 너희들처럼 날개가 있는 것도 아닌데. 어떻게 하면 내가 갈 수 있을까?"

거북은 황금굴까지 갈 수 있는 방법이 떠오르지 않자 울적해졌습니다. 그런 기분을 감추려고 거북은 평소보다 더 많은 이야기를 했습니다. 이야기를 하는 동안에는 생각을 하지 않을 수 있었기 때문입니다.

그런 거북을 본 거위가 말했습니다.

"우리가 널 붙들고 갈게."

"붙들고 간다고? 어떻게?"

함께 갈 수 있다는 말을 들은 거북은 귀가 솔깃해졌습니다.

"나무 막대기를 우리가 잡고 날 수 있어. 넌 그 막대기를 입으로 물고 있으면 돼. 단지 네가 황금굴에 도착할 때까지 입을 다물고 한마디도 하지 않아야 해. 할 수 있겠어?"

"그럼 할 수 있고말고. 당연히 입을 다물 수 있지. 정말 꽉 다물고 있을 거야."

거북은 자신만만하게 대답했습니다.

"좋아. 그럼 같이 가자."

거위들은 재빨리 튼튼한 막대기를 찾아왔습니다. 거북이 막대기 중간을 입으로 물자 거위들이 막대기의 양쪽 끝을 각각 발로 쥐고 하늘로 날아올랐습니다. 거북은 생전 처음으로 하늘에서 보는 풍경이 너무 신기해서 탄성을 지르고 싶었지만 꾹꾹 참았습니다. 거위들은 열심히 날갯짓을 하며 황금굴을 향해 날아갔습니다.

마을 위를 지날 때였습니다. 때마침 하늘을 보고 있던 마을 소년들이 이 모습을 보게 되었습니다. 처음 보는 신기한 모습에 소년들은 손가락으로 가리키며 큰 소리로 웃었습니다.

"거위 두 마리가 거북을 막대기에 매달아서 잡아가고 있어."

소년들이 큰 소리로 떠들어대자 주변에 있던 사람들이 모두 보며 웃었습니다. 그 소리를 들은 거북은 슬슬 화가 났습니다.

'난 잡혀가는 게 아니라고! 내가 이렇게 날아가는 게 뭐 어때서? 이 나쁜 녀석들.'

거북은 이렇게 소리치고 싶었습니다.

"거북이 잡혀가는 저 꼴 좀 봐. 하하하!"

사람들은 배꼽을 잡고 웃고 또 웃었습니다. 거북은 더 이상 참을 수가 없었다. 때마침 빠른 속도로 날아가고 있던 그들은 바라나시의 왕궁 위에 이르렀습니다. 거북은 참지 못하고 큰소리로 외쳤습니다.

"난 잡혀가는 게 아니라니까!"

그때 물고 있던 막대기를 놓아버렸습니다. 거북은 넓은 왕궁의 뜰에 떨어져서 죽고 말았습니다.

그러자 거북이 하늘에서 궁전 뜰에 떨어져 죽었다며 한바탕 소동이 벌어졌습니다. 그 소식을 들은 왕은 묵과 신하들에게 둘러싸여 그곳에 왔습니다. 왕은 거북이 하늘에서 떨어져 죽은 이유가 너무 궁금했습니다. 절대로 하늘을 날 수 없는 거북이 어떻게 하늘에서 떨어졌을지 아무리 생각해보아도 떠오르는 것이 없었습니다. 그래서 묵에게 물었습니다.

"현자여. 이 거북은 무엇을 했기에 여기에 떨어져 죽었는가?"

그 순간에 묵은 이런 생각이 들었습니다.

'오랫동안 왕에게 충고할 기회를 기다리고 있었지. 바로 지금이 그 기회야.'

어쩌면 왕으로부터 벌을 받게 될지도 몰랐습니다. 하지만 굳게 다짐을 한 묵은 왕 앞에 섰습니다.

"이 거북은 왕국에서 멀지 않은 호수에서 살고 있던 거북입니다. 먹이를 찾아 날아온 거위 두 마리와 절친한 사이가 되었지요. 서로 마음을 열고 대화를 나누다보니 거북은 거위들을 신뢰하게 되었습니다.

거위들이 거북을 설산으로 데려가기 위해 막대기를 입에 물려 공중으로 날아올랐고, 이 근처를 지날 무렵이었습니다. 거북은 누군가가 자신에 대해서 하는 말을 듣고 입을 다물고 있을 수가 없게 되었고, 그 사람에게 한마디라도 하고 싶어서 말을 하는 바람에 막대기를 놓쳐버리고 말았습니다. 그래서 이 거북은 하늘에서 떨어져 죽게 된 것입니다."

묵이 이야기를 마치자 왕은 고개를 끄덕였습니다. 그리고 무엇이든 말을 하고 싶어서 말을 꺼내려고 할 때였습니다.

"대왕님. 쓸모없이 너무 말이 많은 사람은 이 거북처럼 자신을 죽게 할 수도 있습니다."

묵은 말을 끝내고 왕을 향해 허리를 숙여 절을 했습니다. 그러자 왕은 묵이 자기를 가리켜 하는 말이라는 것을 알아차렸습니다. 그리고 묵을 일으키며 물었습니다.

"현자여. 나를 가리켜 말을 하는구나?"

그러자 묵이 분명하게 대답했습니다.

"대왕이여. 그것은 대왕님이신지도 모릅니다. 또는 어떤 다른 사람일 수도 있습니다. 정도가 지나치게 말이 많은 사람은 말로 인해서 큰 실수를 하게 될 것이고, 결국은 파멸에 이르게 됩니다."

이후로 왕은 말이 적어졌습니다.

◐ 생각 키우기

이 이야기는 하지 않아도 될 말을 하는 바람에 목숨을 잃게 된 거북의 이야기를 통해서 필요 없는 말을 너무 많이 해서 실수를 저지를 수 있는 왕의 습관을 고쳐준 이야기입니다. 말이 많은 사람은 언젠가는 말로 실수를 하게 되고, 그 실수 때문에 위험에 처하거나 난처한 일을 당할 수 있습니다. 항상 말조심하고 필요 없는 말을 하지 말아야 합니다. 〈본생경 제215화 거북의 전생 이야기〉

**如來心 · 梁貞花**

2005년 아동문학평론에 동화로 등단하였으며, 『하늘로 펄쩍』 등 단편 동화를 발표하고 있다. 《도련님》, 《위대한 개츠비》 등을 청소년명작을 엮었다. 서경대학교 교양학부에서 강의를 하고 있으며, 아동문학사상 편집위원, 불교아동문학회, 한국아동문학인협회, 경남아동문학회 회원으로 활동하고 있다.

# 탐욕에 마침표 찍기

반 인 자〈연화심〉

다정이는 밤이 되자 눈을 꾹꾹 찌르는 졸음이 왔습니다.

5학년이 되고 어린이날도 지났습니다. 봄도 지났는데 요즘 잠이 부쩍 많아요. 수업시간에도 간혹 졸음이 와서 머리를 세차게 도래질 합니다.

전등을 끄려는데 옆집에 사는 같은 반 용수 방은 환해요.

'저 녀석 아직도 책상에 있구나!'

다정이는 마당에 나왔어요. 총총한 별을 바라보며 생각합니다.

'지난번에도 지지난번에도 용수가 일등을 놓치지 않았어. 열심히 하기 때문이겠지. 학습에 무슨 왕도가 있겠어. 책과 친하면 되는 거지. 용수는 정말 공부벌레야. 언제까지 부러워하고만 있을 것인가?'

다정이는 저절로 한숨이 푸— 하고 나왔어요.

찬바람을 쏘이고 들어 왔더니, 잠이 달아나고 정신이 맑습니다.

다정이는 책에 눈을 주며 소리 내어 읽어내려 갑니다.

그 날 이후부터에요. 용수 창가에 불이 꺼지기 전에는, 다정이가 먼저 불을 끄는 일은 결코 없었습니다. 다정이도 차츰차츰 성적이 올라가고 있었지요. 그래 바로 이거야. 그 달 성적이 나올 때마다, 다정이는 학습에 재미라는 달콤한 도깨비 혹이 붙었습니다. 졸음이 오면 밖에 나와 별을 보며 주먹을 불끈 쥐고 자신과 다짐을 하곤 합니다.

수업시간이면 모르는 건 그냥 넘어가지 않고 꼭 질문을 했지요. 질문한 내용은 머리에 단단히 복사가 되었습니다.

다섯 달이 지났을까? 드디어 다정이도 해냈습니다. 까마득하고 멀기만 했던 일등. 다정이의 가슴은 햇덩이를 품은 듯, 뜨거움으로 가득 찼지요.

기뻐할 부모님을 생각하며 집으로 빠르게 오는 길입니다.

언제 뒤에 따라 왔는지, 용수가 씽긋 웃으며 진심어린 부드러운 말.

"다정아, 축하한다."

다정이는 멋쩍어 뒤통수만 긁적긁적.

"친구들이 나보고 공부벌레라 하지. 그렇지 않아. 학교 공부보다 오히려 다른 책 읽는 걸 좋아해."

"무슨 책?"

"동화책이나 동시집도 읽지만, 형이 먼저 읽고 추천해 주는 책."

"너는 중학생 형이 있어, 항상 좋아 보여!"

다정이는 외동이기에 형이나 누나, 동생이 있는 친구가 늘 부러웠지요.

"학습시간에는 선생님 설명에 열중하고 이해가 안 되면 질문해서 채워. 집에 와서는 선생님 설명 떠 올리며 책이나 공책보고, 한 번 반복 연습하면 그날 학습은 끝. 도서실에서도 3권씩이나 빌려주잖아. 그런 책을 읽다 보니, 선생님 설명에 이해가 빠른 것 같아 도움이 많이 돼."

"그렇구나."

다정이는 눈을 끔뻑끔뻑 고개도 끄떡끄떡.

"어제는 불교 경전을 읽었어. 본생경에 욕심 많은 왕과 성질 사나운 두 마리의 말 이야기야. 좀 어렵긴 하지만."

"뭔데? 그래도 들려줘!"

다정이가 조르자, 용수가 이야기꾼이 되어 들려줍니다.

옛날 범여왕이 나라를 다스리고 있었다. 그 밑에는 왕에게 없어서는 안 될 착한 대신이 하나 있었다고 해. 항상 왕과 의논의 상대가 되었지. 그러기에 착한 대신은 왕에게 있어 어떤 일에도 없어서는 안 될 중요한 존재였어. 그런데 왕의 성질이 재물을 무척 좋아했나 봐. 그는 마하소나라는 난폭한 말을 가지고 있었어. 어느 때, 북국의 말 장수들이 5십 마리의 말을 가지고 와서 왕에게 알리었다. 전에도 이런 말을 산 일이 있었다고 해, 하나도 깎지 않고 제값을 다 주었기에 왕은 불만이었대. 이번에는 다른 대신을 불렀다.

"난폭한 말을 저들 말 가운데 들여보내거라. 그래서 저들을 물어 상처를 내고 저 말들이 지친 것을 보고 값을 싸게 부르라."

그 대신은 분부대로 실행했지. 말 장수들은 그것을 불쾌하게 여기고 착한 대신에게 이야기 했다.

"너희들도 사나운 말을 가지고 있지 않는가?"

"수하수라고 성질 사나운 말이 있습니다."

"다음에 올 때에는 그 말을 데리고 오시오."

그들은 착한 보살이 시키는 대로 다시 올 때, 그 말을 몰고 왔다.

왕은 말장수가 왔다는 말을 들었다. 그 말들을 바라보다가 그 사나운 마하소나를 놓아 보냈다.

말 장수들도 그 거친 말이 나오는 것을 보고, 사나운 수하수의 고삐를 슬며시 놓아주었다. 그 말들은 만나자 서로 몸을 핥아주며 사이좋게 서 있었다. 왕을 보살에게 물었다.

"저 말들은 다른 말에 대해서는 거칠고 난폭하지. 그래서 싸움을 걸고 물어서 상처를 내기도 하잖아. 그런데, 지금 동지끼리 만나자 서로 몸을 핥아주며 의좋게 서 있네. 저건 무슨 까닭인가?"

"대왕님, 저 두 마리는 서로 다른 것은 아닙니다. 저들은 행실이나 성질이 같습니다."

착한 보살은 동시를 낭송하듯 다음 게송을 읊었습니다.

물에 기름이 돌듯
물은 물과 섞이고
기름은 기름과 섞이듯,

뻔뻔스럽고 염치없는 놈
바르지 못한 놈은 바르지 못한 놈

악한 놈은 악한 놈과 친하다고 합니다.

착한 대신은 천천히 왕의 앞으로 다가갔습니다.

"대왕님, 왕이 되신 분은 탐욕이 많아서는 안 됩니다. 말을 헐값에 사려면 남의 물건을 빼앗는 거나 다름없는 나쁜 짓입니다."

왕은 부끄러워하며 크게 뉘우치고, 착한 보살을 가까이 두고 항상 의논하곤 했다.

말 장수들도 적당히 흥정하여 제 값을 받고 만족하며 떠났다고 해.

이야기를 마치고 씨—익 웃는 용수. 대단한 능력을 가진 친구입니다.

"너는 어려운 말의 이름도 잘 외우네!"

"그 어렵고 긴 공용의 이름도 많이 외우는 걸. 관심을 가지면 돼."

다정이는 용수와 친하고 싶습니다. 그래서 용수 좋은 점을 조금씩 닮아가려고 합니다.

"끼리끼리(기氣가 같은 사람) 논다는 말이 있고, 노는 물이 다르다고도 하지."

다정이도 얼핏 이런 말이 떠올랐습니다.

"그—래. 바로 그거야."

용수가 활짝 웃으며 손바닥을 짝 폅니다. 다정이도 다가와 "짝—짝" 하고 부딪쳤습니다.

“벼 아흔아홉 가마를 가진 사람은 백 가마를 채우기 위해, 한 가마 가진 사람 것을 빼앗으려는 탐욕을 가지고 있다고 해.”

용수는 의젓하게 이런 속담도 할 줄 압니다.

“다른 이에게 베풀지 않으려면 부자가 되지 마라. 우리 할아버지가 들려준 말이야.”

다정이도 거들고 싶었습니다.

그 이후로 시소처럼 다정이와 용수는 성적이 오르고 내리고 선의의 경쟁을 했지요. 공책도 빌려주고 집으로 놀러 오고 놀러갑니다. 용수와 다정이는 정말 다정한 사이가 되어갑니다. 학년이 올라가도 오래도록 이어지는 친구가 되자며 서로 껴안고 등도 오래도록 토닥토닥 거렸습니다.

◐ 생각 키우기

그 사람 주변의 친구를 보면 그 사람을 알 수 있다고 합니다.

우리 어린이도 나하고 친한 친구를 한 번 떠 올려 봐요. 그 친구의 행실이 좋은 아이인지, 그렇지 않은지. 친구의 허물을 덮어 주는지, 자꾸 들추어 흉을 보는지? 칭찬에는 발이 달렸지만, 험담에는 날개가 달렸답니다. PC방에 가자고 하는 친구보다, 도서실에 가자고 하는 친구가 어때요? 〈본생경 제158화 선협(善頰)의 전생 이야기〉

**蓮華心 · 潘仁子**

월간문학 동시 신인상. 평화신문 신춘문예 동화 당선. 대전일보 신춘문예 동화 당선. 색동회 동화구연가. 재능 시 낭송가. 한국아동문학 창작상. 성호 문학상. 한국 동시문학회 회원

수필집 『아침 무지개』, 동화집 『상처 입은 토끼의 꿈』, 『송화네 통통통 통통배』

# 옛 주인을 잊지 못하는 개

이 성 자〈평등행〉

옛날 범여왕이 바라나시에서 나라를 다스리고 있을 때였습니다. 전생에 좋은 업을 많이 쌓은 개 한 마리가 가시국의 어떤 부자 집의 딸로 태어났습니다. 딸은 착하고 얼굴까지 예뻤습니다.

어린 시절, 딸은 총명해서 뭐든 한 번 가르쳐주면 잊지 않고 잘 해냈습니다. 물론 부처님께 기도도 열심히 했습니다. 어렸을 때는 어머니를 따라 절에 다녔고, 철이 들면서는 혼자서도 절에 가서 열심히 기도했습니다.

세월이 흘러 딸은 어느덧 성숙한 여인이 되었고, 사랑하는 사람과 결혼을 하게 되었습니다. 여인은 가정을 이루고도 변함없이 숲 부근에 있는 초막을 지나 절에 기도하러 다녔습니다.

그 무렵 바라나시 부근에 가난하지만 성실한 한 남자가 살고 있었습니다. 남자는 개 한 마리를 길렀습니다. 개는 남자에게 주먹밥을 얻어먹으며 살았습니다.

"자, 맛있게 먹어라."

오늘도 남자는 자신의 밥을 나누어 주었습니다.

"컹컹컹."

남자의 정성에 개는 꼬리를 흔들며 좋아했습니다.

개는 무럭무럭 잘 자랐습니다. 남자가 가는 곳이라면 가족처럼 어디라도 따라다녔습니다.

어느 날이었습니다. 시골사람이 바라나시를 지나가던 중 남자가 기르는 개를 보았습니다. 한 눈에 개가 맘에 들었습니다.

"값을 후하게 쳐줄 테니, 이 개를 저에게 파시오."

"저는 팔고 싶은 생각이 없습니다."

남자는 단번에 거절했습니다.

"값을 두 배로 쳐 줄 테니 제게 파시오."

시골사람은 끈질기게 매달렸습니다.

남자의 마음이 흔들리기 시작했습니다. 개가 시골사람을 따라가면 주먹밥이 아니라 매일 맛있는 것을 얻어먹을 수 있을 것 같아서였습니다. 결국 남자는 시골사람에게 개를 팔고 말았습니다.

"자, 이제 나를 따라가자꾸나!"

시골사람은 개의 목에 가죽 끈을 매고 끌었습니다.

"컹컹컹, 컹컹컹."

개는 남자와 헤어지기 싫어서 짖었습니다. 눈에는 눈물이 그렁그렁 했습니다. 그러나 아무리 바동거려도 소용없었습니다. 결국 시골사람에게 끌려 갈 수밖에 없었습니다.

개를 끌고 걸어가던 시골사람은 숲으로 가는 길가 초막을 발견했습니다. 초막에는 먼저 온 몇몇 사람들이 앉아 쉬고 있었습니다. 시골사람도 잠시 쉬어 가려고 초막에 걸터앉았습니다. 피곤했던지 졸음이 한꺼번에 몰려왔습니다.

"너도 잠시 이곳에서 쉬어라."

남자는 개를 초막 기둥에 단단히 매어 두고 사람들 틈에 누워 잠이 들었습니다.

그날, 절에 기도하러 가던 여인이 숲길로 들어서 초막 곁을 지나고 있을 때였습니다.

"컹컹컹."

묶여 있던 개가 여인을 향해 꼬리를 흔들었습니다. 다른 사람이 듣지 않도록 아주 낮게 짖어댔습니다.

여인은 가던 길을 멈추고 개 앞으로 다가갔습니다.

"가죽 끈으로 단단히 묶여있구나!"

안타까운 마음에 여인은 그 자리를 떠나지 못했습니다. 잠시 생각에 젖어있던 여인이 개 곁에 쪼그려 앉았습니다.

"너는 실로 미련하구나. 개야, 왜 그 끈을 물어 끊고 속박에서 벗어나 자유의 몸이 되어 네 집으로 달려가지 않느냐."

여인은 기도하듯 개를 바라보며 말했습니다. 개가 꼭 그렇게 하기를 간절히 바라는 것 같았습니다.

"나도 이미 마음에 결정을 내리고 그것을 가슴 속에 묻어두었다네. 이 사람들이 다 잠이 들기를, 그 때가 오기를 지금 기다리고 있다네."

개도 기도하듯 여인을 향해 말을 하는 것이었습니다. 개의 말을 알아들을 수 있었던 여인은 실로 기쁜 마음을 감추지 못했습니다.

"그럼 잘 가게."

여인은 일어서 개를 향해 손을 흔들어 주었습니다. 이제 안심하고 절을 향해 숲길을 걸어갔습니다.

잠시 후, 초막에 누워있던 사람들이 모두 잠이 들었습니다. 개는 사람들이 다 잠든 때를 기다려 그 끈을 풀고, 제 주인 집을 향해 달려갔습니다.

지금도 개들은 목줄만 풀리면 전생에 그랬듯 현생에서도 옛 주인을 향해 달려간답니다.

◐ 생각 키우기

우리가 태어나고 자라고 어른이 되기까지 주변의 많은 사람들(인연)의 도움을 받고 살아갑니다. 그런데 요즈음에는 자신에게 주어진 인연을 대수롭지 않게 생각하는 사람들이 많은 것 같아요. 이 글은 가죽 끈에 매여 끌려가면서도 옛 주인과의 인연을 잊지 않는 개의 전생이야기입니다. 이 이야기를 통해 우리도 인연의 소중함을 다시 한 번 생각해보면 어떨까요? 〈본생경 제242화 개의 전생 이야기〉

**平等行 · 李誠子**

아동문학평론신인상(1992), 동아일보신춘문예당선, 계몽아동문학상, 눈높이아동문학상, 방정환문학상 등을 수상. 작품집으로 『너도 알 거야』, 『키다리가 되었다가 난쟁이가 되었다가』, 『입안이 근질근질』, 『손가락 체온계』, 『내 친구 용환이 삼촌』, 『딱 한 가지 소원』 등을 펴냈으며, 광주교육대학교와 동 대학원 출강.

# 주인을 흉내 낸 말

백 승 자〈선혜〉

옛날 사바 왕이 바라나시에서 나라를 다스리던 때의 이야기입니다.

바라나시는 갠지스 강 서쪽 기슭을 따라 길게 뻗어 있는 오래된 도시이지요.

"장차 이곳은 종교 문화와 예술 철학이 꽃피는 유서 깊은 땅이 될 것이니…!"

왕은 작은 세상일에도 관심을 갖고 의욕적으로 통치하는 스타일이었답니다.

마침 사바 왕 곁에는 지혜로운 대신이 있었어요. 그는 왕의 개인적인 일이든 공식적인 일이든, 바르고 효율적으로 해결되도록 언제나 충성을 다했지요.

"대신, 어찌 그리 고문관 노릇을 잘하는고? 그대가 있어 마음이 놓이는구나."

"아니옵니다. 제가 드리는 의견은 그저 세상의 이치를 따르는 정도인걸요."

"허허허, 세상의 이치라…?"

"예! 그저 물이 높은 곳에서 낮은 곳으로 흐르듯이… 그 순리를 어기지 않고자 할 따름이옵니다."

"그렇다면, 일찍이 세상의 이치를 깨닫고 사는 법을 터득한 게로구나. 내가 대신에게서 배우도다!"

왕은 그윽한 눈빛으로 대신을 바라보며 흐뭇한 마음을 나타냈어요.

한편, 왕에게는 판다바라는 말이 있었어요. 판다바는 왕이 이용하는 말 중에 가장 힘 좋고 잘생긴 말이랍니다.

판다바의 주인은 왕이지만, 그 말을 길들이고 채찍질하는 건 산아라는 마부의 몫이었지요.

그런데 산아는 타고난 절름발이였어요.

산아가 비록 장애를 지니긴 했으나 워낙 영리해서 지금껏 마부 직책을 지켜올 수 있었답니다. 아무도 다스리지 못한 힘센 판다바를 쉽게 길들이는 능력을 인정받을 정도이니까요.

"흐음, 산아가 장하구나!"

"저 커다란 말이 오직 산아 앞에서만 꼼짝 못하지 않습니까?"

"저것도 타고난 재주일세!"

절뚝이며 말을 모는 산아를 못마땅해 하기는커녕, 오히려 볼 때마다 칭찬을 해서 대신들이 의아해 할 정도였어요.

왕은 이따금 산아가 모는 말을 타고 나가 백성들이 사는 모습을 살피곤 했답니다.

곳곳에서 가난하거나 병들어 신음하는 백성을 찾아내 남몰래 돕고자 애쓰는 왕의 성정은 크게 소문내지 않기로 했지요.

왕의 행차가 없을 때에는 산아는 늘 마구간 옆에서 대기 상태로 지냈습니다. 판다바도 산이 곁에서 명령만 기다리며 잠자코 기다렸어요. 그렇게 며칠을 일없이 지내도 지루하지 않은 건, 어느새 정이 듬뿍 든 산아와 판다바니까 가능한 일이겠지요.

"판다바, 오늘은 마마께서 행차를 하실까, 안 하실까?"

산아가 말의 옆구리를 쓰다듬으며 물어봅니다.

"히히힛, 히잉!"

말은 간지럽다는 듯 꼬리를 툭 치며 움직이지만, 산이를 밀어내지는 않습니다.

"멈춰!"

판다바는 마구간 기둥에 머리를 비비다가도 산아의 한 마디면 딱 멈출 정도였습니다.

"행차 준비! 어서 말을 대령 하여라!"

"옙!"

갑자기 떨어진 명령에 산아가 불편한 다리로 일어섭니다.

"판다바, 오늘도 실수 없도록. 일어섯!"

산아가 손가락만 까딱하면 판다바가 재빨리 움직입니다.

채찍을 휘두르기도 전에 달릴 때와 멈출 때를 척척 알아차리는 것도 산아의 능력일까요?

"판다바, 오늘 아주 잘했어!"

산아는 까치발로 제 키보다 높은 말머리를 쓰다듬어 주었어요.

"산아, 말을 다루는 재주가 참으로 용하구나!"

"가만히 보니 말에겐 네가 스승인 것 같아!"

"황공하옵니다!"

자세히 지켜본 대신들도 한마디씩 칭찬을 했어요.

그런데 얼마 후부터 큰 걱정거리가 생겼어요.

그토록 건강하고 씩씩하던 판다바가 산아와 똑같이 오른쪽 다리를 절기 시작한 거예요.

"판다바, 무슨 짓이야? 똑바로 걸어."

산이는 안타까워 어쩔 줄 몰랐어요.

"다리를 다친 적도 없는데 왜 이러지? 자자, 똑바로 한번 걸어 볼래?"

갑작스럽게 나타난 판다바의 증세에 당황한 산아는 말을 이끌고 이리저리 뛰었어요. 하지만 말의 고삐를 잡고 앞장 서는 산아의 뒷모습은 뒤뚱거릴 수밖에 없었지요.

하루아침에 낯익고 정든 말을 탈 수 없게 된 임금도 대신도 고개를 갸우뚱할 수밖에요.

이름난 수의사가 차례로 진찰을 해도 원인을 찾지 못한 채 며칠이 지났습니다.

“그대가 책임지고 확실한 원인과 결과를 찾아보라!”

왕은 역시 신임하는 대신에게 명령을 내렸어요. 대신은 온갖 지혜를 모아 원인을 캐기에 힘을 쏟았지요.

“아하!”

대신은 비로소 무릎을 탁 치고 일어섰어요. 그리고 몇 구절의 시로 판다바의 증세를 설명했어요.

사마왕의 말 판다바는
건강한 몸으로 태어났다네.
그를 처음부터 길들인 마부는 산아,
판다바에겐 마부가 스승인 셈이지
그런데 이를 어쩌나!
절름발이 산아만을 곧이곧대로 따르다가
자기의 본래 몸 습성을 버리고
판다바도 마침내 절름발이가 되었다네.

어이없도다.
말에게는 건강한 다리가 생명인데
자기를 길들인 마부만을 따르다
그 장애조차 흉내 내다니.

산아는 큰 깨달음을 얻었어요.

“제가 길들인 말에게 좋은 본보기가 되지 못한 것 역시 잘못이라는 걸 몰랐사옵니다.”

“그렇구나! 다른 일자리를 알아보자꾸나.”

대신은 눈물을 머금고 그곳을 떠나는 산아를 따뜻하게 지켜봤어요. 그리고 판다바의 치료법은 의외로 간단했답니다.

판다바에게 다른 마부를 붙여 주면 되었거든요. 이제는 산아 대신 두 다리가 튼튼해서 똑바로 걷는 마부가 판다바를 채찍질하게 되었지요.

스승 되기 어디 쉬울까
보여주는 모습조차 가르침이라네.
누구를 사귀느냐,
그것이 사람의 일생을 좌우하겠네….

물론, 새 마부에게 길들여진 판다바는 예전의 습성을 되찾아 또박또박 멋진 걸음으로 돌아왔어요.

“오호라! 그대는 수의사도 못 알아낸 짐승의 습성까지 알아차렸구려.”

왕은 대신에게 큰 지위를 내리고 더욱 신뢰하게 되었답니다.

◐ 생각 키우기

누구를 만나 어떻게 살아가는 게 옳을까요.

좋은 인연이란 서로에게 보탬과 위로가 되는 사이라고 생각합니다.

향을 싼 종이에선 향내가 나고 생선을 싼 종이에선 비린내가 난다고 하지요.

가까이 살다 보면 누군가의 영향 받을 수밖에 없고, 그 인연이 한 사람의 생애를 좌지우지 할 수 있다는 사실을 깨닫게 하는 이야기입니다.

선량한 본성을 바로 세우는 일 또한 우리가 평생 잊지 말아야 할 과제이겠지요.

〈본생경 제184화 산아(山牙)의 전생 이야기〉

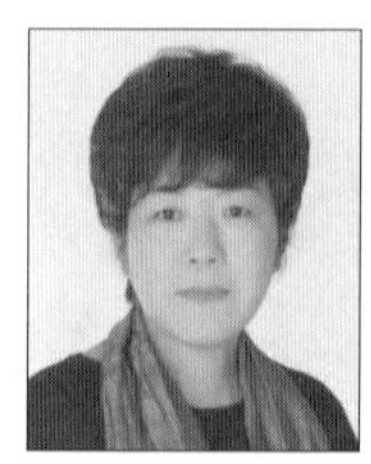

**善慧 · 白承子**

《아동문예》 동화 당선(1988)

동화집 『해니네 집』, 『아빠는 방랑요리사』 등

한국아동문학상, 방정환 문학상 수상

# 다섯 마리의 까마귀

박 선 영〈운문〉

인도의 한 마을에 친구 다섯 명이 살았다. 그 친구들은 서로 아주 친했고, 다들 고생을 모르고 부자로 살았다. 친구들은 매일 모여서 "삶이 별로 재미없다." "자식들도 다 결혼시켰으니, 이제 우리끼리 잘 지내자." "뭐 좋은 일하며 재밌게 살 방법이 없나?" 이런 말들을 하며 지냈다.

어느 날 부처님이 그 마을에 와서 마을사람들에게 하는 말씀을 듣고는 친구들이 모두 감동을 했다. 그래서 의논을 하고는 부처님 제자로 다함께 출가를 했다.

그런데 그들은 나이가 많고, 고생을 안 하고 살았기 때문에 부처님과 제자들처럼 공동생활을 하는 게 고생스러웠다. 부처님과 제자들은 집집마다 다니며 주는 대로 얻어먹고, 동굴이나 나무 밑에서 잠을 잤다. 그런데 나이 든 친구 다섯 명은 그렇게 살 수가 없어서 따로 방을 만들어 자기들끼리 살고, 얻어온 밥을 가지고 예

전에 살던 가족의 집에 가서 간장, 기름을 달라고 해서 더 맛있게 먹었다. 그 친구들이 마을에 가면 늘 한 집으로 모였는데 친구의 아내 중 박 씨 아줌마가 아주 착해서 잘해줬기 때문이었다.

그들은 출가 전보다는 고생스러웠지만 그래도 다른 출가자보다는 훨씬 편한 생활을 했고, 그 생활은 박 씨 아줌마 덕이었다. 그런데 어느 날, 박 씨 아줌마가 갑자기 세상을 떠났다. 친구들은 너무 놀라고 슬퍼서 큰소리로 울면서 돌아다녔다. 그걸 안 부처님이 그들에게 이런 이야기를 들려주셨다.

옛날에 까마귀 다섯 마리가 살았습니다. 그들은 암까마귀와 같이 몰려다니며 먹을거리를 구하곤 했는데 어느 날, 바다에서 용왕에게 제사를 지내는 자리를 지나갔지요. 사람들은 제사상을 용왕에게 바치고 돌아갔고 굶주린 까마귀들은 그 음식을 배불리 먹을 수 있었어요. 우유, 고기 등 맛있는 음식을 먹는 것까지는 좋았는데 술도 먹고 말았지요. 취한 그들은 바다에 몸을 담그고 놀았어요. 그러다가 파도가 크게 치면서 힘이 약한 한 암까마귀가 물살에 휩쓸려가고 말았답니다. 술 취한 까마귀들은 그것도 모르고 놀았고, 암까마귀는 결국 바다 가운데로 쓸려가다가 빠져죽고 말았지요.

나중에 까마귀들이 암까마귀가 없다는 사실을 알고 놀라서 사방으로 찾아보았지만 소용이 없었습니다. 까마귀들은 큰소리로 엉엉 울었습니다. 그럴 수밖에 없는 게 죽은 암까마귀는 다섯 마리 까마귀에게 너무나 잘 대해준 사랑스러운 존재였으니까요.

"이렇게 울기만 할 것이 아니라 우리가 어떻게 그 까마귀를 구할 수 있지 않을까?"

까마귀들은 방법을 생각해보았지요. 그러다가 바닷물을 다 퍼내면 결국 사라진 까마귀를 찾을 수 있지 않을까, 하는 의견이 나왔어요. 그래서 까마귀들은 부리로 바닷물을 퍼서 육지에 갖다 붓기 시작했습니다.

하지만 까마귀 부리로 나른다고 그 넓고 깊은 바닷물이 꿈쩍이나 할까요?

그들은 날이 어두워질 때까지 해보았지만 결국 부러질 듯 날개는 아파오고, 짠물을 나르다보니 목을 타들어가고 해서 결국 포기하고 말았습니다.

그때부터 또 까마귀들은 소리 내서 울기 시작했습니다. 그 소리가 얼마나 크고 지루했던지 바다 용왕이 나와서 그들을 쫓아냈어요.

부처님은 다섯 명의 늙은 출가자들에게 여기까지 이야기를 들려주고 물으셨다.

"그 다음에는 까마귀가 어떻게 됐을까요?"

다섯 출가자들이 말을 못하자 부처님이 대답하셨다.

"그 까마귀들은 그 뒤로 더 행복해졌습니다. 남을 위해 우는 것보다 중요한 것은 자신의 인생을 생각하는 것입니다."

◐ 생각 키우기

남에게 기대서 사는 사람은 행복하지 않다. 자기 일은 스스로 할 줄 알아야 행복할 수 있다. 남을 위해 울 때, 다시 한 번 생각해보자. 그 사람이 정말 불쌍해서 우는 건지, 아니면 그 사람으로 인해 내가 받는 영향 때문에 우는 건지 말이다. 〈본생경 제146화 까마귀 이야기〉

**雲門 · 朴鮮瀅**

2007년 불교신문 신춘문에 동화부문에 당선돼 등단했고 현재 인터넷 불교 언론 불교플러스의 취재부장이다. 《정말 멋져, 누가?(2007 올해의 불서10)》, 《물도깨비의 눈물》, 《석가모니는 왜 왕자의 자리를 버렸을까?(공저)(2010 올해의 불서 우수상)》, 《미운오리새끼들》, 《특별한 장승(공저)》 등의 책이 나왔다.

# 성을 봉쇄하여 왕위에 오른 업보

김 동 억〈학암〉

옛날 부처님이 쿤디야 성 가까운 쿤다다나 숲에 계실 때였습니다. 코리야 왕의 딸로 태어 난 숫파바사라는 한 보살이 살고 있었습니다.

어려서부터 영특하고 착한데다 남을 배려하는 마음이 깊어 주위 사람들의 칭찬을 독차지하였습니다. 거기다가 믿음 또한 깊었습니다.

성년이 되어 어질고 듬직한 남편을 맞아 결혼을 하였습니다.

결혼을 하고 얼마 있지 않아 임신을 하였습니다. 그런데 어찌 된 일인지 배 안에 아기를 가지고도 7년 동안이나 낳지 못하는 괴로움에 시달려오다가 산기가 있고도 또 이레 동안 심한 고통을 느꼈습니다.

그런 가운데서도 믿음이 깊은 숫파바사 보살은

'부처님은 이런 고통에서 벗어나도록 하기 위해 설법하시므로 남을 깨닫게 하는 분이고, 부처님의 제자들은 이런 고통에서 벗어나기 위해 수행하고 있으므로 바른 수행자이며, 열반에 들면 고통이 없고 몸과 마음이 편안하고 즐거울 것이다'

생각하며 고통을 참고 또 참았습니다.

보살은 이러한 마음과 존경하는 뜻을 전하기 위해 그 남편을 부처님께 보냈습니다.

부처님은 이 말을 듣고

"코리야 왕의 딸 숫파바사여, 편안하여라. 그리고 고통 없이 건강한 아이를 낳도록 하여라."

하고 말씀하셨습니다.

부처님이 이렇게 말씀하시자 곧바로 그 여자는 고통 없이 편안하게 건강한 아기를 낳았습니다.

남편이 집에 돌아와 보니 아내가 아기를 낳았습니다. 아들이었습니다. 참으로 신기하였습니다. 부처님의 가피에 감읍하였습니다.

숫파바사는 아기를 낳은 뒤에도 이레 동안 부처님과 그 제자들을 공양하려고 다시 남편을 보내 초대하였습니다.

그때 이미 부처님과 제자들은 목건련 장로의 신자 집에 초대를 받은 뒤였습니다.

그러나 부처님은 숫파바사에게 공양할 기회를 주기 위해 장로에게 양해를 구하고, 이레 동안 제자들과 함께 그 보살의 공양을 받으셨습니다.

이레째 되는 날 숫파바사 보살은 그의 아들 시바리를 부처님과 비구들에게 차례로 뵙고 예를 갖추게 하였습니다.

그 자리에서 사리불 장로는 아이에게 물었습니다.

"시바리여. 편안한가?"

"스승님, 어떻게 제가 편안할 수 있겠습니까? 저는 7년 동안 피 항아리 속에서 살고 있었습니다."

숫파바사는 이 말을 듣고

'내 아들은 난 지 이레 밖에 안 되었는데 부처님 다음 자리에 앉는 사리불 장로와 이야기를 하는구나.'

하며 크게 기뻐하였습니다.

이 모습을 지켜보던 부처님이 물으셨습니다.

"숫파바사여, 그대는 이런 아이를 더 얻고 싶은가?"

"스승님, 이런 아이를 일곱 쯤 더 얻고 싶습니다만 그것은 더 바랄 수 없는 일이지요."

"그런 생각 하지 말고 시바리를 일곱 아이 못지않게 잘 키우도록 하게."

부처님은 기뻐하는 게송을 읊고 자리를 뜨셨습니다.

그 이후 숫파바사 보살은 이러한 부처님의 가르침을 실천에 옮기며 하나 뿐인 아들을 훌륭하게 키우는데 정성을 다했습니다.

그리하여 시바리는 일곱 살에 부처님께 귀의하여 스무 살에는 구족계를 받았습니다.

그는 언제나 주위를 살피고 어렵고 힘든 사람들을 배려하며 나

놈을 실천하여 수행자 가운데서도 가장 높은 경지인 아라한의 자리에 올랐습니다.

어느 날 비구들이 법당에 모여

"법우들, 시바리 장로는 그처럼 큰 선을 행하는 사람으로 서원을 세우고 열반에 들 수 있는 위치에 올랐는데 어찌하여 7년 동안이나 피 항아리 속에서 살았으며, 7일 동안 태어나는 고통에 괴로워하였을까? 그 어머니와 아들은 무슨 업에 의하여 그처럼 큰 고뇌를 받았을까?"

하며 이야기를 하고 있었습니다.

그 때 부처님이 오셨습니다.

"비구들이여, 그대들은 지금 무슨 이야기를 하고 있는가?"

비구들이 그 사실을 사뢰자 부처님은

"비구들이여, 큰 선을 행하는 시바리가 7년 동안 피 항아리 속에 살았던 것이나 7일 동안 태어나는 고통에 괴로워 한 것은 다 그가 범한 업에 의한 것이요, 숫파바사가 7년 동안 아기를 태 안에 두고 고통을 받은 것이나 7일 동안 낳는 고통에 괴로워 한 것도 다 그가 범한 업에 의한 것이다."

하고 그 전생 이야기를 들려주셨습니다.

옛날, 범여왕이 바라나시에서 나라를 다스리고 있을 때였습니다. 보살은 그 첫째 왕비의 왕자로 태어났습니다.

어려서부터 무척 영리하고 용맹스러워 주위 사람들의 칭찬을 받으며 자랐습니다.

성년이 되어서는 득차시라에서 학문을 배우고 무술을 익히며 왕위를 이어 갈 수업을 하고 있었습니다.

그 때에 주위에 있던 구살라국의 왕이 많은 군사를 이끌고 쳐들어왔습니다.

바라나시 성을 쳐부수고 왕을 죽인 다음, 그 첫째 왕비를 자기의 아내로 삼았습니다.

왕자는 부왕이 붙잡혀 죽자 훗날을 다짐하며 하수구 구멍으로 몰래 성을 빠져나왔습니다.

그리고는 군사들을 다시 모아 이끌고 성문 밖에 이르러 왕위를 내어놓든지 그렇지 않으면 싸우자고 하였습니다.

구살라국의 왕이 성과 왕위를 내어 놓을 리 만무하였습니다.

이 소문을 들은 왕비가 왕자에게 편지를 보내 왔습니다.

「싸울 필요가 없소. 바라나시 성을 포위하여 사방의 교통을 끊도록 하세요. 그리하여 땔감과 물과 양식이 들어오지 못하게 하세요. 그러면 백성들이 살지 못하게 되어 싸우지 않고 이길 수 있을 것이오.」

라고 하였습니다.

왕자는 어머니 편지대로 이레 동안 교통을 끊고 그 성을 봉쇄하였습니다.

성 안의 백성들은 성 밖으로의 교통이 끊기고 물과 먹을 양식 그리고 땔감이 들어오지 않으니 견딜 수가 없었습니다.

배고픔과 추위에 떨다 못한 백성이 왕의 머리를 베어 왕자에게 갖고 왔습니다.

왕자는 성 안에 들어가 어머니를 구하고 왕위에 오르게 되었습니다.

◐ 생각 키우기

시바리는 전생에 이레 동안 교통을 끊고 성을 봉쇄하여 그곳을 점령한 업보로 7년 동안 피 항아리 속에 살았고 7일 동안 태어나는 고통에 시달렸습니다.

그의 어머니인 숫파바사는 아들을 시켜 성을 봉쇄하라고 일러 주었기 때문에 7년 동안 아기를 태 안에 두고 괴로워하였으며 7일 동안 아기를 낳는 고통에 괴로워하였습니다.

이처럼 옳지 못한 일을 하면 언젠가는 그에 따른 벌을 받게 된다는 이야기입니다. 착한 일을 많이 해야지요. 〈본생경 제100화 혐오색의 전생 이야기〉

**鶴岩 · 金東億**

1946년 경북 봉화에서 태어나 1985년 〈아동문예〉 신인문학상 당선으로 문단에 나왔으며 아동문학소백동인회장, 봉화문학회장, 한국문협영주지부장, 경북글짓기연구회장을 지냈다. 대한아동문학상, 영남아동문학상, 경상북도문학상을 수상하였고, 〈해마다 이맘때면〉, 〈하늘을 쓰는 빗자루〉, 〈정말 미안해〉 등의 동시집을 펴냈다.

# 미운털의 5백대 수레

권 영 주〈지장화〉

"부처님! 난감한 일이 생겼는데 어찌해야 할지 몰라서 부처님께 여쭙기 위하여 왔습니다."

급고독 장자가 기원정사에 계시는 부처님을 찾아와, 무릎을 꿇고 세존의 두 발에 자신의 이마를 대고 예를 올리고 나서, 간절한 어조로 아뢰었습니다.

"오, 그래. 무슨 일인가?"

부처님도 얼른 받아 주시었습니다.

급고독 장자는 재가 제자로 부처님의 가르침을 듣고 크게 감동하여, 그 법을 널리 펴시도록 제일 먼저 이 기원정사를 지어 석가모니부처님께 바친 큰 부자였습니다.

그의 본명은 수닷타인데, 고아나 외로운 이에게 항상 옷과 음식을 베풀어서, '외로운 이에게 무엇이든 준다.' 라는 뜻의 '급고독' 이라는 별명을 얻었습니다. 누구에게나 도움을 청하는 이가 있으면 서슴없이 도와주는 자비심이 많은 장자였습니다.

일이 있을 때마다 부처님께 찾아와 지혜를 구하곤 했습니다.

"저에게는 한 동네에서 자란 친구가 있는데, 30년 동안 소식이 없었습니다. 그런데 한 달 전쯤에 하인을 시켜 국경에서 나는 500대 분량의 각종 상품을 보내왔습니다.

그가 보낸 하인이 말하기를 '사위성으로 찾아가서 내 벗 급고독 장자의 보는 앞에서 다 팔고, 그 대신 다른 물품을 사가지고 돌아오너라.' 했답니다.

그래서 저는 '잘 왔다.' 하고 그들에게 숙소와 돈을 주었습니다. 그리고 오랜 동안 소식을 모르고 지낸, 그 벗 장자의 안부를 물은 뒤에 가지고 온 물품을 다 팔고, 다른 물품을 대신 사 주었습니다. 거기다 멀리 국경지역에서 산다기에 선물도 듬뿍 챙겨서 보내 주었습니다."

"그것 잘 했구먼. 역시 급고독이야!"

부처님이 칭찬해 주셨습니다.

"부처님 제 말씀 좀 들어 주십시오. 그것만이면 제가 부처님을 찾아뵙지 않았을 것입니다."

"아 알겠네. 이야기하게나."

"어릴 때 그 친구의 별명이 '미운 털' 이었어요. 이유 없이 자기보다 어리거나 약한 친구들을 때리거나 괴롭히고, 자기 마음에 드는 학용품을 빼앗고, 청소는 아예 하려고 들지 않았습니다. 동네에서도 텃밭의 채소를 못 먹게 망가뜨리고, 지나가는 개는 보는 대로 발로 걷어차 개들도 미운털만 보면 슬금슬금 피해 다녔습니다.

학교를 졸업했지만 그를 받아 줄 직장이 없어 건달 노릇을 하더니 어느 날 야반도주하고 말았습니다. 뒷소문에 의하면 빚을 잔뜩 지고 도망쳤답니다. 저도 적지 않은 양의 돈을 빌려주었습니다.

그로부터 이제까지 소식이 없더니 나타난 것입니다."

급고독 장자는 여기까지 이야기를 하고 잠시 머뭇거렸습니다. 더 이야기를 해야 할지 말아야 할지를 주저하는 듯했습니다.

다음 이야기가 나오기까지 부처님도 말없이 기다려 주셨습니다.

이윽고 다시 입을 열었습니다.

"부처님이 아시다시피, 저도 상인이잖습니까. 장사를 하기 위하여, 하인을 시켜 500대의 수레에 물품을 실어, 국경 그 친구에게 보냈습니다. 물론 편의를 제공해 달라고, 선물도 많이 준비해서 같이 보냈습니다."

하인들은 국경지방으로 가서 그 장자를 만나서 선물을 전했습니다. 그 장자가 물었습니다.

"너희들은 어디서 왔는가?"

"사위성에 있는 당신의 벗 급고독 장자 집에서 왔습니다."

"급고독 장자가 누구인가?"

미운털은 처음 듣는 이름인 듯 비웃기까지 하였습니다. 그러면서도 선물은 냉큼 받아 챙긴 뒤에

"너희들은 돌아가라!"

하고는 숙소도 제공해 주지 않고, 돈도 주지 않았습니다.

하인들은 낯선 곳에서 아무 도움도 받지 못해서 몇 날 며칠을 고생고생하며, 그래도 가지고 간 물품은 모두 팔고, 계획한 대로 다른 물품을 싣고 예정보다 늦게 돌아와 급고독 장자에게 사실대로 보고했습니다.

급고독 장자는 말을 이었습니다.

"부처님, 저는 하인들의 보고를 받고, 마음으로는 섭섭해도 그 친구를 원망하진 않았습니다. 부처님께서 늘 말씀하시기를 원한을 품지 말라고 하셨기 때문입니다.

그런데, 그 국경의 친구가 오늘 또 500대 분량의 물품을 보내왔습니다. 저는 이번에도 미운털이 원하는 대로 잘 처리해 주려고 했습니다. 어릴 적에 놀았던 친구라서. 그러나 지난번 국경지방에 갔다가 도움은커녕 푸대접 받고 온 하인들이 적극 반대를 합니다."

부처님께서 급고독 장자의 사연을 듣고 말씀하시었습니다.

"먼저 도움을 받고 이익을 얻었으면서 그 고마움을 깨닫지 못하는 사람은 그 뒤에 어떤 일이 일어났을 때에는 다시 그를 구해줄 사람이 없느니라."

"수닷타여, 국경에 사는 그 장자가 그렇게 행동한 것은 이번만이 아니고, 전생에도 그러했다네. 그는 자기의 행위에 따라 복도 받고 해악도 당한다는 것을 깨닫지 못하고, 가엽게도 태어날 때마다 같은 짓을 되풀이 하고 있어."

하시면서 미운털의 전생 이야기를 들려주시었습니다.

옛적에 브라흐마닷타왕이 바라나시에서 나라를 다스리고 있을 때 부처님은 보살로서 큰 부자 장자였습니다. 그 보살 장자는 태어날 때마다 일생 보시 등 선업을 많이 행하고 수행하여 드디어 석가모니 부처님이 되시었습니다.

그때 그에게는 국경에 벗이 있었는데 앞서 국경의 장자처럼 보살 장자가 베푼 은혜를 모르고, 자기 이익만을 챙기다가 결국 사업이 망하여 거지가 되었습니다. 그가 바로 또 미운털이 되어 같은 짓을 하고 있었던 것입니다.

급고독 장자는 부처님의 설법을 듣고, 깨달은 바가 있어 이번에는 하인들에게 그 처리를 맡기기로 하였습니다. 그 친구가 이번 일로 삶의 태도를 바꾸어, 다시는 똑같은 윤회를 하지 않게 되기를 바라는 마음에서였습니다.

하인들은 급고독 장자에게

"장자님 저들에게 줄 숙소와 돈은 저희들이 준비하겠습니다."

하고 미운털이 보낸 500대의 수레를 성 밖의 빈 장소에 두게 한 뒤에 그들에게 말하였습니다.

"여러분, 오늘은 여기서 쉬십시오. 밥은 우리 집에서 가져오겠습니다."

급고독 장자의 하인들은 밤중에 500대의 수레에 담긴 물품을 모두 빼앗고, 그들의 저고리와 바지를 다 찢어 버렸습니다. 그리고 수레에서 소를 풀어 쫓아버리고, 바퀴를 벗긴 수레를 땅바닥에 버려 둔 채 바퀴만 가지고 왔습니다.

미운털의 하인들은 바지까지 벗기고 벌거벗은 몸으로 두려움에 떨면서 국경지방을 향해 도망쳐 달아났습니다.

◐ 생각 키우기

우리들은 살아가면서 자칫 내가 베푼 것만 기억하고, 남들에게 받은 은덕은 잊기 쉽습니다. 속담에 '내가 베푼 것은 흐르는 물에 새기고, 내가 받은 은혜는 돌에 새겨라.'는 말이 있습니다.

다른 사람에게 도움을 받았으면 반드시 그 고마움을 잊지 말아야 하겠습니다. 〈본생경 제90화 은혜를 잊는 전생 이야기〉

**地藏華 · 權泳珠**
월간 〈한비문학〉 동시 등단
첫 동시집 『발맞추어 둥둥둥』

# 어리석은 남자

이 연 수〈만월심〉

세상을 떠도는 한 남자가 있었다. 그는 자신이 가장 현명하여 이치에 맞는 말만을 한다고 뽐내었다. 그러던 어느 날 사위성으로 와서 사람들에게 물었다.

"누가 나를 상대할 수 있는가?"

"오직 부처님만이 당신을 상대할 수 있을 것이오."

그 말을 듣고 남자는 바로 자신의 제자들을 이끌고 부처님이 계신 기원정사로 갔다. 그리고 많은 보살들 앞에서 설법하고 계신 부처님께 물었다. 부처님은 그의 질문에 흔쾌히 대답을 하시고 다시 그에게 물었다.

"하나란 무엇인가?"

"그것은……"

남자는 말문이 막혀 쩔쩔 매다 그만 도망을 치고 말았다. 그러자 모여 있던 사람들이 말했다.

"부처님, 저 어리석은 자가 부처님의 한 번 질문에 꼼짝 못하고 당했습니다."

"저자는 전생에도 그러했다."

부처님은 그 과거에 일어났던 일을 말씀하셨다.

옛날에 보살은 아주 훌륭한 집안에 태어났다. 청년이 되자 편안하게 사는 욕심을 버리고 집을 나와 도를 깨우치기 위해 설산에 들어갔다. 보살은 깨우침을 얻게 되자 설산을 나와서 시장 근처 황하가 굽이쳐 흐르고 있는 곳에 초라한 오두막을 짓고 살았다.

그 때 도를 깨우친다며 온 수미산을 다니며 말씨름을 하던 남자가 있었다. 그는 시장에 들어와서 소리쳤다.

"누가 나랑 이치를 논하겠는가? 나랑 대적할 사람은 누구냐?"

남자는 보살의 명성을 듣고 자신이 이끄는 무리들과 보살을 찾아갔다. 이미 보살은 그가 찾아온 이유를 알고 있었다. 그가 인사한 후 앉아 보살이 물었다.

"숲의 향기가 깊이 스며든 황하의 물을 마십니까?"

남자는 뽐내고 싶어 대뜸 물었다.

"어떤 것이 황하입니까? 이 언덕이 황하입니까 저 언덕이 황하입니까?"

이에 보살은 자비롭게 말했다.

"모래와 물과 이 언덕과 저 언덕을 다 제하면 그 항하는 어디 있는가?"

남자는 순간 말문이 막혔다. 더 할 말이 없다는 것을 깨닫고는 어쩔 줄 몰라 하다 그만 달아나 버렸다. 보살은 그 모습을 보고 게송으로 설법하셨다.

사람은 보는 것을 얻으려 하지 않고
보이지 않는 것을 얻으려 한다 하네.
생각하면 아마 그는 오랫동안 떠돌으리.
그는 바라는 것을 얻어야 하기 때문이네.

그것을 얻었어도 그것에 만족 않고
바라다 얻으면 그것을 천시하네.
사람의 욕심이란 한이 없나니
욕심 떠난 이에게 나는 귀명하노라

부처님은 이야기를 마치시고 말씀하셨다.

"지금의 저 남자는 전생에도 그러했고 그때의 그 보살은 바로 나이다."

◐ 생각 키우기

어린이 여러분! 자신만이 똑똑하다고 우쭐하여 함부로 말을 해서는 안 됩니다. 남을 업신여겨서도 안 되겠죠. 머릿속에 지식이 쌓여지고 생각이 깊어질수록 겸손한 마음으로 주위 친구들을 배려해야 합니다. 우리 친구들은 잘 하고 있겠죠?〈본생경 제244화 욕심을 떠난 이의 전생 이야기〉

**滿月心 · 李燕秀**

동화구연가. (사)색동회 정회원. 2007년 아동문학평론 동화부문 신인문학상. 동국대학교교육대학원 유아교육학전공 석사졸업.
국립서울맹학교 · 국립서울농학교 동화구연강사 지냄.
금천구호암노인종합복지관 시니어동화구연반 강사(현).
(사)한국문인협회 영등포지회 사무국장(현).
저학년 장편동화 '난 비겁하지 않아' 펴냄(2014년 가을).

# 혼쭐이 난 사기꾼

이 영 호〈덕암〉

부처님이 코살라국의 기원정사에서 제자들을 가르치고 계실 때의 일입니다.

원래 기원정사를 세운 땅은 코살라 국의 기타 태자의 것이었답니다. 부처님이 가르침을 펼 수 있는 집을 짓기에는 더 없이 좋은 땅이었지요. 그런 땅을 많은 돈을 내고 사들여서 기원정사를 짓기로 한 사람은 부처님의 가르침에 크게 감동한 수달다 장자였습니다. 수달다 장자는 코살라 국에서도 첫손가락에 꼽히는 부자였지요. 그는 평소에 가난하면서 혼자 고독하게 사는 사람들에게 많은 보시를 베푸는 분이었답니다. 그래서 사람들은 그를 급고독이라는 애칭으로 불렀답니다.

태자는 뒤늦게 수달다 장자가 많은 돈을 내고 사들여서 그 땅에 부처님과 불자들을 위한 절을 짓는다는 사실을 알게 되었지요.

“수달다 장자가 이 나라 백성들을 위해 참으로 놀라운 일을 하는구먼. 명색이 태자인 내가 부처님을 위한 그런 일을 하려는 사람에게 땅값을 턱없이 많이 받아냈으니 참으로 부끄럽게 되었어. 부처님을 위하는 일에 나도 도움을 주어야겠어."

일부러 수달다 장자를 왕궁으로 부른 태자가 말했습니다.

"가난한 백성들을 위한 그대가 많은 선생을 하고 있음을 나는 듣고 있었소. 그런데 이번에 그대가 산 내 땅에 부처님과 제자들을 위한 절을 짓는다고? 그런 좋은 일에 쓰일 땅이라면 그 옆에 있는 그보다 넓은 땅까지 쓸 수 있도록 나도 시주하리다. 그리고 훌륭한 절을 지을 수 있도록 나도 힘을 보태리다."

수달다 장자의 선행에 감동한 태자는 수달다 장자를 궁궐로 불러서 만난 태자는 그 땅 옆에 있는, 그 땅보다 더 넓은 땅을 부처님을 위하는 일에 쓰도록 보시하기로 했습니다. 그 뿐만 아니라 태자는 그 땅에 훌륭한 절을 지을 수 있도록 큰돈을 보시하겠다고 약속했습니다. 그렇게 해서 건립된 정사가 기원정사랍니다. 이 기원정사는 마가다국 임금님이 시주한 왕사성의 죽림정사와 함께 불교 최초의 양대 가람으로 부처님이 자주 머물며 제자들과 찾아오는 불자들에게 설법을 하셨답니다.

어느 날 기원정사에 잘 생긴 남자 한 사람이 번쩍이는 보석으로 장식한 코끼리를 타고 나타났습니다. 보석 장식이 요란한 푸른 색 비단옷을 입은 그 사람은 부처님의 제자들 중 우두머리 제자를 만나 말했습니다.

"부처님을 위해 참으로 훌륭한 일을 하셨습니다. 그래서 이렇게 찾아왔습니다. 정사를 짓고 남아있는 저 넓은 땅을 제게 파십시오. 태자님이 부처님을 위해 하사하신 그 땅을 저에게 넘기시면 그곳에 집 없는 불쌍한 사람들이 살 수 있는 집을 지어서 기원정사에 보시하도록 하겠습니다."

남자가 거드름을 피우며 말했습니다.

"말씀은 고맙지만 그런 일은 저희가 결정할 수 없습니다. 마침 부처님도 이곳에 와 계시고, 우리 기원정사를 지어 시주하신 수달다 장자께서도 부처님을 뵈러 와 계시니 저랑 같이 가셔서 두 분을 뵙고 말씀드리시고 허락을 받는 것이 좋겠습니다."

"아, 그렇습니까? 그럼 그렇게 하시지요."

제자들의 우두머리는 낯선 손님을 부처님이 계시는 곳으로 안내하였습니다. 낯선 손님은 부처님께 합장하고 삼배를 올렸습니다. 손님을 안내한 제자가 그 손님이 찾아온 용건에 대해 부처님께 말씀 올렸습니다. 부처님은 말없이 화려한 옷을 입은 낯선 사람을 살펴보셨습니다. 부처님의 부드러운 눈길을 받은 푸른 비단옷을 입은 사나이는 알 수 없는 두려움에 가슴이 떨리는 걸 느꼈습니다. 그런 떨림에서 벗어나기 위해 입을 열었습니다.

"부처님이시여, 저는 마가다국의 왕사성에서 온 백성입니다. 우리 임금님이 부처님께 보시하신 죽림정사에서 멀지 않은 곳에 저의 집이 있습니다. 그래서 이곳에 새로 선 기원정사 이야기를 듣고 저도 부처님을 위해 작은 선행이나마 하고 싶어서 이곳을 방문하였습니다. 아무쪼록 제 뜻을 받아 주시옵소서."

낯선 사내가 굽실거리며 말했습니다. 그러나 여전히 부처님은 아무 말 없이 사나이를 유심히 바라보기만 했습니다. 한참 그러다가 이윽고 엉뚱한 질문을 하셨습니다.

"자네는 백로가 어떤 새인지 알고 있는가?"

"네, 잘 알고 있습니다. 깃이 하얗고 우아하게 생긴 아주 큰 새이지요. 왜가리를 닮았지만 왜가리보다 크고 우아하게 생긴 새입니다."

"그렇지, 잘 아는구먼. 그런데 푸른 비단옷을 입은 자네처럼 푸른 깃으로 장식한 백로는 본 적이 없는가?"

"그런 백로는 보지 못했습니다, 부처님!"

부처님의 엉뚱한 질문에 푸른 비단옷을 입은 사내의 목소리가 떨렸습니다. 왜 그런지 사내도 알 수가 없었습니다.

"그럴 것이네. 이곳에 자네처럼 푸른 비단옷에 보석장식을 한 사람이 아무도 없는 것처럼 말이네. 그런데 아주 오랜 옛날에 푸른 깃을 가진 멋진 백로가 한 마리 있었다네. 그 백로는 멋진 푸른 깃털 때문에 하얀 백로들의 따돌림을 받았지. 그래서 언제나 무리들과 어울리지 못하고 외톨로 살아야 했다네. 먹이 사냥도 혼자 해야만 했지. 그런 어느 날 푸른 깃털 백로는 아름다운 호수를 발견하고 호숫가 얕은 물가에 내려앉았다네. 호수에는 먹음직한 물고기들이 많이 살고 있었지. 호숫가에 내려앉은 푸른 백로는 아름다운 날개를 활짝 벌리고 조는 듯 서서 고기들이 가까이 오기를 기다리고 있었지. 그런 푸른 백로의 아름다운 모습을 처음 보는 고기들은 감탄을 했다네. 그래서 푸른 백로의 멋진 모습을 다투어 칭찬하면서 좀 더 가까이 다가가서 구경하려고 했다네. 그러자 고기들을 이끌고 있던 고기 나라 임금이 소리를 질렀지. '이놈들아, 그자 곁으로 가까이 가지 마. 그놈은 너희들을 잡아먹으려고 아름다운 푸른 깃털을 뽐내면서 조는 듯 움직이지 않고 있는 것이야' 하고 말이네. 임금님의 명령에 고기들은 잽싸게 깊은 물속으로 도망쳐서 모두 무사할 수가 있었지. 푸른 깃 백로는 피라미 한 마리도 잡아먹지 못하고 그 호수를 떠나야만 했다네."

부처님의 이야기를 듣고 있던 사내가 새하얗게 질린 얼굴이 되어 비틀거리며 일어섰습니다.

"재미있는 부처님의 말씀 잘 들었습니다. 저는 다른 약속이 있어 가보겠습니다."

인사를 마친 사내는 도망치듯 허둥지둥 코끼리를 타고 기원정사를 떠났습니다. 부처님 앞에서 기원정사의 땅 이야기는 한 마디도 꺼내지 못하고 도망친 것입니다.

"부처님, 저 사람의 전생이 부처님이 말씀하신 푸른 깃 백로였던가 봅니다."

그 모습을 지켜 본 수달다 장자가 빙그레 웃으며 말했습니다.

"그렇다네. 그 땅을 싸게 사서 많은 돈을 받고 되팔아 큰돈을 벌려는 사기꾼의 본색을 버리지 못한 그가 내 이야기를 듣고 본색이 드러난 것을 알고 많이 놀랐을 것이네. 그 때 물고기의 임금이 나라는 것을 눈치 챘으면 저 자도 가난한 백성들을 위해 수달다, 장자처럼 선행을 베푸는 사람으로 변하게 될 것으로 믿네."

그렇게 말한 부처님은 껄껄 웃으셨습니다.

◐ 생각 키우기

불교에서 사람은 모두 삼생을 산다고 합니다.

이 세상에 태어나기 전에 살았던 삶과 태어나 살고 있는 지금의 삶, 죽은 후의 삶이 그것이지요.

보통 사람들은 전생을 믿지 못합니다. 그러나 죽은 후의 삶에 대한 믿음은 갖고 있지요.

정직하고 착한 마음으로 부처님의 가르침을 따르는 불자들은 죽어서 아미타불이 계시는 극락에서 태어난다고 믿는 것이 그것입니다.

전생에 청로로 살다가 사기꾼으로 태어난 사람의 후생은 마음을 고쳐먹지 않으면 틀림없이 고통스러운 지옥으로 떨어지게 되겠지요. 〈본생경 제236화 청로의 전생 이야기〉

**德巖 · 李榮浩**

1961년 경남신문 신춘문예 소설로 당선작 없는 가작, 1966년 경향신문 신춘문에 동화 당선, 현대문학 소설 추천으로 문단에 나왔다. 단편 동화집 〈배냇소 누렁이〉 외 30여 권, 장편소년소설 〈거인과 추장〉등 20여 권, 인물소설 〈세계를 누비며〉 등 30여권을 출간했고, 세종아동문학상, 대한민국문학상, 한국문학상, 방정환문학상, 대한민국5.5문화상 등을 받았다. 한국아동문학가협회 회장, 한국불교아동문학회 회장을 지냈고, 현재 사단법인 어린이문화진흥회 회장 이사장을 맡고 있다.

# 긴축가나무

전 유 선〈홍범〉

옛날 범여왕이 바라나시에서 나라를 다스리고 있을 때의 일입니다. 왕에게는 네 명의 왕자가 있었습니다.

어느 날 왕자들은 왕궁을 찾은 현자에게서 히말라야 산록에서 자란다는 긴축가라는 이름의 큰 나무에 관한 이야기를 들었습니다. 세상을 두루 돌아다니며 많은 곳을 여행한 현자는 긴축가나무가 세상에서 가장 아름다운 나무라고 자랑하며 왕자들이 그 나무를 꼭 한 번은 보아야 한다고 말했습니다.

현자가 떠난 후 왕자들은 왕을 보필하는 시종장을 불렀습니다.

"그대는 긴축가나무를 본 적이 있는가?"

첫째 왕자의 물음에 시종장은 고개를 조아리고 아뢰었습니다.

"아닙니다, 왕자님. 긴축가나무에 관한 이야기는 많이 들었습니다만…… 너무 높고 험한 곳에서 자라고 있어 한 번도 본 적이 없습니다."

긴축가나무를 실제 본 적이 없다는 시종장의 말에 왕자들은 모두 실망한 표정을 지었습니다.

첫째 왕자가 말했습니다.

"오호, 그러한가. 아무리 험한 곳에 있다 하더라도 그 나무를 보아야겠다. 세상에서 가장 아름답다는 긴축가나무가 아닌가. 한시라도 빨리 보고 싶다. 우리들을 그곳으로 데려가 줄 수 없겠는가?"

시종장이 머뭇거리며 생각에 잠겼습니다.

잠시 후 시종장이 말했습니다.

"어려운 일이오나 못할 일은 아닙니다, 왕자님. 차분히 계획을 세워 구체적인 방안이 마련되면 알려드리겠습니다."

왕자들은 크게 기뻐하였습니다.

시종장은 계획을 세웠습니다.

산이 높고 험해 왕자 네 분을 한꺼번에 같이 보낼 수는 없었어요. 사고가 나서 왕자가 다치기라도 하면 큰일일 테니까요. 시종장은 봄부터 가을에 걸쳐 왕자들을 한 사람씩 히말라야 산으로 보내기로 마음먹었습니다. 간단한 일이 아니지요. 많은 병사들이 호위하는 화려한 여행이 될 테니까요.

여행 계획은 순조롭게 진행되었어요.

첫째 왕자는 잎이 막 싹 터 오르는 이른 봄의 여릿여릿한 나무를 보고 왔습니다. 둘째 왕자는 나뭇잎이 푸르게 우거진 초여름의 튼실한 나무를 보고 왔습니다. 셋째 왕자는 꽃이 흐드러지게 핀 늦여름의 화사한 나무를 보고 왔습니다. 넷째 왕자는 열매가 가득

맺힌 가을의 풍성한 나무를 보고 왔습니다.

왕자 네 사람 모두 무사히 긴축가나무를 둘러보고 돌아오자 왕이 왕자들을 불러 물었습니다.

"너희들이 긴축가나무를 본 느낌이 어떠했는지 궁금하구나. 그것을 내게 말해 보아라."

첫째 왕자가 말했습니다.

"긴축가나무는 꽃이 없어 그다지 아름답지 않았습니다. 잎도 아주 작아 볼품이 없었고요. 다만, 작고 붉은 잎이 다닥다닥 붙어 있어 멀리서보면 마치 불이 활활 타오르는 기둥처럼 보이는 게 매우 놀라웠습니다."

왕은 고개를 끄덕였습니다. 첫째 왕자가 정확히 보고 왔다고 생각하는 모양입니다.

둘째 왕자가 고개를 갸웃거리며 말했습니다.

"아버님, 형님의 말은 틀렸습니다. 긴축가나무의 잎이 작다니요. 천만에요. 긴축가나무의 잎은 손바닥보다 훨씬 더 커요. 그 큰 잎이 드리우는 넓고 짙은 그늘은 정말 멋있었어요. 커다란 우산을 펼쳐놓은 듯 웅장한 느낌이었지요. 다만, 꽃을 피우지 않는 것은 정말 아쉬운 점이었어요."

왕은 잠자코 고개만 끄덕였습니다. 둘째 왕자의 말도 옳다고 생각하는 게 틀림없습니다. 잠시 후 왕은 셋째 왕자를 쳐다보며 어서 말해보라고 눈짓을 했습니다. 셋째 왕자가 어떤 생각을 하고 있는지 무척 궁금해 하는 눈빛이었습니다.

셋째 왕자가 앞으로 나서며 조용한 목소리로 말했습니다.

"두 분 형님의 말은 모두 다 틀렸습니다. 꽃이 없다니요? 긴축가나무는 예쁜 꽃이 피는 나무예요. 그 꽃은 이 세상 어디에서도 볼 수 없는 신비한 모습이었어요. 사람 머리만한 큰 꽃이 일곱 색깔 무지갯빛으로 반짝이며 마음을 편하게 해주는 은은한 향기를 뿜어내고 있었지요."

셋째 왕자는 마치 긴축가나무가 눈앞에 있기라도 한 것처럼 황홀한 표정을 지어보였습니다.

왕은 아무 말 없이 고개를 끄덕였습니다. 셋째 왕자의 말도 옳다고 생각하고 있는 게지요.

넷째 왕자가 손사래를 치며 앞으로 나서면서 말했어요.

"세 분 형님 말씀이 다 틀려요. 긴축가나무는 커다란 열매가 잔뜩 매달린 나무예요. 빼곡하게 매달린 열매에 가려 나뭇잎이 보이지 않을 정도예요. 꽃 같은 것은 하나도 없었고요."

왕은 이번에도 아무 말 없이 가만히 고개를 끄덕였습니다.

모두 다 옳다고 하니 대체 어떤 모습이 긴축가나무의 실제 모습일까요. 왕의 얼굴을 바라보고 있던 왕자들은 모두 어리둥절한 표정을 지었어요.

왕이 빙그레 웃으며 말했어요.

"너희들 한 사람 한 사람의 말이 모두 다 옳다. 그렇지만 어느 한 사람의 말도 정확하지 않다. 맞기도 하고 틀리기도 하다는 것이다."

맞기도 하고 틀리기도 하다니요?

수수께끼처럼 알 수 없는 왕의 말에 왕자들이 서로 웅성거리며 고개를 갸웃거렸어요.

잠시 그 모습을 보고 있던 왕이 말했어요.

"그 넷을 합한 것이 맞는 답이다. 너희들은 모두 다 긴축가나무를 보았다. 너희들이 각자 본 다른 모습의 긴축가나무 바로 그것이 모두 다 긴축가나무이다. 같은 나무가 단지 계절에 따라 다른 모습을 보인 것뿐이다. 보는 시기에 따라 모습은 달라지지만 긴축가나무라는 본질은 변하지 않는 것이다. 깨달음의 길 또한 이와 다르지 않다."

왕자들은 조용히 고개를 끄덕였습니다.

◐ 생각 키우기

이 이야기는 부처님이 기원정사에 계실 때 긴축가유경에 대해 비구들에게 들려주신 말씀입니다. 깨달음의 길은 여러 가지이며, 그 각각이 아주 다른 것처럼 보이나 본질은 한 가지라는 말씀입니다. 〈본생경 제248화 긴축가나무 이야기〉

**弘範 · 全裕善**

서울에서 태어나 자랐으며, 경향신문 신춘문예에 동화가 당선되고 문화일보 신춘문예에 단편소설이 당선되었다. 현재 전북 군산에서 글쓰기에 전념하고 있다.

# 바루왕의 전설이야기

설 용 수〈용수행〉

옛날 하로라는 마을에 서당이 딱 하나가 있었어요. 그 서당의 훈장님은 비스듬히 앉아서 눈을 가늘게 뜨고 한 손으로 긴 수염을 쓰다듬는 것을 좋아했어요. 학생들을 가르칠 때도 그 자세 그대로 앉아서 하늘 천 따 지, 선창을 했지요. 아이들은 '오늘도 따지 내일도 따지 날마다 거물 현 언제 먹나 누룽지' 하며 대충 따라했어요. 훈장님은 아이들이 그러거나 말거나 대충 넘어갔어요. 그래서 마을사람들은 그 서당을 대충서당이라고 불렀어요.

훈장님은 숙제를 많이 내줬어요. 학생들이 수업시간에 조용히 잘 따라하면 오십 번, 좀 시끄럽고 집중을 안 하면 백 번 쓰고 읽기를 내줬어요. 힘들겠다고요? 아닙니다. 숙제검사를 대충대충 하므로 아이들은 어제 쓴 것을 오늘 쓴 것처럼 내밀기도 했거든요. 시험을 봐도 지난 번 냈던 문제를 대충 내기 때문에 학생들이 모두 백 점을 받았어요.

학생들이 모두 백 점을 받으니 부모님들이 좋아하겠다고요? 천만에요. 아이들은 매일 비슷한 내용을 배우니 수업이 너무 지루해서 다니기 싫다고 아우성을 쳤어요. 부모님들도 아이들 실력이 오르지 않아 걱정이 이만저만이 아니었어요. 저러다 언제 과거시험을 보러 가냐고 끌탕을 하지만 다른 서당이 없으니 어쩔 수 없었지요. 학생들도 부모들도 하루 빨리 새로운 서당이 생기기를 바라고 있을 뿐이었어요.

어느 날 아침입니다. 대충서당의 훈장님이 뭐 마려운 강아지처럼 사립문 주변을 오락가락 하며 동구 밖을 내다봤어요. 스무 명 넘던 학생들이 오늘은 어린 학생 서넛 만 출석을 하고 나머지는 모두 결석을 했거든요. 처음 두어 명이 빠질 때까지도 무심했던 훈장님이지만 이젠 가만히 있을 수가 없습니다. 이러다 서당 문을 닫아야할 판이니까요.

이유가 뭘까요? 이웃 마을에 서당이 새로 생겼거든요. 학생들에겐 잘 된 일이지만 대충서당 훈장님껜 정말 큰일입니다.

새로운 서당은 마을에서 좀 멉니다. 그래도 아이들은 상관이 없는 모양입니다. 서당 가는 길에 차가운 냇물을 건너면서도 싱글벙글 웃습니다. 논둑 밭둑을 지나면서 큰소리로 천자문을 외웁니다. 한 학생이 외우니 모두 따라서 합창을 합니다.

대충훈장님이 새로운 서당에 가서 몰래 살펴봤어요. 새로운 서당의 훈장님은 아이들을 아주 열심히 가르쳤어요. 대답을 잘 하는 학생들은 다정하게 머리를 쓰다듬으며 칭찬을 해주셨어요. 문제를 틀려도 왜 틀렸는지를 정성껏 알려주었지요.

"너희들은 이 나라의 희망이다. 열심히 공부하고 씩씩하게 놀아라. 사람은 저마다의 소질과 능력을 타고난다. 너희에게 알맞은 것을 찾아서 일등이 되어라."

이렇게 누구에게나 희망을 안겨주는 훈장님을 학생들은 희망훈장님이라고 불렀어요.

하지만 대충훈장님은 이렇게 생각했어요.

"흠, 저 서당은 터가 좋군. 뒤에는 산이요 앞에는 냇물이니 아이들이 놀기에 안성맞춤이지. 좋아. 그렇다면 나는 그 뒤에 새로운 서당을 짓겠어."

대충서당 훈장님이 하로왕을 찾아갔어요. 이웃마을 서당 뒤 숲 속에 새로운 서당을 지을 수 있도록 허락해 달라고 부탁을 했어요. 그리고 주먹만 한 금덩이를 내밀자 왕은 아무 것도 묻지 않고 얼른 허락을 해줬어요. 대충훈장님은 그날로 목수를 구해서 숲의 나무를 베기 시작했어요. 학생들은 대충 가르치던 훈장님이 새 서당을 지을 땐 아주 부지런합니다. 아침부터 저녁까지 목수들을 채근하며 나무를 베고 자르고 다듬느라 종일 퉁탕거렸어요.

아이들이 너무 시끄러워 훈장님 말씀이 안 들린다고 불평하자 부모들이 하로왕을 찾아갔어요. 하지만 왕은 그 소문을 듣자마자 외출을 했어요. 부모님들이 몇 번을 찾아가도 하로왕은 그때마다 외출 중이었어요. 이미 대충훈장님의 금덩이를 받았으니 부모들을 만날 수가 없었지요. 부모들이 참다못해 부처님을 찾아가 의논을 드렸어요.

부처님이 부모들과 함께 하로왕을 찾아갔어요. 아무리 왕이지만 부처님의 방문을 막을 도리는 없었지요. 아니 오히려 부처님과 부모들께 따뜻한 죽과 밥을 공양했어요. 부처님은 왕에게 아래와 같이 설법을 하셨어요.

옛날 바루라는 나라에 바루왕이 살고 있었다. 그 마을엔 신선나무라고 부르는 희귀한 나무가 한 그루 있었다. 신선나무의 열매는 얼마나 향긋하고 달고 맛있는지, 마을사람들은 해마다 신선나무의 열매가 익기를 손꼽아 기다리곤 했다. 하지만 신선나무 열매가 불로초라는 소문이 퍼지자 윗마을 사람들은 익기도 전에 그 열매를 몽땅 훑어갔다. 아랫마을 사람들이 바루왕에게 윗마을 사람들을 고발했지만 이미 뇌물을 받은 바루왕은 아랫마을 사람들을 옥에 가두었다.

다음 해엔 아랫마을 사람들이 열매가 채 자라기도 전에 전부 따갔다. 윗마을 사람들이 고발을 했지만 역시 아랫마을의 뇌물을 받은 바루왕은 윗마을 사람들을 옥에 가두었다. 다음해엔 신선나무 꽃이 피자마자 윗마을 아랫마을 사람들이 그 꽃을 가지 채 모조리 꺾어갔다.

그 후로 신선나무는 시름시름 시들더니 그만 죽어버렸다. 그러자 마을사람들은 왕을 찾아가 서로를 고발하였다.

"신선나무가 죽은 건 윗마을 탓입니다. 그들이 먼저 열매를 싹

쓸이해 갔어요."

"아닙니다. 나무가 죽은 건 아랫마을 사람들이 가지를 꺾었기 때문입니다."

"윗마을 사람들을 처벌해 주십시오."

"아랫마을 사람들을 추방해야 합니다."

바루왕은 이미 윗마을 아랫마을에서 뇌물을 받았기 때문에 이러지도 저러지도 못하고 있었다.

하늘나라에서 바루국을 내려다보던 신선들이 의논을 했다.

"바루왕은 모두에게 뇌물을 받았기 때문에 이 일을 판결할 수 없습니다. 어떻게 할까요?"

"그런 왕국은 없애는 게 좋겠소."

"옳소!"

신선들이 높은 해일을 일으키자 바루국은 그만 멸망하고 말았다.

백성들에게 뇌물을 받고 판결조차 못한 바루왕 한 사람 때문에 결국 나라가 망한 것이다.

부처님이 설법을 마치자 하로왕은 크게 뉘우쳤습니다. 그리고 사람들을 시켜 새로 짓고 있는 대충서당을 헐어버렸다. 이 전생 이야기는 부처님이 기원정사에 계실 때 구살라 왕에 대해 말씀하신 것이다.

◐ 생각 키우기

이 이야기는 부처님이 기원정사에 계실 때 이야깁니다. 부처님과 비구들이 받는 존경을 이웃 외도들이 질투하여 이유를 알아봤어요. 그들은 그 이유가 부처님이 좋은 곳에 집을 짓고 있기 때문이라고 믿고 왕께 뇌물을 바쳤어요.

기원정사 뒤에 크고 좋은 절을 짓는다며 매일 시끄럽게 굴어서 부처님이 왕을 찾아갔어요. 뇌물 받은 바루왕은 부처님 설법에 감동하여 외도들이 절을 못 짓게 했답니다.

왜 바루왕은 외도들의 절을 못 짓게 했을까요? 신선나무 이야기를 읽고 곰곰이 생각해 봅시다. 〈본생경 제213화 바루왕의 전생이야기〉

**龍樹行 · 薛龍水**

동시집 『뽕망치 구구단 외』 1권을 더 출간하였음. 동화집 『눈사람아 춥겠다』 외 여러 권을 출간하였음. 동극 「도깨비 이야기」 외 여러 편을 무대에 올렸음.

# 딱따구리의 착각

신 지 영 〈보리심〉

옛날 옛적 범여왕이 바라나시를 다스릴 때였습니다. 갈지라나무의 숲속에 카디라바니야라는 딱따구리가 살았습니다. 카디라바니야에게는 칸다가라카라는 딱따구리 친구가 있었습니다. 친구인 칸다가라카는 파리밧다카나무가 있는 숲속에서 살았습니다. 그러던 어느 날이었습니다. 칸다가라카라는 갈지라나무의 숲으로 친구인 카디라바니야를 만나러 왔습니다.

"친구야 반가워."

"세상에! 일부러 나를 만나러 여기까지 와주다니 너무 고마워."

오랜만에 친구를 만난 카디라바니야는 친구를 위해 맛있는 걸 먹여주고 싶었습니다.

"내가 사는 곳까지 오느라 고생했으니까 오늘은 정말 맛있는 걸 먹여줄게! 나만 따라와!"

"네가 그렇게까지 말하니 벌써부터 침이 고이는 걸."

카디라바니야는 칸다가라카를 데리고 깊은 숲으로 들어가 맛있는 벌레가 있을 만한 나무를 찾았습니다. 마음에 드는 나무를 찾은 카디라바니야는 발톱을 세워 나무에 단단히 매달린 후에 날카롭고 뾰족한 부리를 들어 나무를 쪼기 시작했습니다. 겉보기에도 단단한 갈지라나무였지만 워낙에 힘센 부리를 가진 카디라바니야에게 그것은 아무 문제도 되지 않았습니다. 드디어 나무에 구멍이 나고 카디라바니야는 안에서 통통하게 살이 올라 먹음직스러운 벌레를 잡아서 친구에게 건넸습니다. 칸다가라카는 얼른 벌레를 받아서 먹었습니다. 벌레는 말랑말랑하고 고소해서 입에 딱 맞았습니다. 칸다가라카는 친구가 잡아주는 맛있는 벌레를 먹으면서 문득 이렇게 맛있는 걸 먹고 사는 친구가 부러웠습니다. 자기도 매일 이렇게 맛있는 걸 먹고 싶다고 생각했습니다.

'이렇게 얻어먹기만 하니 미안하기도 하고 양에 차지도 않네, 내가 직접 잡아서 먹으면 배가 부르게 먹을 텐데, 무슨 방법이 없을까.'

친구가 나무를 쪼는 모습을 보며 고민하던 칸다가라카는 곧 좋은 생각이 떠올랐습니다.

'맞아! 나도 이 숲으로 이사 오면 모든 게 해결돼. 여기 나무가 단단하다고 하지만 그래봤자 어차피 같은 나무 아니야? 나도 카디라바니야랑 같은 딱따구리잖아. 걔는 되는데 나라고 벌레를 못 잡을 리 없어. 나무가 단단하면 얼마나 단단하겠어. 내 부리도 쇠보다 단단하다고. 매일 맛있는 벌레는 잡아먹으려면 이곳에서 사는

수밖에 없어.'

마음을 정한 칸다가라카는 친구에게 외쳤습니다.

"카디라바니야! 나 할 말이 있어!"

"무슨 말인데?"

카디라바니야가 친구를 쳐다보았습니다.

"나도 이 숲으로 이사 올래. 여기는 맛있는 벌레도 많고 좋은 거 같아. 지금은 이렇게 너에게 얻어먹지만 내가 이사 오면 그럴 필요 없어. 내가 알아서 다 잡아 먹을 테니까 말이야!"

벌레를 잡던 카디라바니야는 하던 일을 멈추고 칸다가라카에게 다가와 걱정스럽게 말했습니다.

"조금 더 생각해 보는 게 어때? 여기 있는 나무들은 네가 사는 숲속의 나무랑은 완전히 달라. 네가 살던 곳의 나무는 속에 심이 없고 결이 부드러워서 조금만 힘을 줘도 잘 쪼아지지만 이곳의 나무들은 안에 단단한 심이 있어서 웬만한 힘을 줘서는 나무에 표시도 나지 않아."

카디라바니야의 말에 칸다가라카는 발끈하며 소리쳤습니다.

"나도 뾰족한 부리를 가진 딱따구리라고! 그런 걱정은 할 필요 없어!"

카디라바니야는 고개를 저었습니다.

"아니야, 그런 게 아니라고, 넌 어릴 때부터 무른 나무만 쪼아 와서 이곳의 나무는 당해 내지를 못할 거야. 갑자기 단단한 나무를 쪼다간 부리가 깨질지도 모른다고!"

하지만 칸다가라카는 들은 척도 하지 않고 오히려 더 화를 냈습니다.

"지금 나를 무시하는 거야? 너는 얼마나 단단한 부리를 가졌다고 잘난 체야! 네가 그렇게 못 믿겠다면 지금 당장 내 부리가 얼마나 나무를 잘 쪼는지 보여주지!"
하고는 갈지라나무를 향해 날아갔습니다.

카디라바니야는 놀라서 친구를 말려보았지만 칸다가라카는 귀를 막고 친구의 말을 듣지 않았습니다.

"자 보라고! 내가 얼마나 구멍을 잘 뚫는지!"

칸다가라카는 크게 외친 후에 부리를 세워 보란 듯이 갈지라나무를 쪼았습니다. 순간 단단한 갈지라나무에 부딪힌 연한 칸다가라카의 부리가 깨지고 말았습니다. 충격은 부리에서 끝나지 않고 머리까지 이어졌습니다. 칸다가라야는 붙어있던 나무에서 떨어지고 말았습니다.

"세상에 이렇게 단단한 나무가 있다니! 도대체 이 나무는 뭐길래 한 번 부딪쳤을 뿐인데 내 부리뿐 아니라 머리까지 깨지는 거지!"

그 모습을 본 카디라바니야는 슬퍼하며 친구 곁으로 날아가 앉았습니다.

"갈지라나무는 엄청나게 단단하다고! 어릴 때부터 연한 나무만 쪼던 네 부리가 어떻게 견뎌내겠어. 뭐든지 하루아침에 이루어질 수는 없어. 조금씩 단단하게 만들었어야 하는데, 이제 어떻게 하면 좋아."

칸다가라카는 힘이 빠진 소리로 간신히 말했습니다.

"그러게, 네 말을 듣는 건데. 나를 이 꼴로 만든 저 나무의 이름이 갈지라였군, 세상에 저런 나무가 있다는 걸 난 왜 몰랐을까."

칸다가라카는 후회했지만 깨진 부리를 다시 붙일 수는 없었습니다.

◐ 생각 키우기

모든 일에는 단계가 필요합니다. 아무리 쉬워 보이는 일도 막상 해보려면 어려운 경우가 많습니다. 한 번에 되는 일은 없는 거지요. 조금씩 노력하고 연습해서 자신을 단련시켜야만 어느 순간 목적을 이룰 수가 있는 것입니다. 무작정 우습게보고 달려들었다가는 실수를 하기 쉽습니다. 그러니 어떤 일이든지 신중하게 생각하고 차근차근 배워나가는 마음과 행동이 필요합니다. 〈본생경 제210화 칸다가라카 딱따구리의 전생이야기〉

**菩提心 · 申智永**

2007년 〈아동문학평론〉 신인문학상으로 등단. 2008년 강원일보 신춘문예 동시 당선. 2009년, 2010년 '푸른문학상' '새로운 작가상' '새로운 평론가상' 당선. 2011년 창비 좋은 어린이책 기획부문 당선. 동화책 『안 믿음 쿠폰』, 동시집 『지구영웅 페트병의 달인』, 청소년 시집 『넌 아직 몰라도 돼』, 청소년 소설집 『프렌즈』 어린이인문교양서 『너구리 판사 퐁퐁이』 등 출간

# 손가락질 받은 바위

김 일 환〈진월〉

하루는 사냥꾼이 산에 왔습니다. 사슴 가죽 모자를 쓰고, 호랑이가죽 조끼를 입었습니다. 손에는 활을 들고, 등에는 화살 통을 메고 있었습니다. 그는 짐승을 발견하면, 화살을 시위에 메기지 않고 빈 활을 쏘았습니다.

"아이코, 깜짝이야, 화살이 없었잖아!"

짐승들은 달아나다가 멈춰 서서 가슴을 쓸어내렸습니다. 사냥꾼은 저 골짜기에 대고 소리를 질렀습니다.

"나는 화살 하나로 두 마리를 맞출 수 있다. 그러나 너희를 죽이는 건 싫다. 누가 순순히 잡혀 가면 활을 쏘지 않겠다."

잡혀가는 것을 좋아할 짐승은 없었습니다. 짐승들은 모두 자기 집에 숨어버렸습니다.

"아무도 나오지 않으면 내가 가진 화살 20개를 모두 쏘겠노라! 내 화살은 굴속에 숨은 짐승도 맞출 수 있다."

사냥꾼은 또 소리를 질렀습니다. 숲이 쩌렁쩌렁 울렸습니다. 사냥꾼의 말이 진짜라면 수십 마리가 죽을지도 몰랐습니다. 짐승들은 모두 움츠러들었습니다. 사냥꾼을 멀리서 바라보던 금빛 털을 가진 원숭이 한 마리가 나섰습니다.

"내가 가야겠어. 누군가는 잡혀 주어야 숲속 짐승들의 피해가 적을 거야."

금빛 원숭이는 동료들이 말렸지만 뿌리치고 사냥꾼에게로 걸어갔습니다. 사냥꾼 얼굴이 펴졌습니다.

"그러니까, 너는 사람의 말을 제대로 알아들을 줄 아는 원숭이로구나."

사냥꾼은 금빛 원숭이를 왕에게 바쳤습니다.

"흠, 말을 알아듣는 원숭이라? 내 곁에 두고 심심할 때 보리라."

왕은 사냥꾼에게 금은을 듬뿍 주어 돌려보냈습니다.

처음에는 금빛 원숭이를 묶어 놓았습니다. 금빛 원숭이는 달아날 생각을 하지 않고, 사람들이 사는 법을 배웠습니다. 왕은 금빛 원숭이가 특별히 똑똑한 것을 알고 풀어주는 것은 물론, 왕의 곁에 두었습니다.

며칠이 지나자, 금빛 원숭이는 왕이 말하지 않아도 왕이 필요한 물건을 먼저 갖다 주었습니다. 또 며칠이 지나자, 금빛 원숭이는 사람처럼 인사를 하고, 사람처럼 수저를 사용해서 밥을 먹었습니다. 또 며칠이 지나자 사람의 말을 할 줄 알게 되었습니다.

금빛 원숭이는 왕이 더울 때 부채질을 해 주었습니다. 왕이 잠을 자다가 이불을 차 버리면 다시 덮어주었습니다. 왕이 목욕을 할 때는 등을 밀어주었습니다. 왕이 글을 쓸 때에는 먹을 갈아주었습니다. 사람들은 똑똑하고 성실한 원숭이라고 칭찬하였습니다.

왕은 금빛 원숭이가 좋아졌습니다. 그래서 나중에는 백성들이 사는 모습을 살피러 나갈 때에도 데리고 다녔습니다.

한 번은 값나가는 옷을 입은 노인이 왕이 지나가는 길에 엎드려서 말했습니다.

"왕이시여, 요즘 도둑이 너무 많습니다. 불안해서 잠을 잘 수가 없습니다. 제발 도둑을 잡아 가두어주시기 바랍니다."

"잠을 못 잘 정도로 도둑이 많단 말이냐? 그거 큰 문제로구나. 그래, 얼마나 많이 잃어버렸느냐?"

"아직 잃어버린 것은 없사옵니다. 그러나 이웃에 도둑이 들었다는 말을 들을 때마다 가슴이 덜덜 떨리옵니다."

왕은 한숨을 쉬며 노인과 금빛 원숭이를 번갈아보며 말했습니다.

"한갓 짐승에 지나지 않는 금빛 원숭이도 그 이유를 알고 있을 터, 어찌 인간인 네가 그걸 모른단 말이냐. 원숭아, 네가 답을 해주거라."

"왕이시여, 그것은 저 분의 욕심 때문입니다. 재물에 대한 집착 때문에 일어나는 괴로움입니다."

금빛 원숭이가 대답하자, 노인은 부끄러워했습니다. 왕은 고개를 끄덕이면서 말을 이었습니다.

"그렇다. 번뇌를 끊어야 하느니라."

며칠 후, 왕은 다시 성 밖을 나갔습니다. 이번에는 남루한 옷차림을 한 사람이 왕 앞에 엎드렸습니다.

"왕이시여, 나와 제 친구는 둘 다 소금 장수입니다. 친구는 나보다 시커먼 소금을 팔았는데도 돈을 더 많이 벌고 있습니다. 그리고 그걸 내게 자랑합니다. 나는 화가 치밀어 소리를 질렀습니다. 그리고 몇 대 때려주었습니다. 그런데 친구가 나를 관아에 고발하는 바람에 저는 옥살이를 했습니다. 불공평합니다."

왕은 한숨을 쉬며 소금 장수에게 말했습니다.

"한갓 짐승에 지나지 않는 원숭이도 그 이유를 알고 있을 터, 어찌 인간인 네가 그걸 모른단 말이냐. 원숭아, 네가 답을 해 주거라."

"왕이시여, 그것은 저 분의 성내는 마음 때문입니다. 질투 때문에 일어나는 괴로움입니다."

금빛 원숭이가 대답하자, 왕은 고개를 끄덕이면서 말을 이었습니다.

"그렇다. 그런 게 모두 번뇌이니라. 번뇌를 끊도록 하라."

왕궁으로 돌아오자, 왕은 사냥꾼을 불렀습니다.

"이 금빛 원숭이는 사람보다 낫도다. 그동안 내 시중을 충실히 들었고, 사람들의 허물도 깨우쳐주었다. 그 보답으로 이제 금빛 원숭이를 고향으로 돌려보내주고 싶다. 무사히 데려다 주기 바란다."

왕은 사냥꾼에게 노잣돈과 마차를 내주었습니다. 사냥꾼은 금빛 원숭이를 마차에 태워 길을 떠났습니다. 사냥꾼은 마부처럼 마차 바깥에 앉고, 금빛 원숭이는 사람처럼 마차 안에 탔습니다. 구경하던 사람들 눈이 휘둥그레졌습니다.

'소문으로 듣던 그 금빛 원숭이구먼. 원숭이가 사람보다 낫다고 하더니 저런 대접도 받네그려.'

마차가 성문을 나왔습니다. 사냥꾼의 생각이 복잡해졌습니다. 이렇게 멋진 금빛 원숭이를 도로 풀어주기가 아까웠습니다.

'금빛 원숭이를 잘 이용하면 더 큰 돈을 벌 수 있을 거야.'

사냥꾼은 요리조리 눈동자를 굴렸습니다.

'원숭이를 시장으로 데리고 가서 재주를 부리게 할까? 사람들이 돈을 많이 던져주겠지?'

사냥꾼은 고개를 흔들었습니다.

'아니야, 한 번에 많은 돈을 벌 수 없을까? 맞아, 아주 먼 나라 임금님께 바치면 더 많은 상금을 받을 수 있을 거야. 소문도 여기까지 나지 않을 거고.'

사냥꾼은 슬며시 마차 문을 잠갔습니다. 그리고 마차의 방향을 바꾸었습니다. 사냥꾼이 말했습니다.

"사실은 왕이 너를 버린 것이다. 너처럼 멋진 금빛 원숭이를 산에 버리다니! 내가 더 멋진 왕궁으로 데려가 주마. 훨씬 좋은 왕궁이란다. 산에서 사는 것보다 훨씬 나을 것이다."

사냥꾼의 말에 금빛 원숭이가 점잖게 대꾸했습니다.

"지금, 당신의 마음은 풀어진 실처럼 엉켜 있습니다. 어리석은 마음 때문입니다. 어리석음이 당신 자신을, 그리고 남들을 속일 수 있을까요? 부디 어리석음을 깨달으십시오. 밝은 양달로 나오십시오. 번뇌에서 빠져나오기 바랍니다."

사냥꾼은 아무 말 못하고 금빛 원숭이를 고향에 데려다 주었습니다.

금빛 원숭이가 돌아오자, 원숭이들이 그를 에워쌌습니다. 금빛 원숭이는 평평한 바위에 올라가 앉았습니다. 원숭이들이 질문을 쏟아냈습니다.

"그동안 어디에 있었나요?"

"나는 바라나시 왕궁에서 지냈다."

"인간들 음식은 맛있나요?"

"그건 생각하기에 따라 다를 것 같다. 어떤 사람은 우리처럼 바나나를 날 것으로 먹는 것을 좋아하고, 어떤 사람은 우유와 곱게 갈아서 향료를 뿌리고 먹는 것을 좋아한다."

금빛 원숭이는 인간들의 결혼식, 인간들의 글씨, 인간들의 노래도 차례차례 대답해 주었습니다. 가만히 눈을 감고 듣고 있던 원숭이가 물었습니다.

"인간들은 무슨 생각을 하면서 살고 있습니까?"

"그건 묻지 마라. 안 듣는 것이 좋을 것이다."

"말씀해 주세요. 정말 궁금합니다. 듣고 싶습니다."

원숭이들 모두가 한목소리로 재촉했습니다. 황금원숭이가 마지못해 입을 열었습니다.

"인간들은 밤낮 욕심을 채울 생각을 한다. 뜻대로 되지 않으면 화를 낸다. 뻔히 보이는 어리석은 짓을 밥 먹듯 한다. 늘 고민하고 늘 불안하다. 많은 인간들은 번뇌를 끊을 생각조차 하지 않는다. 그래서 번뇌에 시달리며 살고 있다."

이 말을 듣던 원숭이들이 얼른 귀를 꽉 막았습니다.

"이제 그만 말씀하세요. 듣고 싶지 않습니다. 우리는 듣지 말아야 할 말을 들었습니다."

원숭이들은 금빛 원숭이가 앉아있던 바위를 손가락질하며 뒷걸음쳤습니다.

"우리가 들어서는 안 되는 말을 여기서 들었습니다."

원숭이들은 개울로 내려가서 귀를 씻어냈습니다. 그리고 그 다음부터 원숭이들은 그 바위를 피해 다녔습니다.

◐ 생각 키우기

번뇌란 마음이 무언가에 시달려서 괴로운 것을 말합니다. 예를 들면 바깥에 나갔다가 메르스 전염병에 걸릴지 걱정하거나, 맛있는 초콜릿을 더 먹고 싶어서 안달하는 것도 모두 번뇌입니다. 번뇌가 한 가지 생기면 이어서 다른 번뇌가 생깁니다. 가령 초콜릿을 더 먹고 싶다는 생각을 하면, 엄마 몰래 먹을까? 그랬다가 혼나지는 않을까? 들키게 되면 안 먹었다고 잡아뗄까? 그랬다가 더 혼나지는 않을까? 등등, 꼬리를 물고 번뇌를 만든다는 말이지요. 그래서 번뇌를 끊으려고 노력해야 합니다. 한갓 짐승도 번뇌를 끊고 살려고 노력하는데 많은 사람들은 번뇌를 끊으려 하지 않네요. 깨달음이 해결 방법이랍니다. 깨닫고자 무척 노력을 해야 한답니다. 노력하지 않으면 사람이 짐승보다 낫다고 말할 수 없겠지요. 〈본생경 제219화 비방의 전생이야기〉

**眞月 · 金日煥**

충주에서 어린 시절을 보냈다. 초등 교직에 오래 있으면서, 교육심리학 박사를 취득하고, 주 프랑스 교육원장, 서울시 동부교육지원청 교육장을 역임했다.
추리 모험 장편 동화 『고려보고의 비밀』로 한국안데르센 대상을 받으며 문단에 나왔다. 장편 동화 『홍사』, 『유적박물관』, 『논리야, 넌 누구니?』, 『창의력 계발 프로그램 총5권(공저)』, 『한자인정교과서』 등을 집필했으며, 초등학교 도덕, 국어, 사회 교과서 개발에 참여했다.

# 대장 메추리의 지혜

김 상 희〈대비심〉

메추리 사냥꾼이 있었습니다. 사냥꾼은 들로 산으로 돌아다니며 그물로 메추리를 잡았습니다. 잡은 메추리는 크고 살이 찐 것은 곧바로 팔고 작고 여윈 것은 집으로 가지고 가서 그물로 둘러막은 새장에서 키웠습니다. 덩치가 커지고 살이 포동포동 찌면 돈을 많이 받고 팔았습니다.

그 날도 사냥꾼은 사냥을 하러 숲으로 갔습니다. 골짜기 풀밭에는 많은 메추리들이 있었습니다. 먹이도 줍고 쫑알거리며 무슨 이야기도 하는 것 같았습니다.

"무엇 때문에 저렇게 한데 모여 있지?"

가만히 살펴보니 메추리 가운데 덩치가 크고 생김새가 제일 아름다운 한 마리가 가운데 서서 무슨 이야기를 하는 것 같았습니다. 대부분이 그 쪽을 쳐다보고 있었습니다.

"저것 봐라. 참 아름답게 생겼는데. 대장메추리인가?"

사냥꾼은 풀포기 사이로 몸을 숨기며 메추리들에게로 다가갔습니다. 메추리들은 이야기를 듣는데 정신이 팔려 사냥꾼이 다가가도 모르고 있었습니다. 가까이 다가간 사냥꾼은 메추리들 머리 위로 그물을 던졌습니다. 사냥꾼은 그물 던지는 솜씨가 좋았습니다. 메추리들은 그물에 몽땅 잡히고 말았습니다.

"이히히, 오늘은 재수가 좋은 날이야. 힘 안 들이고 많이 잡았네."

사냥꾼은 메추리가 가득 담긴 그물을 그대로 어깨에 메고 집으로 왔습니다. 메추리를 살 사람들이 왔습니다. 한 사람이 대장메추리를 가리켰습니다.

"저기, 참 아름답게 생긴 놈이 있네요. 저걸 사겠소."

사냥꾼은 그것은 팔기가 싫었습니다. 생김새나 덩치가 좀처럼 볼 수 없었던 것이었기에 팔지 않고 집에 두고 기르며 자랑하고 싶었습니다. 그래서 둘러댔습니다.

"미안합니다. 그 놈은 이미 다른 사람에게 팔기로 약속이 돼있습니다."

그 사람은 아쉬운 표정을 하며 다른 메추리를 사가지고 갔습니다. 대장메추리는 태도부터가 달랐습니다. 다른 메추리는 그물로 둘러막힌 새장에 갇히자 초조하고 불안했지만 대장메추리는 태연했습니다. 조금도 흐트러짐이 없는 당당한 모습이었습니다. 메추리를 사러오는 사람마다 대장메추리를 탐내어 사겠다고 했지만 사냥꾼은 여러 가지 핑계를 내세워 팔지를 않았습니다. 그런데 이

상했습니다. 며칠이 지나면서부터 대장메추리는 모이를 먹지 않았습니다. 맛있는 모이를 주어도 거들떠보지도 않았습니다. 어쩌다가 모이를 조금 쪼아보다가는 돌아서서 새장 한쪽 귀퉁이에 가서 쪼그리고 앉았습니다. 처음 잡혀왔을 때와는 전혀 다른 모습이었습니다. 아름답고 당당하던 모습은 어디로 가고 점점 무기력해지며 볼품없이 야위고 초라해져 갔습니다.

"왜 저러지? 어디가 아픈가 봐."

가까이 가서 살펴보아도 아픈 것 같지는 않았습니다. 오랫동안 메추리 사냥을 해왔고 또 많은 메추리를 길러봤기 때문에 사냥꾼은 겉모습만 보고도 어디가 아픈가를 알 수 있었습니다. 그런데 대장메추리는 왜 그러는지 전혀 알 수가 없었습니다. 답답했습니다.

"자연식만 하다가 인공사료를 주니까 그런가 봐."

사냥꾼은 산에 가서 주로 메추리들이 좋아하는 풀씨와 나무 열매를 따다가 주었습니다. 그래도 먹지를 않았습니다. 다른 메추리들은 주는 대로 먹고 곧 덩치가 불어나고 살도 쪄서 잘 팔려나가는데 대장메추리는 이제는 어느 누구도 거들떠보지 않았습니다.

"안 되겠어. 동물병원에 데리고 가서 종합 진찰을 받아봐야겠어."

사냥꾼은 대장메추리를 새장에서 꺼내어 손바닥에 올려놓고 이리저리 살폈습니다. 눈을 감은 채 꼼짝도 하지 않았습니다. 좀 움직이게 해보려고 땅바닥에 내려놓았습니다. 그때였습니다. 대장메추리는 눈을 번쩍 뜨더니 땅바닥을 박차고 공중으로 날아올랐습니다. 눈 깜짝할 순간이었습니다. 힘이 펄펄 나는 듯 날개를 힘차게 퍼덕이며 누가 집어던진 듯 공중으로 솟아올랐습니다. 그리고는 자기가 살던 숲 쪽을 향해 날아갔습니다.

"어! 저저, 저것이!"

사냥꾼은 대장메추리가 사라진 빈 하늘만 멍하니 바라보고 있었습니다.

대장메추리가 숲에 도착하니, 숲속에 남아있던 메추리들이 와 몰려나왔습니다. 대장 메추리는 그들의 환영을 받으며 숲속 깊은 골짜기로 날아갔습니다. 우선 옹달샘을 찾아 목을 축였습니다. 오랜만에 마셔보는 샘물이었습니다.

"몹시 굶주렸구나. 이 여윈 몸 좀 봐."

메추리들은 맛있는 풀씨를 따다가 대장메추리에게 주며 물었습니다.

"대장, 어떻게 된 일이야?"

"우리는 대장이 보이지 않아서 얼마나 걱정을 했는데."

대장메추리는 허겁지겁 풀씨를 먹으며 자기를 둘러싸고 있는 메추리들에게 말했습니다.

"걱정해 주어서 고맙다. 사냥꾼에게 잡혀갔다가 도망쳐 온 거야."

"그랬구나. 어떻게 도망쳐 왔지?"

대장메추리는 사냥꾼의 새장에 갇혔지만 모이는 물론이고 물도 죽지 않을 만큼만 먹고 버티면서 병든 체 했다는 것을 이야기했습니다.

"그럼 단식투쟁을 했네."

"굶어서 살을 뺀 거지."

"사람들이 날씬해지려고 하는 다이어트 같은 것이네."

그래서 살이 빠지자 아픈 척 했더니 사냥꾼이 병원에 데리고 가보겠다고 꺼냈습니다. 그 때 꾀를 부려서 탈출을 했다는 것을 이야기하며 낭랑한 목소리로 게송을 읊었습니다.

> 좋은 수단을 생각하지 못하면
> 훌륭한 과보를 얻을 수가 없다
> 나는 지혜로 기회를 만들었기에
> 속박과 죽음을 벗어날 수 있었다

대장메추리는 자기가 겪은 일을 자세히 이야기해 주며 뜻하지 못했던 위험이 닥쳤을 때 거기에서 벗어날 수 있는 길은 지식이 아니라 지혜라는 것을 여러 메추리들에게 가르쳤습니다.

이렇게 지혜로 사냥꾼의 새장에서 탈출한 대장메추리는 전생에 범여왕이 다스렸던 바라나시에 살던 어질고 지혜로운 보살이었습니다.

◐ 생각 키우기

지식은 능력이지만 그것을 바르게 부리는 것은 지혜입니다. 지혜로운 사람은 갖고 있는 지식으로 어려움에서 벗어날 길을 찾아주고 모두를 안전하고 행복하게 해줍니다.

사냥꾼의 손에서 자신을 살려낸 것은 대장메추리의 지식이 아니라 지혜였습니다. 지혜를 슬기라고도 합니다. 우리는 많은 것을 안다고 자랑하기보다 그 아는 것을 어떻게 부리는가를 생각하는 지혜를 가져야 합니다. 〈본생경 제118화 메추리의 전생 이야기〉

**大悲心 · 金相希**

서울대학 졸업(생물학 박사), 1994년 제39회 아동문학평론 동화신인상과 1994년 제3회 동쪽나라 아동문학상 수상으로 문단에 나왔다. 1995년 동화집 『난 그냥 주먹코가 좋아』와 두산동아 『자연관찰』을 집필했고, 캐나다 맥길 대학과 미국 록펠러대학 연구원을 거쳐 현재 한국해양연구원 극지연구소 선임연구원으로 있다.

# 빛깔과 크기의 전생 이야기

권 대 자〈대각화〉

이 전생 이야기는 부처님이 기원정사에 계실 때 그 두 수제자 사리불, 목건련에 대해 말씀하신 것입니다

어느 때 그 두 수행자는 장마철 안거 동안에는 한적한 곳에 가서 지내보자 하고 부처님께 나아가 예배하고 다른 비구들을 떠나 가사와 바루를 가지고 어떤 벽촌 가까운 숲속에서 수행하며 살았습니다.

어떤 남자가 그 수행자들의 식사 시중을 들면서 남은 밥을 먹고 그 곁에 살고 있었습니다. 그런데 어느 날 사리불과 목건련, 두 수행자들이 사이좋게 지내는 것을 보고 '저들은 매우 사이좋게 지낸다. 저들의 사이를 벌어지게 할 수 있을까?' 생각하였습니다. 그리하여 사리불수행자에게 가서

"존사님, 당신은 저 목건련수행자와 무슨 원한이 있습니까?" 하고 물었습니다.

"그것은 무슨 말인가?"

"존사님, 목건련수행자는 내가 갈 때마다 '사리불은 그 가문, 성받이, 종족, 지위 그 외의 다른 점에 있어서나 견문, 지식, 신통 등에 있어서나 도저히 나와는 짝이 되지 않는다.' 하면서 당신의 결점만 말하고 있습니다."

라고 하였다.

사리불수행자는 웃으면서

"너 저리 가거라."

고 하였습니다.

그는 그 뒤 또 어느 날 목건련수행자에게 가서 같은 말을 하였습니다.

목건련수행자도 웃으면서

"너 저리 가거라."

고 하였습니다.

그리고 목건련은 사리불에게 가서

"법우님, 저 남은 밥을 먹는 남자가 당신에게 와서 무슨 말을 하지 않았습니까?"

하고 물었습니다.

"법우님, 그런 일이 있었습니다. 우리는 저 남자를 쫓아버리는 것이 좋을 것입니다."

"그렇습니다. 법우님, 쫓아버립시다."

그리하여 목건련수행자는 남자에게

"너는 여기 있어서는 안 된다."
하고 손가락을 퉁겨 그를 쫓아 버렸습니다.

사리불과 목건련은 사이좋게 지낸 뒤에 부처님께 돌아가 예배하고 앉았습니다.

부처님은 반가와 하시면서

"안거를 즐겁게 지냈는가?"
고 물으셨습니다.

사리불이

"부처님 남은 밥을 먹는 어떤 남자가 우리 사이를 이간질하려다가 되지 않자 달아나고 말았습니다."
고 사뢰었습니다.

부처님은

"사리불아, 그 남자가 그대들을 이간질하려다가 이루지 못하고 달아난 것은 지금만이 아니요, 전생에도 그러했다."
하고 수행자의 청을 따라 그 과거의 일을 말씀하셨습니다.

옛날 범여왕이 바라나시에서 나라를 다스리고 있을 때, 보살은 어느 숲속에 사는 목신이었다. 그 때에 사자와 호랑이가 그 숲의 굴속에 살고 있었다. 승냥이 한 마리가 그들을 섬기면서 그들이 먹다 남은 것을 얻어먹고 몸이 아주 커졌다. 어느 날 승냥이는 생각하였다.

'나는 지금까지 사자와 호랑이 고기를 먹어 보지 못했다. 나는

저들을 이간질하여 저들이 싸우다 죽으면 그 고기를 먹어보자.'

승냥이는 사자에게 가서

"주인님, 당신은 저 호랑이님과 무슨 원한이라도 있습니까?" 하고 물었다

"너 그것은 무슨 말이냐?"

"주인님, 호랑이는 내가 갔을 때 '사자는 그 몸의 빛깔이나 크기나 또 그 출신 능력으로나 뭐로 보나 나에게는 보잘 것 없다.' 하며 당신 결점만 들어 말하고 있었습니다."

사자는 승냥이에게

"너는 가거라. 호랑이는 그런 말할 분이 아니니다." 하였다.

승냥이는 다시 호랑이에게 가서 같은 방식으로 말하였다.

호랑이는 이 말을 듣고 사자에게 가서

"그대는 이러이러한 말을 한 일이 있는가?" 하고 물으며 다음 노래를 읊었다.

1. 빛깔과 크기와 출신과 힘과
 그리고 정진하는 힘에 있어서
 선아(善牙, 사자)여
 저 선완(善腕, 호랑이)은
 나보다 못하다 말하였는가?

이 말을 듣고 선아는 다음 노래로 답하였다.

2. 빛깔과 크기와 출신과 힘과
그리고 정진하는 힘에 있어서
선완이여,
그대는 저 선아는
나보다 못하다 말하였는가?

3. 내가 이렇게 그대와 함께 살 때
내 벗 선아여,
만일 해치려 한다면
지금부터 그대와 함께 사는 것
나는 몹시 불쾌하게 생각한다.

4. 다른 사람의 말을 그대로 믿는 자는
그 벗에서 빨리 떠나고
또 많은 원수를 맺으리라

5. 항상 방탕하고 갈라질까 의심하며
그의 흠점만 찾는 자는 벗이 아니다.
어머니 품에 누운 어린애처럼
남의 이간질 모르는 이야말로
참 벗이니라.

이상 네 개의 노래로 벗의 덕을 말했을 때, 호랑이는 "내가 잘못했다." 하고 사자에게 사과하였다. 그 뒤로 그들은 여전히 사이좋게 지냈고 승냥이는 거기서 달아나 다른 곳으로 갔다.

부처님은 이 법화를 마치고 다시 전생과 금생을 결부시켜 '그때의 그 승냥이는 지금의 저 남자요, 그 사자는 사리불, 그 호랑이는 저 목건련이며, 그것을 목격한 목신은 바로 나였다.' 고 말씀하셨습니다.

◐ 생각 키우기

이 이야기는 부처님께서 기원정사에 계실 때 지혜제일 사리불존자와 신통제일 목건련존자의 전생이야기를 들려주시며, 벗 즉 친구 사이의 의리와 지켜야 할 덕목을 일러주신 법문입니다. 밥을 얻어먹고 산 남자나 승냥이처럼 친구 사이를 이간질 시키거나 싸움을 하게 하면 주위에는 절대로 진정한 친구가 생기지 않으며 결국에는 외롭게 됩니다. 그러므로 착한 마음, 믿는 마음, 바른 행동, 바른 말은 지혜를 가지게 하고 진정한 친구를 가지게 할 것입니다. 〈**본생경 제361화 색고품 빛깔과 크기의 전생 이야기**〉

**大覺華 · 權代子**

대구문인협회 등단(2002). 대구문학전시 8회. 문학예술 신인상 수상(2006). 영남아동문학상 수상(2009). 대구예술상 문학부문 수상(2011). 한국아동문학연구회 창작문학상수상(2014)

저서 환경동시집 『세상은 자연』(2002), 『풀꽃 사랑』(2004), 『구슬빗방울』(2007), 『손뼉 치는 바다』(2009), 『자연이 주는 이야기』(2014), 대구세계육상선수권대회기념 시모음집(2011)발간.

현)영남아동문학회 부회장. 한국아동문학연구회 부회장

# 영양의 전생이야기

오 해 균〈영각〉

한가로운 숲속엔 호수도 있고 먹을 것도 많이 있어 많은 동물들이 서로 의지하며 살고 있었습니다. 그 중에서 유독 친한 세 친구가 있었으니 그것은 영양과 딱따구리 그리고 느리지만 힘이 센 거북이입니다.

그러던 어느 날이었습니다.

이리저리 다니며 큰 동물의 발자국을 추적하던 못된 사냥꾼이 호숫가에서 영양의 발자국을 발견하고는 영양이 다니는 길 여기저기에 가죽으로 된 덫을 놓기 시작했습니다. 덫이 있는 줄도 모르고 밤길을 한가롭게 걷던 영양이 그만 가죽 덫에 걸리고 말았습니다. 넘어지면서 영양은 비명을 질렀습니다.

둥지에서 쉬고 있던 딱따구리가 이 모습을 보고 어두운 하늘을 날아서 호숫가로 날아가 거북이를 불렀습니다.

"거북아 거북아 큰일났어!"

물가에서 쉬고 있던 거북이는 딱따구리의 다급한 목소리에 뭔가 큰일이 벌어졌다는 것을 직감하였습니다.

"딱따구리야 무슨 일인데 그래?"

"우리 친구 영양이 고약한 사냥꾼이 쳐 놓은 덫에 걸려서 꼼짝달싹 못하고 있어. 우리가 구해줘야 할 것 같아."

"그래? 알았어, 우리가 빨리 가서 구해주자."

딱따구리와 거북이는 즉시 영양이 덫에 걸려 꼼짝 못하는 장소로 갔습니다.

가죽으로 된 덫은 여러 겹으로 되어 있어서 쉽게 끊을 수 없도록 만들어져 있었습니다.

딱따구리가 말했습니다.

"거북아 네가 좋은 이빨을 가졌으니 저 가죽 덫을 끊어, 난 그동안에 마을로 내려가 사냥꾼이 빨리 오지 못하게 방해를 할게."

"그래! 그게 좋겠다."

이렇게 좋은 친구를 둔 영양은 두 친구가 너무 고마웠습니다.

"애들아 너희야말로 진정한 친구야, 내가 너희들의 은혜는 많은 세월이 지나도 결코 잊지 않고 반드시 갚아 줄게."

둘이는 이구동성으로 말했습니다.

"그런 소리 말고 어서 힘을 내."

거북이는 힘을 내서 질긴 가죽으로 된 덫을 이빨로 끊기 시작했습니다.

딱따구리는 마을로 내려갔습니다. 마을에서 사냥꾼의 집을 찾기는 그리 어렵지 않았습니다. 밤인데도 어느 한집에서 동물의 비릿한 냄새가 나고 가죽이 여기 저기 널려 있었기 때문에 그 집이 그 못된 사냥꾼의 집인걸 바로 알았습니다.

딱따구리는 앞마당 나무 위에서 사냥꾼이 나오길 기다렸습니다. 잠시 후 해님이 동쪽 산에 올라오니 사냥꾼이 무시무시한 칼을 들고 나왔습니다. 딱따구리는 겁이 났지만 친구 영양을 구하겠다는 생각으로 나무에서 쏜살같이 달려들어 사냥꾼의 뺨을 때리고 도망을 쳤습니다.

아침부터 새에게 뺨을 맞은 사냥꾼은 재수 없다며 집으로 들어갔답니다.

딱따구리는 생각을 해 보았습니다.

'내가 밖에서 자기를 공격하는 걸 알았으니 이번엔 분명히 뒷문으로 나올 거야.'

딱따구리는 뒷문 쪽의 나무에서 기다렸지요. 잠시 후 사냥꾼이 나오는 걸 보고 냅다 날아서 또다시 뺨을 때렸습니다. 두 번이나 얻어맞은 그는 화가 났어요.

"에이, 오늘 재수가 없네. 아마 집에서 쉬라는 건가, 이따 나가봐야지."

사냥터 가는 것을 포기하고는 방으로 들어가 버렸습니다.

딱따구리는 빠르게 숲속으로 날아왔습니다.

거북이는 기진맥진 하면서 가죽 덫을 이빨로 끊고 있었지만 이빨이 다 닳고 입 주위에는 피가 많이 흘렀습니다.

"거북아 다 되었니? 조금 있으면 사냥꾼이 와."

딱따구리가 바라보니 저 만치에서 사냥꾼이 큰칼을 들고 달려오고 있었습니다.

영양과 딱따구리는 재빠르게 도망쳤지만 힘이 다 빠진 거북이는 꼼짝달싹 할 수가 없었습니다.

"얘들아 너희들 먼저 가 나는 어쩔 수가 없구나."

사냥꾼은 도망 못 간 거북이를 잡아서 큰 바구니에 놓았습니다. 한참을 도망가던 영양은 자기를 구해준 거북이를 놔두고 자신만 살겠다고 도망친 것이 너무 부끄러웠습니다. 그리고 꾀를 하나 생각했습니다.

'그래! 어차피 사냥꾼은 나를 잡으려 했던 것이니 힘이 빠진 척하며 유인을 하자.'

영양은 다시 거북이가 있는 곳으로 가서 힘이 빠진 척하면서 고개를 숙이고 천천히 걸었습니다. 바로 그때, 사냥꾼이 칼을 휘두르며 영양에게 달려 왔습니다.

영양은 뒤를 바라보며 살살 뛰었습니다.

사냥꾼은 잘하면 잡겠다 싶어 쫓아오고 영양은 속도를 내기 시작했습니다.

외지고 후미진 곳으로 한참을 달려서 사냥꾼을 따돌리고 난 뒤에 영양은 지름길을 달려 거북이가 있는 곳으로 왔습니다. 그곳에는 거북이가 큰바구니 속에서 나올 수가 없도록 큰 돌멩이로 눌러 놓았습니다.

영양은 있는 힘을 다해 자신의 큰 뿔로 바구니의 아래쪽을 뒤집어서 거꾸로 세워놓고 발로 힘껏 차니까 바구니는 저만치 날아가고 거북이의 모습이 보였습니다.

나무위에 숨어 있던 딱따구리도 내려왔습니다.

"거북아 아프고 힘들었지?"

"그래, 그렇지만 너희들이 구해줄 걸 믿었기 때문에 참을 수 있었어!"

영양이 말했습니다.

"내가 너희들 덕분에 목숨을 구했는데 오히려 거북이가 고맙다고 인사를 하는구나, 우리들이 여기서 이렇게 사이좋게 지냈는데 이젠 사냥꾼 때문에 힘들게 되었어."

거북이도 말을 했습니다.

"나는 이제 호수 깊숙이 들어가서 나오지 않을게, 너희도 사냥꾼을 피해 좋은 곳으로 가서 잘 살아야 해."

딱따구리도 말했습니다.

"나도 내 새끼들을 데리고 사냥꾼이 없는 평화로운 숲속으로 들어가서 살 거야."

"그래! 비록 우리가 지금은 헤어지지만 언제, 어느 생에서는 다시 만날 수 있을 거야. 그때까지 모두 건강하게 잘 살아야 한다."

이렇게 거북이는 물속으로, 딱따구리는 깊은 숲속 큰 나무로, 영양은 사냥꾼 없는 숲속으로 모두 떠났습니다.

나쁜 사냥꾼은 평화로운 숲속에 분란만 일으키고 아무런 수확도 없이 빈 바구니를 들고 집으로 돌아왔습니다.

◐ 생각 키우기

이 이야기는 부처님을 시해하려던 제바달다와 전생부터 내려오는 악연을 이야기 하시면서 인과 인연의 중요성을 제자들에게 설법하시면서 알려진 내용이다.

그때의 딱따구리는 지금의 사리불이며 거북이는 목건련이고 영양은 바로 부처님의 전신이니 옷깃만 스쳐도 인연이라는 불가의 이야기에서도 알 수 있듯이 인과는 선연이든 악연이든 그 끈이 끊어지지 않고 이어져 내려옴을 알 수가 있다.

현대를 살아가면서 많게는 수천수만의 사람들과 인연을 맺게 되니 항상 점검이 필요하고 남에게 피해를 주면 안 된다는 교훈을 주고 있다. 〈본생경 제206화 영양의 전생 이야기〉

**影覺 · 吳海均**

1955년 충북 청원에서 나서 불교문학과 불교음악에 전념하고 있다. 세광음반 대표로 작사 · 작곡 및 음반제작자로 수많은 기성가수를 배출했으며, 전국의 산사음악회는 거의 독점하고 있다. 대한민국환경대상, 용호연예대상, 대한민국찬불가요대상 등 많은 상을 받았고, 현재 가릉빈가소리 봉사단 단장으로 일하며, 장편 불교소설을 쓰고 있다.

# 사자와 승냥이

하 아 무〈정구〉

배고픈 사자 한 마리가 나타났어요. 사자는 얼른 먹이를 잡아 자신의 굴속으로 돌아가고 싶었어요. 거기에는 이제 막 결혼한 암사자가 기다리고 있었거든요. 예쁜 아내를 떠올리면서 사자는 주변을 두리번거렸어요.

"오늘따라 개미 한 마리 보이지 않는군."

사자는 혼자 투덜거렸어요.

"하기야 개미 한 마리로는 간에 기별도 안 가겠네."

피식 웃으며 다시 걸음을 재촉했어요. 그렇게 하루 종일 돌아다녀도 아무것도 찾을 수 없었어요. 점점 더 배는 홀쭉해지고 목까지 말라왔어요.

"아, 저 산에 가면 먹잇감이 있을지도 모르겠군."

사자는 산이 나타나자 단숨에 산기슭까지 뛰어 올라갔어요. 하지만 이번에도 허탕만 치고 말았어요. 크게 실망한 사자는 한숨을 몰아쉬며 그 자리에 풀썩 주저앉고 말았어요.

그때였어요.

"이 산 너머 가면 맛있는 풀을 실컷 먹을 수 있어. 맑고 시원한 물도 있어."

"그래? 우리 빨리 가자."

들쥐 두 마리가 사자 옆으로 뛰어가며 얘기했어요. 얘기하느라 미처 사자를 보지 못한 것 같았어요. 사자는 당장 달려가 들쥐를 잡으려고 했어요. 집에서 기다리는 아내와 한 마리씩 먹는 모습을 상상하면서 말이에요. 그러다가 사자는 급히 멈추었어요.

'아니지. 저 작은 들쥐는 잡아먹어도 배가 부르지 않을 거야. 맛있는 풀이 있고 맑은 물도 있다면 그걸 먹으려고 많은 짐승들이 올 거잖아. 거기가 어딘지 알아내어서 더 크고 맛있는 먹잇감을 잡는다면, 아내가 더 기뻐하겠지?'

사자는 들쥐가 눈치 채지 못하도록 멀찍이 떨어져서 살금살금 따라갔어요.

마침내 산기슭을 돌아가자 산 아래로 넓은 풀밭이 드러나고 그 가운데 호수가 있었어요. 조금 더 아래로 내려가자 코끼리와 물소, 하마 같은 큰 짐승은 물론이고 사슴, 토끼, 들쥐 같은 작은 짐승까지 사이좋게 풀을 뜯고 물을 마시는 모습이 보였어요.

'됐다. 저 녀석을 잡아야겠어.'

사자는 무리에서 조금 떨어져 풀을 뜯고 있는 사슴 한 마리를 점찍었어요. 예쁜데다가 제법 살이 올라 아내와 배부르게 먹을 수 있을 것 같았거든요.

"어흥, 너를 잡아먹어야겠다!"

사자는 몸을 날려 사슴을 향해 세차게 뛰어내렸어요.

"엄마야, 깜짝이야!"

사슴은 놀란 데다가 겁에 질려 펄쩍 뛰어 달아났어요. 여기저기 풀을 뜯고 물을 마시던 다른 짐승들도 덩달아 흩어졌어요.

"너 이놈, 달아나봐야 소용없다. 내 빠른 발로 널 단박에 따라잡아……"

그런데 이상했어요. 다른 때 같으면 몇 번만 훌쩍 뛰면 잡을 수 있을 텐데 이번에는 발을 뗄수록 점점 더 걸음이 느려졌어요. 결국 사슴과 다른 짐승들 모두 달아나 사라지고 말았어요.

실망한 사자는 아래를 내려다보았어요. 사자의 네 다리는 진흙 속에 파묻혀 꼼짝할 수 없게 되고 말았어요. 빨리 사슴을 잡고 싶은 마음 때문에 진흙 구덩이에 뛰어든 줄도 몰랐던 것이지요. 사슴과 다른 짐승들은 늘 다니던 곳이라 진흙 구덩이를 피해 달아날 수 있었어요.

"이를 어째. 빠져나갈 수가 없네. 어흥."

사자는 집에서 남편이 오기만을 기다리고 있을 아내를 생각하며 몸부림쳤어요. 그러나 진흙은 갈수록 더 말라갔어요. 사자는 며칠 동안 도와달라고 소리쳤지만 아무도 나타나지 않았어요. 사자의 외침에 다들 겁을 먹고 가까이 가려고 하지 않았기 때문이었어요. 결국 일주일이 되자 사자는 소리 지를 힘조차 남지 않게 되었어요.

"아, 이렇게 죽는 건가. 여보~."

네 다리를 기둥처럼 세운 채 사자는 고개를 떨궜어요.

그때, 승냥이 한 마리가 먹이를 찾아 풀밭을 헤치고 나타났어요.

"어이쿠, 깜짝이야!"

뒤늦게 사자를 발견한 승냥이는 너무 놀라 그 자리에 주저앉고 말았어요. 사자는 있는 힘을 다해 그 승냥이를 불렀어요.

"승냥이야, 승냥이야. 무서워할 것 없다. 제발 가지 말고 나 좀 도와다오."

승냥이는 도망가려다 말고 사자를 돌아보았어요. 귀를 찢을 듯 사자의 고함 소리 대신 작고 힘없는 소리였어요. 자세히 보니 덫에 걸렸는지 움직이지 못하는 것 같았어요.

"승냥이야, 도와다오 제발~."

사자의 목소리는 거의 울 것만 같았어요.

"아니, 도대체 사자님께서 왜?"

"나는 이렇게 진흙 속에서 꼼짝 못하고 있구나. 제발 내 생명을 건져다오."

승냥이는 조심스럽게 사자 곁으로 다가갔어요. 아니나 다를까, 사자는 진흙 속에 빠져 있었어요. 아무것도 먹지 못하고 이레나 있었기 때문에 사자는 뼈만 남은 것 같았지요.

"힘드시겠군요. 제가 당장 구해드리고는 싶습니다만……."

"제발 그렇게 해주게나, 제발~."

"사실 사자님을 구해놓으면 나를 잡아먹을까, 그것이 두려워서……."

사자는 다시 한 번 애처롭게 말했어요.

"두려워할 것 없다, 승냥이야. 나는 너를 절대로 잡아먹지 않을 것이다. 그 대신 네가 마음 놓고 살아갈 수 있게 도와주겠다. 내가 이렇게 굳게 약속을 하마."

승냥이는 이렇게 약속을 받고 나서 더 자세히 살펴보았어요. 그러더니 사자의 네 발 곁의 진흙을 파내고 호수가 있는 쪽으로 구멍을 뚫었어요. 한참 뒤 물이 그 구멍으로 흘러들어 딱딱하게 굳었던 진흙이 묽어져 조금씩 말랑말랑해졌어요.

승냥이는 사자 배 밑으로 들어가 큰 소리로 말했어요.

"제가 위로 힘껏 밀게요. 사자님도 힘을 내어 발을 빼내 보세요. 하나, 두울, 셋!"

사자는 가까스로 진흙에서 나올 수 있었어요.

조금 쉰 사자는 호수에 들어가 맑은 물을 실컷 마시고 기운을 차렸어요. 그리고 이레 만에 진흙을 씻어 떨어뜨리고 깨끗이 목욕도 하였지요.

"아, 개운하다. 이젠 좀 살겠구나."

승냥이는 슬금슬금 뒷걸음질을 쳤어요.

"승냥이야, 승냥이야. 제발 그냥 가지 말아다오. 내가 너에게 은혜를 갚을 수 있게 해다오."

사자는 호수 건너편으로 쏜살같이 달려가 물소를 잡았어요. 목욕하면서 미리 보아두었던 것이지요. 이번에는 진흙에 빠지지 않도록 조심했어요.

사자는 승냥이를 불렀어요.

"네가 먼저 먹어. 나는 네가 먹은 뒤에 먹을게."

"정말 그래도 돼요?"

"그럼. 네가 나를 구해주었는데, 당연히 그렇게 해야지."

그래서 승냥이가 먼저 먹고 사자가 나중에 배불리 먹었어요. 그런 뒤에 승냥이는 고기 한 조각을 따로 떼어내었어요.

사자가 물었어요.

"그것은 무엇 하려느냐. 나중에 먹으려고 그러느냐?"

승냥이는 고개를 저었어요.

"아닙니다. 집에서 기다리고 있는 제 아내에게 주려고요."

승냥이의 대답은 사자의 마음에 꼭 들었어요. 돌아오지 않는 남편을 애타게 기다리고 있을 암사자 생각이 났거든요.

"아내를 아끼고 사랑하는구나. 나도 아내에게 고기를 좀 가져다주어야겠다."

그러다가 사자는 이내 생각났다는 듯이 승냥이에게 제안했어요.

"승냥이야, 이참에 너랑 네 아내 모두 우리 이웃으로 오는 게 어떠냐, 응? 지금부터는 내가 너희들을 먹여 살릴 테니까."

이렇게 해서 사자와 승냥이는 이웃으로 같이 살기로 했어요.

사자는 승냥이 부부를 데리고 가서 옆에 있는 굴속에 살게 했어요. 먹이를 찾으러 나갈 때는 암사자와 암승냥이를 집에 두고 둘이서 함께 나갔어요. 사냥한 짐승을 가지고 돌아와서는 똑같이 나누어 가졌지요.

그렇게 지내는 동안에 암사자는 두 마리 새끼를 낳고 암승냥이도 두 마리 새끼를 낳았어요. 그들은 매우 사이좋게 지냈어요.

어느 날 암사자는 생각했어요.

"남편이 우리 새끼들을 좋아하지만 승냥이 부부와 그 새끼들도 귀여워하는 것은 이상한 일이다. 왜 그럴까? 혹시 나대신 암승냥이를 사랑하기 때문이 아닐까? 만약 암승냥이 때문에 나를 내쫓기라도 한다면……. 안 되지. 그래, 쫓겨나기 전에 저 암승냥이를 먼저 쫓아내버려야지."

하루는 사자와 승냥이가 먹이를 찾아 나간 뒤, 암사자가 암승냥이를 불렀어요.

"여기는 사자들 동네인데 왜 너희는 다른 데 가지 않느냐. 지금은 가만히 있지만 네 새끼들이 더 크면 사자들이 그냥 있겠느냐. 쥐도 새도 모르게 잡아먹을지도 몰라."

그리고 사자 새끼들에게 어른들이 안 볼 때 승냥이 새끼들을 괴롭히도록 했어요.

참고 있던 암승냥이는 남편이 돌아오자 이 사실을 말하였어요.

"여보, 이대로 여기 살다가는 도저히 무서워서 안 되겠어요. 이제 그만 우리 집으로 돌아가요."

승냥이는 아내의 말을 듣고 사자에게 가서 따졌어요.

"사자님은 오랫동안 우리를 곁에 두었습니다. 너무 오래 같이 있으면 사이가 벌어지기 쉽습니다. 우리가 먹이를 찾아 나간 동안 부인은 아내에게 나쁜 말로 '왜 여기 있느냐, 빨리 물러가라' 하면서 위협했다고 합니다. 또 당신 아이들도 내 아이들을 괴롭혔다고 합니다. 이제 이웃에 우리가 사는 것이 귀찮으면 나가라고 하면 될 터인데 왜 나쁜 말을 하는 것입니까?"

이 말을 듣고 사자는 암사자를 불러 말하였어요.

"당신은 언젠가 내가 먹이를 찾아 나갔다가 이레 만에 돌아온 것을 기억하시오? 그때 저 승냥이 부부와 함께 돌아왔었지."

"예, 기억하고 있어요."

"그러면 내가 이레 동안 돌아오지 않은 까닭을 아는가?"

"그것은 잘 모르는데……."

"나는 그때 사슴 한 마리를 잡으려다가 실수하여 진흙 속에 빠졌었소. 거기서 빠져나올 수 없어 이레 동안 아무 것도 먹지 못하고 서 있었다오. 그때 저 승냥이 덕분으로 생명을 건졌었지. 그러니 승냥이는 나를 살려준 벗이고 내 생명의 은인이라오."

암사자는 깜짝 놀라 눈이 동그래졌어요.

"그런 일이 있었는지 전혀 몰랐어요."

"알았든 몰랐든 내가 데려와서 잘 대해 주었으면 나를 믿고 똑같이 했어야 했소. 이제부터라도 내 벗에 대해서, 또 그 아이들에 대해서도 함부로 나쁜 말을 하거나 괴롭혀서는 안 될 것이오."

남편의 말을 듣고 암사자는 승냥이를 찾아가 사과했어요. 그 뒤로 두 가족은 다투지 않고 사이좋게 지냈어요. 사자 새끼들도 승냥이 새끼들과 같은 형제처럼 놀았지요.

사자와 승냥이 부부들이 세상을 떠난 뒤에도 그들 사이는 변하지 않았어요. 그들이 살았을 때처럼 싸우거나 괴롭히지 않으면서 화목하게 지냈지요. 그들의 아이들, 그 아이들의 아이들, 또 그 아이들의 아이들, 또 또 그 아이들의 아이들로 모두 7번 아이들이 태어나 사는 동안 그 우정은 변하지 않았어요.

그리고 먼 훗날, 진흙에 빠졌던 사자는 부처님으로 다시 태어나고, 사자를 구해준 승냥이는 아난존자로 태어나 부처님을 모시는 역할을 했답니다.

◐ 생각 키우기

부처님이 기원정사에 계실 때 아난존자가 천 벌이나 되는 옷을 얻은 것에 대해 왕이 오해를 하게 되자 들려준 이야기입니다. 아난존자는 많은 옷을 팔아 혼자 차지하려 한 것이 아니라 낡은 옷을 입은 스님들에게 나눠주기 위해 옷을 받았던 것입니다. 사자가 승냥이에게 받은 도움에 대한 은혜를 갚기 위해 사이좋게 지냈듯이 모든 일에는 그 나름대로의 이유가 있는 것이지요. 〈본생경 제157화 유덕(有德)의 전생 이야기〉

**하아무 · 河正九**

1966년 경남 하동 출생.

2007년 〈전남일보〉 신춘문예 당선.

2008년 〈MBC창작동화대상〉 당선.

현재 경남아동문학회 회원, 경남소설가협회 · 경남작가회의 회장.

소설집 『마우스브리더』, 『황새』, 장편소설 『더질더질』 등

# 힘을 모은 나무

곽 종 분〈자비행〉

물 때문에 다툼이 일어났습니다. 이 때문에 석가족에게 재난이 일어났습니다. 이 소식을 들은 부처님은 허공에 날아올라 로히니강 상공에서 싸우는 사람들을 놀라게 하여 다툼을 말리고 내려오셨습니다. 부처님은 강가에 앉아 그 전생에 대해 이야기 하셨습니다.

부처님은 그 친족인 석가족들에게 말씀하셨습니다.

"친족들이여, 화합하지 않으면 안 됩니다. 친족들이 화합만 하면 어떤 적도 그 틈을 틈타지 못합니다. 사람은 물론이요, 무심한 나무까지도 화합하지 않으면 안 됩니다."

"옛날 설산 지방에서 폭풍이 사알라 숲을 휩쓸었으나 그 숲의 나무와 관목과 덤불들이 서로 결합해 있었기 때문에 나무 하나도 넘어지지 않고 바람은 가지 사이로 지나가고 말았습니다."

"그런데 가지가 우거진 나무 하나는 다른 나무와 결합해 있지 않았기 때문에 뿌리 채 뽑혀 땅에 쓰러졌던 일이 있었습니다. 그러므로 당신들은 일치단결하여 지내지 않으면 안 됩니다."
하고 그들의 청을 따라 과거의 일을 말씀하셨습니다.

바아라나시에서 부라후마탓타 왕이 나라를 다스리고 있을 때 새로 왕이 된 비사문은 관목과 덤불 등나무들에게 각각 제 희망대로 자리를 잡으라고 명령하였습니다.

그 때에 보살은 설산 지방의 어떤 사알라 나무숲의 수신으로 있었습니다.

그는 그 친족들에게

"당신들은 넓은 벌판에 서 있는 나무들 사이에 자리를 잡고 있어서는 안 됩니다. 이 사알라 숲에서 내가 정한 장소를 둘러싸고 있으시오."
하였습니다. 그래서 그 보살의 명령에 따라 현명한 수신들은 보살이 있는 곳을 둘러싸고 자리를 잡았습니다. 그러나 어리석은 수신은 말했습니다.

"우리는 숲 속에 자리를 잡을 필요가 없다.

우리들은 사람들의 왕래가 많은 마을이나 거리나 도시의 어구에 자리를 잡고 살자. 사람들과 가까이 사는 수신은 소득도 많고 또 명예도 얻을 것이다."
하며 사람들이 많이 사는 광장에 가서 살았습니다.

그런데 어느 날 큰 폭풍우가 일어나 굳센 뿌리를 가졌던 그 늙은 나무는 가지가 부러지면서 뿌리 채 뽑혀 쓰러졌습니다.

그러나 서로 굳게 결합한 사알라 숲에는 아무리 폭풍우가 몰아쳐도 하나의 나무도 넘어지지 않았습니다.

집이 부서진 수신들은 의지할 곳이 없어졌으므로 자식들의 손을 이끌고 설산 지방으로 가서 그들이 당한 재난을 보살에게 말했습니다.

보살은 현자의 말을 듣지 않았기 때문에 그런 일이 생겼다고 말했습니다.

보살은 설법을 다한 다음에 게송을 읊어 주었습니다.

숲에 난 나무도
친족이 많으면 좋다.
아무리 큰 나무도 혼자 있으면
바람이 와서 그것을 쓰러뜨린다.

보살은 이렇게 그 이유를 말해주고 뒤에는 그 업보에 알맞은 곳에 태어났습니다.

부처님은 말씀하셨습니다.

"친족들이여, 이와 같이 일치단결하여 의좋게 지내는 것이 좋습니다."

◐ 생각 키우기

화합만 하면 어떤 위기에 달한다 해도 적은 틈을 타지 못한다는 이야기로 서로 협조하면 어려운 고난도 이겨낼 수 있다는 이야기다. 보살의 뜻에 따른 나무들은 서로 가지를 잡아서 무사히 큰 바람을 통과시켰으나 화합하지 않은 늙은 나무는 가지가 부러지고 뿌리 채 뽑혀 넘어지고 말았다.

모든 사람은 서로 협조하고 화합해 살아가야 한다는 말씀이다. 〈본생경 제74화 수법(樹法)의 전생 이야기〉

**慈悲行 · 郭鍾粉**

33년 부산에서 출생. 1965년 새교실 수필로 등단
한국불교아동문학상, 부산문학 본상, 황진이 문학상, 불교청소년도서저작상 수상
동시집 『양지 꽃 피는 언덕』 외 4권, 동화집 『별의 빰』 외 6권
수필집 『노을이 비친 교실』 등

# 설산에서 만난 원숭이

김 종 상〈불심〉

가난한 보살이 있었습니다. 물질적으로는 가난했지만 정신적으로는 부자였습니다. 마음씨 고운 아내와 귀여운 아들을 키우며 행복했습니다. 그런데 아내가 아팠습니다.

"여보, 이것 먹고 기운을 차리셔야지요."

보살은 산에 가서 약초를 구해다가 달여 먹이며 정성껏 간호를 했지만 아내는 끝내 눈을 감고 말았습니다. 세상이 끝난 것 같았습니다. 그렇게 떠날 것을 왜 먹을 것 입을 것 알뜰히 아끼며 남편과 자식 위해 살아온 일이 다 부질없었다는 생각이 들었습니다. 보살은 아무 일도 손에 잡히지 않았습니다. 그대로는 살 수 없을 것 같았습니다.

보살은 아들을 데리고 설산으로 들어갔습니다.

"아빠, 여기를 떠나면 엄마가 우리를 찾아오면 어떻게 해?"

"엄마가 우리를 찾아오면 안 돼. 그래서 떠나는 거야."

"왜 찾아오면 안 되는데?"

"이 세상에 미련을 두면 극락에 갈 수 없어."

보살은 아들에게 어머니를 잊으라고 했습니다. 자신도 아내를 잊으려고 노력했습니다. 설산으로 들어간 이유가 아내의 생각을 잊기 위해서였습니다.

산기슭에 초막을 짓고 밭을 일구어 농사를 지었습니다. 땅은 기름져 농사가 잘 되었습니다. 추수를 하고 보니, 먹을 것이 넉넉했습니다.

설산에는 겨울이 빨리 왔습니다. 추수가 끝나기 바쁘게 날씨가 으스스했습니다. 오방색으로 물이 들었던 단풍이 서릿바람에 함박눈처럼 쏟아졌습니다.

"아빠, 추워요."

"장작불을 피우자구나."

보살은 초막 부엌에 장작불을 피웠습니다. 보살은 의자에 비스듬히 앉아 집 앞에 쌓이는 단풍을 바라보고 있었습니다. 아들은 장작불에 돼지감자를 구웠습니다. 돼지감자 익는 냄새가 멀리까지 퍼졌습니다. 그 때 초막 앞쪽 나무 사이로 검은 그림자가 지나갔습니다. 보살은 사람인가 하고 밖으로 나와 살펴보았지만 아무것도 없었습니다.

"아빠, 뭐예요?"

"아니다. 내가 잘못 본 것 같다."

그러나 보살이 잘못 본 것이 아니었습니다, 그것은 원숭이였습니다. 배가 고파서 먹이를 찾던 원숭이가 돼지감자 굽는 냄새를 따라 산을 내려왔던 것입니다. 초막에서 돼지감자 굽는 것을 보았지만 원숭이로서는 그것을 얻어먹을 수 없다는 것을 깨닫고 돌아간 것입니다. 하지만 돼지감자 냄새에 배에서는 쪼르륵 소리가 났습니다. 갑자기 배가 더 고파 참을 수가 없었습니다.

"어떻게 하면 저 돼지감자를 얻어먹을 수 있을까?"

숲으로 돌아간 원숭이는 궁리 끝에 한 가지 생각이 떠올랐습니다. 사람으로 변장해서 초막으로 가겠다는 것이었습니다. 숲에서 보았던 죽은 행자의 모습이 떠올랐습니다. 원숭이는 죽은 행자를 찾아가서 옷을 벗겨 입었습니다. 행자가 갖고 있던 검은 양가죽을 찾아 왼쪽 어깨에서 오른쪽 겨드랑이로 걸쳤습니다. 그렇게 하고 보니 영락없이 공부를 많이 해서 깨달음을 얻은 선인의 모습이었습니다.

"이 정도면 되겠지. 아니야. 선인이라면 꼭 갖추어야 할 것이 또 있지."

선인은 누구나 굵고 꼬불꼬불한 지팡이와 표주박을 닮은 물병을 가지고 다닙니다. 원숭이는 죽은 행자 둘레를 살펴보았습니다.

"으흐흐, 구하면 얻어지게 마련이라니까."

행자가 갖고 있던 지팡이와 물병이 나무 밑에 떨어져 있었습니다.

원숭이는 그 물병을 옆에 차고 지팡이를 짚고 보살의 초막으로 갔습니다.

"이럴 때는 당당해야 돼."

'으흠, 으흠' 하고 기척을 하며 허리를 꼿꼿이 세우고 사립문을 밀었습니다. 아들이 돌아보았습니다. 원숭이는 주춤 하고 그 자리에 멈추었습니다. 변장을 하고 당당하려 했지만 막상 사람과 마주치니 선뜻 다가가기가 망설여졌습니다. 그것을 보고 아들이 아버지 보살에게 말했습니다.

"아버지, 웬 선인이십니다. 모시고 갈까요?"

그러면서 게송으로 아버지께 부탁했습니다.

마음과 몸을 닦는 선인이 오셨네요.
추위와 굶주림에 몹시 지쳐 있어요.
남루한 차림에 야윈 얼굴을 보세요
따뜻한 자리와 먹을 것이 필요해요.

보살이 아들의 게송을 들으며 사립문 쪽을 바라보았어요. 한 선인이 가련한 표정으로 보살을 바라보고 있었습니다. 차림은 선인이었지만 얼굴을 자세히 보니 원숭이였습니다. 보살은 아들을 향해서 게송을 읊었습니다.

포장을 보고 속까지 믿을 수는 없지
행색은 선인이나 속내는 원숭이구나
그는 남을 해치고 훔치기를 잘 하니
집안으로 들였다간 큰 화를 당하리라

게송을 마친 보살은 불붙은 장작개비를 들고 초막을 나섰습니다. 원숭이는 물병과 지팡이를 집어던지고 숲속으로 달아났습니다. 아들이 중얼거렸습니다.

'이 추운 겨울에 집도 없고 먹을 것도 떨어졌으면 원숭이는 어떻게 살아갈까?'

보살은 안타까워하는 아들을 타일렀습니다.

"거짓되게 남을 속이려 하는 것은 나쁘다. 원숭이라면 떳떳하게 원숭이로 온다면 왜 이렇게 쫓아버리겠나? 마음을 맑은 물처럼 가져야 하느니라."

보살은 그 원숭이는 전생에 거짓말을 하고 남을 잘 속이는 비구였다고 했습니다.

◐ 생각 키우기

동물은 본능만으로 살지만 사람은 본능과 함께 지성으로 삽니다. 본능은 육체의 지혜로서 자연대로 사는데, 지성은 정신의 지혜로서 순수성을 잃고 거짓을 꾸미게 되는 경우가 많습니다. 본디 모습을 숨기고 거짓으로 남을 속이면 그것은 곧 자기를 속이는 것입니다. 사람은 언제나 티끌만큼의 거짓도 없이 진실하게 살아가야 합니다. 〈본생경 제250화 원숭이의 전생 이야기〉

**佛心 · 金鍾祥**

1958년 《새교실》 소년소설 『부처손』과 1959년 '민경친선 신춘문예' 詩 「저녁어스름」 입상, 1960년 '서울신문 신춘문예' 童詩 「산 위에서 보면」 당선되었다. 동시집 《흙손엄마》 외 30여 권, 동화집 《아기사슴》 외 30여 권을 펴냈다. 대한민국문학상, 대한민국5 · 5문화상, 대한민국동요대상 등을 받았고 현재, 문학신문 주필. 한국문협 고문, 국제 펜 한국본부 고문이다.

# 욕심쟁이 만타나왕

이 시 구〈약왕화〉

옛날 먼 옛날에 삼천 개의 크고 작은 섬으로 이루어진 나라가 있었습니다. 그 곳은 욕심 많은 만타나왕이 다스렸습니다. 그에게는 하늘을 날아다니는 황금 말, 먹으면 천 년을 사는 사과나무, 쇠붙이도 자르는 칼, 아름다운 목소리로 노래하는 파랑새, 시들지 않는 꽃, 지치지 않고 춤출 수 있는 비단 구두, 그리고 비바람을 일으키는 부채 등 일곱 가지 보물이 있었습니다.

또, 세 가지 신통한 재주가 있었는데 첫째는 오른 손을 들어 허공을 가리키면 금은보화가 쏟아져 내려 발목까지 차올랐습니다. 둘째는 아무리 사나운 맹수라도 양처럼 순하게 만들었습니다. 셋째는 하룻밤에 삼천 개의 섬을 다 돌아 볼 정도로 빨리 달리는 재주였습니다.

왕비는 마음씨가 착하고 어여쁘고 씩씩하고 건강한 왕자도 다섯이나 두었습니다. 사람들은 만타나왕을 세상에서 제일 행복한 사람이라고 부러워했습니다.

그러던 어느 날이었습니다. 파랑새의 노래를 듣던 만타나왕이 어쩐지 우울해보였습니다. 신하는 걱정이 되어 물었습니다.

"대왕님, 어찌하여 우울해 하십니까?"

"파랑새의 노래 소리가 지루하게 들리는구나."

"비단구두를 신고 즐겁게 춤을 추어 보시지요?"

"그것도 싫다. 뭐 더 좋은 게 없을까?"

"그렇다면 대륙으로 가보시면 어떨까요? 하도 넓어서 가도 가도 끝이 없다고 합니다."

만타나왕은 황금 말을 타고 곧바로 대륙으로 갔습니다. 정말 끝이 없는 것처럼 달려도 달려도 넓은 땅이었습니다. 삼천 개나 되는 섬이 있었지만 아무것도 아니라는 생각이 들었습니다. 대륙의 왕은 만타나왕을 아주 공손하고 반갑게 맞았습니다. 만타나왕의 보물과 재주에 대해 듣고 훌륭하다고 여기고 있었습니다. 자식이 없던 대륙의 왕은 만타나왕에게 왕위를 물려주었습니다.

만타나왕은 기뻤습니다. 오른손을 들어 허공을 가리키자 금, 은, 다이아몬드 등 갖가지 보석이 비처럼 내렸습니다. 넓은 땅이 반짝반짝 빛났습니다. 황금 말을 타고 몇 년을 달리다가 돌아오기도 했습니다. 산도 높아서 꼭대기에 오르니 하늘에 닿을 듯 했습니다. 만타나왕은 부러울 것이 없었습니다.

그렇게 시간이 흘렀습니다. 몇 번의 봄과 여름과 가을과 겨울이

오고 갔는지 모릅니다. 만타나왕은 다시 우울해졌습니다. 멀리 나라를 둘러보는 것도 높은 산을 오르는 것도 재미가 없었습니다.

"아, 높은 산도 매일 보니 높은 줄을 모르겠구나. 여기보다 더 즐거운 곳은 어디일까?"

"대왕님. 그렇다면 남은 곳은 한 곳 뿐입니다."

신하가 얼른 대답했습니다.

"거기가 어디냐?"

만타나왕은 솔깃하여 물었습니다.

"하늘나라입니다."

만타나왕은 무릎을 탁 쳤습니다.

"내가 왜 그 생각을 못했지?"

만타나왕은 섬나라에서 가지고 온 천년을 살 수 있는 사과를 먹고 배를 든든히 채운 뒤에 황금 말을 타고 하늘나라로 갔습니다.

하늘나라에까지 만타나왕의 소문이 퍼져 있어서 하늘을 다스리는 왕도 만타나왕을 알고 있었습니다. 하늘나라 왕은 귀하고 좋은 재료로 맛있는 음식을 만들어 만타나왕을 맞이했습니다. 만타나왕은 시들지 않는 꽃을 하늘나라 왕에게 선물로 주었습니다.

"신통한 능력을 가진 만타나왕이여. 여기까지 무슨 일로 왔는지요?"

"하늘나라의 뛰어남이 그 어떤 세계와도 비교할 수 없다기에 내가 한 번 다스려 보고 싶어서 왔습니다."

"좋습니다. 그럼 반으로 나누어 나와 함께 절반씩 다스려 보면 어떻겠습니까?"

만타나왕은 뛸 듯이 기뻤습니다. 하늘나라의 왕이 된 자신이 정말로 뿌듯했습니다. 하늘나라에는 구만구천 개의 산과 구만구천 개의 강과 구만구천 개의 보물이 있었습니다.

백년이 지나자 하늘나라 왕이 죽었습니다. 새로운 왕도 백년이 지나자 또 죽었습니다. 천년을 살 수 있는 사과를 먹은 만타나왕은 건강하고 늙지도 않았습니다. 만타나왕은 다시 욕심이 생겼습니다.

'하늘나라를 반만 갖는 것은 진정한 왕이 아니다. 다른 왕이 뽑히기 전에 내가 다 차지해야 되겠다.'

그러자 우르르르릉 천둥 치는 소리가 들렸습니다. 만타나왕이 얼굴을 감싸 쥐고 데굴데굴 굴렀습니다.

"아아, 내 얼굴!"

한참 만에 괴로운 듯이 고개를 든 만타나왕은 갑자기 폭삭 늙어버렸습니다. 허리도 꼬부라져서 엉금엉금 기었습니다. 인간은 하늘나라에서 죽을 수 없었습니다. 만타나왕은 땅으로 떨어져 섬나라 궁으로 돌아왔습니다.

만타나왕을 본 왕자들이 눈물을 흘렸습니다. 천년을 사는 사과도 이젠 만타나왕에게 소용이 없었습니다. 죽음을 맞이한 만타나왕이 왕자들에게 마지막 말을 했습니다.

"내가 어리석어서 욕심을 부리지 않는 것이 곧 즐거움인 줄 모르고 찾아 헤매었구나."

만타나왕이 죽자 왕자들은 나라의 금은보석을 사람들에게 골고루 나누어 주었습니다.

◐ 생각 키우기

욕심은 끝이 없습니다. 그래서 어떤 금은보석으로도 채우지 못합니다. 결국 욕심은 더 많은 것을 갖고자 하는 마음을 일으켜 스스로를 고통스럽게 만듭니다. 만족하지 못하고 불평과 불만만 일삼으면 행복하지 않기 때문입니다. 만타나왕도 자신의 처지에 만족했더라면 오래오래 하늘나라의 왕이었겠지요. 지나친 욕심이 결국 죽음을 맞게 했습니다. 내가 가진 것에 감사하는 마음으로 욕심을 버리는 것이 참다운 부처님의 가르침입니다. 〈본생경 제258화 간타라 왕의 전생 이야기〉

**藥王花 · 李始九**

1968년 서울출생.

2003년 아동문학평론 신인상

단국대학교 문예창작 석사졸업.

# 나누면 가벼워

김 진 식〈무상〉

아사리는 평민의 외동아들입니다. 어느 날 부처님의 설법을 듣고 스님이 되기 위하여 출가하였습니다. 그의 스승인 아사리와 보살은 매우 엄격하였고, 성의를 다하여 지켜야 할 계율을 가르쳤습니다. 계율은 너무 많고 어려워 지켜낼 자신이 서지 않았습니다.

계율을 지키지 못하면서 출가해서 무엇하겠는가 하고 스스로를 꾸짖으며, 스승 앞에 머리를 조아리며 간청하였습니다.

"스승님, 부끄럽습니다만, 나는 그 많은 계율을 지킬 수가 없습니다. 그럴 바에야 속인으로 돌아가 가장으로 도리를 하면서 선을 행하는 것이 마땅합니다. 여기 바루와 가사를 돌려드립니다. 속가로 돌아가겠습니다."

"그렇다면 어렵겠구나. 부처님께 하직인사를 드리고 가거라."

아사리 스님은 젊은 비구를 데리고 부처님께 하직인사를 드리러 갔습니다.

부처님이 계시는 법당에는 설법을 듣기 위하여 비구들이 모여 있었습니다. 이때 아사리와 젊은 제자가 들어서자 부처님께서는 이들이 올 줄 짐작한 듯 물었습니다.

"비구여! 그대는 왜 이 젊은 비구를 여기로 데려 왔는가?"

"세존이시여, 이 비구는 수행을 견뎌내지 못하고 있습니다. 계율을 지키기 어렵다 하여 바루와 가사를 돌려주기에 데리고 온 것입니다."

부처님은 같이 온 젊은 제자에게 물었습니다.

"그대여, 무엇이 그렇게 어렵더냐?"

"세존이시여, 이것은 한 가지 계율이라 하고 이것은 두 가지 계율, 세 가지 계율, 아홉 가지 계율, 열 가지 계율, 여러 가지 계율, 작은 계율, 중간 계율, 큰 계율… 계율이 너무 많아 가늠하기도 지키기도 어렵습니다. 나는 수행자로서 너무 모자라는 점이 많습니다. 차라리 속가로 돌아가 착한 것으로 업을 삼아 보시도 하고 이웃도 돕는 것이 나은 삶이라고 생각합니다."

이 말을 들은 부처님은 모여 있는 아사리와 보살 등 비구들을 향하여 말씀하셨습니다.

"비구들이여, 그대들은 초심자에게 왜 그 많은 계율을 다 말하는가. 아무리 열심히 말해도 제힘으로 지킬 수 있는 만큼밖에 지키지 못하는 것이다. 그대들은 지금부터는 그런 식으로 계율을 말해서는 안 된다. 듣는 사람의 능력에 알맞도록 해야 한다. 이 비구의 일은 나에게 맡겨라."

그리하여 부처님은 그 젊은 비구에게 말씀하셨습니다.

"비구여, 많은 계율을 지킬 필요가 없다. 너는 세 가지 계율은 지킬 수 있겠지."

"세존이시여! 세 가지쯤은 지킬 수 있습니다."

"좋다. 그러면 너는 지금부터 네 몸의 세 가지 문을 지켜라. 몸 · 입 · 뜻의 문으로 악업을 삼가라는 말이다."

젊은 비구는 부처님의 말씀을 듣고 만족한 마음으로 다짐하였습니다. '세 가지 쯤이야 지키고말고….'

"세존이시여. 반드시 세 가지를 지키겠습니다."

젊은 비구는 마음이 가뿐하고 자신감으로 가득 찼습니다. 그물처럼 느껴졌던 계율의 결박이 두렵지 않았습니다. 세 가지로 줄었다는 것이 마음을 편하게 했습니다. 젊은 비구는 부처님께 감사의 절을 한 뒤 아사리 스승과 함께 물러났습니다. 물론 바루와 가사는 다시 돌려받았습니다.

젊은 비구는 세 가지 계율을 지키면서 부처님의 가르침을 생각하였습니다. 이때까지는 아사리와 화상 스승님이 가르친 여러 가지 바른 길을 알아듣지 못하여 계율을 지킬 수 없었습니다. 그러나 부처님의 가르침은 달랐습니다. 쉽고 분명하게 가슴에 닿아 새겨주었습니다.

"아아, 이 세 가지 속에 그 많은 계율이 다 들어 있구나!"

젊은 수행 비구는 기쁜 마음으로 감탄하였습니다. '과연 법왕이시다'. 부처님께서는 그 많은 계율을 세 가지로 묶어주셔서 알아듣기도 쉬웠습니다.

젊은 수행 비구의 바른 나아감은 나날이 달라졌고, 얼마 지나지 않아 아라한의 자리를 얻었습니다. 그가 부처님의 가르침을 듣지 않고 속가로 돌아갔다면 높은 깨달음의 아라한의 자리를 얻지 못하였을 것입니다.

아라한의 자리에 오른 젊은 비구의 주변에는 부처님의 덕과 그의 참되고 바른 행함을 찬탄하는 수행자들이 모여 들었습니다. 어느 날이었습니다. 수행 비구였던 그가 아라한을 얻은 다음 아사리 비구가 되었습니다. 어느 날 부처님의 가르침을 설하고 있을 때 부처님께서 지나가시다 모여 있는 비구에게 물었습니다.

"비구들이여! 그대들은 무슨 이야기가 있어 여기 모여 있는가?"

비구들이 지금 설법하고 있는 젊은 아사리 비구의 이야기를 하자 부처님께서는 미소를 띠면서 얼마 전의 아라한을 얻은 젊은 아사리 비구에 대해 말씀하셨습니다.

"비구들이여! 아무리 무거운 짐이라도 몇 개로 나누게 되면 가벼워진다. 나아감의 길에서 만나는 계율도 이와 같으니라. 옛날의 어떤 현인도 큰 금덩어리를 얻었으나 들 수가 없어 그것을 몇 개로 쪼개서 나누어 들고 간 일이 있었다."

부처님께서는 전생에 있었던 금덩이 이야기를 들려주었습니다.

"그 옛날 부라후마타왕이 바라나시에서 나라를 다스리고 있을 때 나는 어느 마을의 농부였느니라. 밭갈이를 하다가 함지박만한 금덩어리를 발견하였지만 너무 크고 무거워 우선 흙을 덮어 두고 저물 때까지 밭갈이를 하였다. 밭갈이를 끝낸 다음 멍에와 보습을 한쪽으로 밀쳐두고 금덩어리를 가져가려 했지만 무게를 이길 수가 없어서 흙에 묻어두고 집으로 갔다. 그러나 마음은 금덩어리에 가 있어서 밤을 새우고 해가 뜨기도 전에 연모를 갖추고 밭으로 가서 금덩어리를 파내었다. 들 수 있을 만큼 자르면서 쓸 곳을 생각하였지. 요만큼은 생활에 쓰고, 요만큼은 저축을 하고, 요만큼은 장사밑천으로 쓰고, 요만큼은 보시 등 좋은 일에 써야지 했지. 네 조각으로 나눈 금덩어리는 쉽게 옮길 수 있었고, 농부는 그때의 선행이 자라서 내세에 알맞은 곳에 태어나서 큰 지혜의 길로 나아갔느니라."

아시리 비구의 수행이 전생의 농부가 행한 나눔과 다를 바가 무엇이겠는가. 금을 얻어 분수에 맞게 쪼개 가지는 것이나, 세 개로 묶은 계율의 방편은 같은 줄기의 뿌리입니다. 부처님은 전생의 이야기를 들려준 다음 노래를 읊었습니다.

기뻐하는 마음으로
기뻐하는 사람 되어
지혜를 얻기 위하여 좋은 길 닦으면
마침내 모든 괴로움 씻어가리.

◐ 생각 키우기

많은 계율을 지키기는 힘이 들지요. 그러나 세 가지는 지킬 수 있습니다. 우리의 생활에서도 그렇습니다. 무거운 것을 옮기기보다는 작게 나누어서 옮기면 무게가 가벼워집니다. 이 이야기는 쉬운 방법으로 슬기롭게 생활하라는 부처님의 가르침입니다.

〈본생경 제56화 금덩어리의 전생 이야기〉

**無相 · 金鎭植**

1980년 「시와 의식」, 1981년 「한국수필」에 수필, 1981년 「소년한국」에 동시 게재로 문단활동. 문협경기도 지회장. 경기대 겸임교수 역임.
수필집 『잊혀진 이름들』, 『혼자 걸어가며』, 『수필로 만나기』, 『길없는 길』, 『구름길의 자국들』 외
동요시집 『내마음 날개 달아』, 『예쁜 아이』
현대수필문학상(1995), 경기도문화상(1996) 외

# 산양이 들려 준 이야기

곽 영 석〈호천〉

어느 산기슭에 양을 기르며 사는 아사리라는 사람이 있었습니다.

이 사람은 산양을 길들여 젖을 짜고 그 젖을 팔아 생활하고 있었습니다. 양들은 살이 찌고 새끼를 낳아 어느새 그는 4백 마리의 양떼 목장을 가지게 되었습니다. 양을 치는 목동만도 5명이나 두었습니다.

아침과 저녁에 짜는 젖은 팔고도 남아 가난한 마을 노인들과 어린 아기들에게 무료로 나눠주었습니다. 그를 따르는 하인들은 주인의 너그러운 마음씨를 감동하여 기족들과 양들을 돌보며 함께 살았습니다.

하루는 아사리가 아버지의 제삿날이 가까워 온 것을 알고 양 한 마리를 잡아 제사음식으로 쓰려고 목동에게 양 한 마리를 주며 말했습니다.

"이 양을 강으로 데리고 가서 깨끗이 목욕시켜라. 그리고 양의 목에 꽃다발을 걸어주고, 신선한 풀 한 아름을 먹이로 주어라."

"주인어른, 제물을 준비하시려는 것이옵니까?"

"그래, 내일 모레가 아버지의 제삿날이구나."

"알겠사옵니다. 목욕을 시킨 다음 예쁘게 몸치장을 해서 데리고 오겠습니다."

목동들은 주인 아사리가 시키는 대로 양을 끌고 강가로 나아갔습니다. 그리고 주인이 일러 준 대로 싱싱한 풀을 한 아름 먹게 한 뒤에 꽃다발을 목에 둘러주고 풀과 몸에 예쁜 꽃으로 장식을 했습니다. 그런데 강둑에 올라 선 양이 갑자기 사람의 목소리로 깔깔깔 웃었습니다. 목동들은 깜짝 놀라 양을 바라보았습니다.

"어? 이 양이 미친 것이 아냐?"

"그러게. 자신이 죽을 운명이라는 것을 알고 미친 게 틀림이 없어. 주인 나리가 알면 몹시 기분 나빠 하시겠어."

"그래 그래."

목동들은 양의 목에 고삐를 매어 집으로 끌고 가려고 하였습니다.

그런데 양이 이번에는 '아이고 아이고' 하고 사람목소리로 우는 것이었습니다. 목동들은 고삐를 매려다 말고 놀라 물러섰습니다.

"아니 이게 뭐야? 이제는 울잖아?"

"그래. 나도 들었어. '아이고 아이고!' 사람 목소리로 울었어."

"그래 사람 목소리로 울었어. 아, 주인나리에게 뭐라고 말씀을 드리지? 양이 자기가 죽을 것을 알고 깔깔거리고 웃다가 '아이고 아이고' 울었다고 하면 우리보고 미친놈이라고 할 게 아냐?"

목동들은 고민을 하다가 양을 이끌고 마을로 돌아갔습니다. 그렇지만 사람목소리로 웃다가 우는 양을 죽일 경우 자기들이 해코지를 당하지 않을까 두려움에 벌벌 떨었습니다. 그들은 주인인 아사리에게 가서 강가에서 있었던 일을 자세히 설명하였습니다.

아사리가 놀라 다시 목동들에게 물었습니다.

"뭐라고? 저 양이 깔깔거리고 웃다가 사람처럼 엉엉 울었단 말이냐?"

"예. 아마도 자기가 죽을 운명임을 알고 그리 웃다가 울었는가 합니다."

이때 온몸에 치장을 한 양이 상인 앞으로 나서며 사람의 목소리로 말했습니다.

"주인나리, 놀라지 마십시오. 저 목동들의 말은 사실입니다. 저는 오늘 나고 죽는 괴로움의 고통에서 벗어날 것입니다."

"허허, 한낱 미물인 짐승이 사람의 말을 하는 것도 기적에 가깝거늘, 네가 나고 죽는 괴로움에서 벗어난다 하는데 정녕 그리 믿는단 말이냐?"

아사리가 양에게 물었습니다.

양은 두려워하지 않고 주위 목동들과 집안사람들을 바라보며 말을 했습니다.

"저는 전생의 일을 기억합니다. 저도 전생에는 당신처럼 양을 기르며 행복하게 살았습니다. 부모님을 공경하고 돌아가신 조상들을 위해 제물을 바치며 기도했으며, 바르고 어진 마음을 가지려고 많은 성인들의 가르침을 배워서 익혔습니다."

"그렇게 어진 사람이 어찌하여 양의 몸을 받아 이 땅에 태어나 풀을 뜯으며 고생을 한단 말이냐?"

양은 눈물을 흘리며 과거 세상의 인연을 말했습니다.

"예. 아버지의 기일을 맞아 제가 기르던 양 한 마리를 죽여 제물로 바쳤는데, 바로 제가 죽인 그 양 한 마리 때문에 지금까지 499번이나 양으로 태어나 목이 잘리는 형벌을 받았습니다."

아사리는 놀라 다시 물었습니다.

"정녕 양 한 마리를 죽여 499번이나 양으로 태어나 목이 잘려 죽는 고통을 겪어야 했느냐?"

"예. 이제 5백 번째의 생을 마감함으로써 저는 이제 죽고 나는 고통을 잊고 새로 태어나게 되었습니다. 제가 강가에서 아까 깔깔거리고 웃었던 것은 바로 그런 연유에서였습니다."

아사리는 양의 말을 듣고 몸을 떨며 살생의 죄가 얼마나 무섭다는 것을 깨닫게 되었습니다.

"그럼, 네가 웃다가 울었다는데 그 까닭이 무엇이냐?"

"주인나리, 제가 울은 까닭은 제가 한 마리의 양을 죽여 5백 생을 살아오는 동안 목을 칼로 잘리는 형벌을 받다가 오늘 그 고통에서 벗어나게 되었지만, 주인나리는 나를 오늘 제사의 재물로 죽임으로써 나처럼 앞으로 5백 생애 동안 목을 칼로 잘리는 고통을 받게 되시니 가엾은 마음에서 울었던 것입니다. 특히, 그 인연도 저로 인하여 그런 과보를 받게 되었기에 안타까워 울었습니다."

아사리는 양의 말을 듣고 크게 깨달았습니다. 그는 양에게 말했습니다.

"산양아, 네 말이 사실이든 거짓이든 나는 오늘 깨달은 바가 크다. 살아있는 생명의 목숨을 빼앗는 일이 얼마나 큰 죄라는 것을 너로 하여금 다시 한 번 깨달았다. 너를 죽이지 않겠다. 두려워하지 말라. 나는 너를 죽이지 않을 것이다."

"주인나리, 주인이 나를 보호하려는 힘은 약하고 제가 지은 악업의 힘은 강대한 것입니다. 제 죽음을 절대 막을 수가 없을 것입니다."

"걱정하지 말라. 나는 너를 죽이지 않을 것이다."

아사리는 목동들에게 일러 산양을 숲이 우거진 산에 방생하라고 일렀습니다. 그리고 양의 몸에 누구든 이 양을 죽이지 말라고 표시도 해 주었습니다.

"산양아, 가거라. 너른 숲에 돌아가 평화롭게 살아라."

"예. 감사합니다. 저는 오늘의 인연으로 나고 죽는 고통에서 벗어나게 되었습니다. 감사합니다."

양은 양들의 무리를 떠나 숲으로 돌아갔습니다.

양은 목동들과 양의 무리를 떠나 바위 꼭대기에 올라가 머리를 들고 나뭇잎을 잘라먹기 시작했습니다.

그때였습니다. 갑자기 하늘에 구름이 일어나 모아지며 회오리 바람이 불었습니다. 그리고 맑은 하늘에서 벼락이 바위꼭대기에 떨어졌습니다. 그리고 그 벼락에 맞은 바위 모서리가 깨지면서 나뭇잎을 잘라 먹던 양의 목을 베어버렸습니다.

"양이, 양이 죽었습니다."

목동들이 그 모습을 보고 소리쳤습니다.

"아, 양의 목이 베어졌구나."

아사리와 목동들은 산양이 살아있을 때 5백 생을 목이 베어져 죽는 고통을 겪을 것이라는 말을 기억하고 있었습니다. 그리고 자신들이 죽이지 않았음에도 하늘에서 벼락이 떨어져 5백 번째의 삶도 목이 베어져 죽는 고통을 받는 것을 목격한 것입니다.

아사리는 목동들과 집안사람들에게 말했습니다.

"오늘 나와 본 양의 죽음을 잊지 말라. 살생은 이토록 무서운 죄업이다. 앞으로 난 죽은 조상을 위해 산 짐승을 죽여서 제물로 올리지 않겠다. 죽음에 처한 짐승을 살려주고 잡혀있는 짐승들에게 자유를 찾아 주겠다. 우리 집안사람들은 앞으로 산 생명을 죽이지 말고 제물도 올리지 말라."

아사리는 눈물을 흘리며 지난 세월 동안 많은 짐승을 죽이고 제물로 올린 기억을 떠 올리며 몸을 떨었습니다.

◐ 생각 키우기

불교의 근본 이념 중에 살생을 금지하는 계율은 부처님 생존 시에 만들어졌지만, 살생의 죄업에 대한 비유담은 경전 중에도 적지 않은 부분을 차지하고 있다. 부처님은 다른 사람이나 짐승의 생명을 빼앗는 것은 다음 세상에서 자신이 받아야 할 과보 중에 가장 무거운 업보임을 자주 언급하셨다. 나아가 고통 속에 속박 받는 짐승이나 사람을 풀어줄 수 있는 것은 사람만이 할 수 있는 행위이고 방책이다.

이승에서 선업을 쌓을 수 있는 것도 사람이기 때문에 가능하고, 전생의 죄를 소멸할 수 있는 방법을 부처님이 가르치신 대로 실천하는 것도 가능하다. 〈본생경 제18화 죽은 이에 대한 공물 전생 이야기〉

**湖天 · 郭永錫**
73 한국일보신춘문예 동화극 당선
79 건국기념1천만원고료시나리오 당선
84 한국불교아동문학상 및 계몽아동문학상 수상
탐미문학상본상 및 학교극경연대회 문공부장관상 수상
대학인형극경연대회 최우수각본상 수상
저서 『꼭두각시 인형의 눈물』 외 100여권, 문화홍보영화 283편
현)한국불교청소년문화진흥원 사무총장.

# 점괘를 최고로 알던 남자

고 광 자〈해심〉

먼 옛날이었다. 마라도라는 나라에 비양조라는 남자가 살고 있었다.

그의 집은 매우 유복하여 많은 하인을 데리고 있었다. 하인들은 어느 곳이든지 따라다니며 주인을 극진히 보살피고 신발도 신겨주고 의상도 매만져주었다.

비양조는 부모로부터 많은 재산을 물려받아 부족함을 전혀 모르고 살았다. 그가 하는 일이란 언제나 윷으로 길흉을 점치는 것이었다.

그는 자신이 그렇게 만족하게 살고 있는 것은 자신이 숭배하는 신의 덕분이라고 생각하였다.

어느 초여름 날이었다.

날씨가 매우 청명하여 살랑거리는 바람을 몰고 매미들이 즐겁게 "매앰 맴" 합창을 하는 아침이었다. 그는 목욕재계하고 단정한 옷차림을 할 참이었다. 새로 지어 놓은 비단 옷을 입고 수양버들 늘어진 강가를 거닐며 미래를 점칠 예정이었다.

"여봐라, 저번에 지어 놓은 비단옷을 가져오너라."

하인에게 시켜 옷을 가지고 오게 하였다. 그런데 하인이 울먹이며 뛰어왔다.

"주인님! 쥐가 주인님의 옷을 갉아먹었어요."

"무엇이라고? 어서 가지고 오너라."

급히 가져 온 의상을 본 순간 주인은 깜짝 놀라 뒤로 물러났다.

"앗, 이게 웬일인가, 최고의 바느질로 지은 비단옷에 웬 이빨자국이? 이놈의 쥐새끼들이…."

하인은 갑자기 어두운 먹구름이 몰려오는 것을 피부로 느꼈다.

비양조는 하인에게 당장 이 옷을 갖다 버리라고 소리쳤다.

그러더니 금세 그냥 두라고 했다. 주인은 여러 가지를 생각해 보았던 것이다.

만약 하인에게 버리라고 하였을 때 옷을 내다 버리기는커녕 그것을 꿰매어 입기라도 한다면 그와 관련된 사람들과 우리 온 가족에게 재앙과 피해가 돌아올 것이다. 라는 의심이 일었다.

그럼 어떻게 이 옷을 이 집에서 곱게 내보낼까를 고민하는 중 갑자기 스쳐가는 생각이 있었다. 그것은 아들에게 시키는 것이 가장 안전할 듯하였다.

하나밖에 없는 아들의 이름을 큰 소리로 불렀다.

"아버지 절 부르셨습니까?"

"얘, 현석아! 아비가 고민이 생겼구나. 그렇게 끔찍이 아끼던 옷을 쥐가 갉아 먹었다. 이것은 분명히 불길한 예감이 드는구나. 이 재앙을 피해갈 수 없으니 한시라도 집 밖에 멀리 내다 버려야 하는데, 아들아! 너 밖에 믿을 수가 없어서 불렀단다. 이것을 긴 막대기 끝에 걸고 버리는 장소는 공동묘지에 꼭 갖다 버려야 한다. 묘지에 버린 후에는 네 몸에 잡귀가 들러붙을지 모르니 티끌도 남김없이 털고 깨끗이 씻고 오너라."

"네, 아버지. 그렇게 하겠어요. 염려하지 마세요."

설명을 들은 아들은 아버지가 시키는 대로 옷을 가지고 집 밖으로 나갔다.

묘지에 조심스럽게 도착한 순간, 수행자 한 사람이 묘지에 서 있는 것을 보았다.

아들은 주위에 상관하지 않고 지팡이 끝에 걸려있는 옷가지를 휙 하고 묘지 쪽으로 던져버렸다. 그것을 바라보던 수행자가 아들에게 물었다.

"젊은이여! 그 옷을 버리는 겁니까?"

"네 보시다시피 지금 막 버렸지요. 이 옷은 쥐가 갉아 먹어서 이 옷을 만지는 사람은 누구든지 나타난 점괘에 큰 재앙을 입게 된다고 아버지가 말씀하셨습니다. 아버지 말씀대로 묘지에 버리면 아무도 주워가지 않고 탈이 안 생길 것 같아서 이곳까지 왔습니다."

"아, 그렇습니까. 그럼 내가 이 옷을 줍겠습니다. 아직 한창 입을 새 옷인데…."

"아니 됩니다. 입으면 큰일 납니다. 제발 그만 두세요. 재난 덩어리를 품에 안고 가겠다니요. 묘지에 그냥 버려두세요. 부탁입니다."

수행자는 웃으며 옷을 집어 들었다. 그리고 고맙다는 인사까지 남기고 떠나가 버렸다.

집에 돌아온 아들에게 이 말을 들은 비양조는 몸 둘 곳을 몰라 방방 뛰었다.

"분명 수행자와 우리 집이 재난을 면치 못하게 될 것이다."

그동안 잘 살아온 것이 물거품이 되는 것 같아 안절부절못하였다.

비양조는 급히 새 옷을 마름질하여 짓게 하고 수행자가 갔다는 길을 향하여 달려갔다.

수행자가 마침 마을에 있었다.

"저, 혹시 제 아들이 버린 옷을 주워갔다는데 그게 사실입니까?"

헐떡이며 수행자에게 물었다.

"네, 그렇습니다만…. 버린 것을 주웠는데 뭐 잘못 되었나요?"

"그렇다면 어서 버려주세요. 그 옷은 불길한 것입니다. 제 점괘에 요망한 재앙들이 나타난다고 돼있습니다. 당신과 관계된 모든 분들에게도 재난이 닥칠 것입니다."

그렇게 말하자, 하얀 연기가 사방에서 꽃처럼 피어나며 말씀이 이어졌다.

"사람의 인상과 손금, 그리고 꿈으로
점치는 온갖 미신이 만연해 있다 해도
미신을 뛰어 넘어 고통의 근원이 되는
미혹의 번뇌를 끊으려 노력하는 일이
삶의 근본사이거늘
눈을 뜨라, 참다운 문제에!"

비양조는 수행자의 말에 가슴이 찔리며 확 트이는 느낌이 들었다.

"수행자님! 참다운 문제라…. 미신만을 알던 제가 그 동안 진리를 못 깨달았습니다. 저를 빛으로 인도해주십시오."

비양조는 수행자 앞에 납작 엎드렸다.

부처님은 그 주인을 위해 다음과 같은 게송을 읊으셨다

'길흉의 징조나 꿈
관상의 생각들에서 벗어난 이는
이미 미신의 허물을 벗어나
더불어 일어나는 번뇌를 모두 항복받고
다시는 나고 죽는 윤회의 몸을 받지 않는다.'

이 전생 이야기는 부처님이 기원정사에 계실 때 옷으로 점을 치던 어떤 바라문에 대해 말씀하신 것이다. 그러자 바라문이 부처님께 그 전생이야기를 들려주십사 간청하였다.

부처님은 "그때의 그 두 사람은 지금의 이 부자요, 그 수행자는 지금의 나였느니라." 하셨다.

◐ 생각 키우기

흔히 미신에 가슴앓이 하는 사람들이 많다. 점괘에 나타난 말 한마디로 듣는 사람들의 생각과 길이 어긋날 수가 있다. 부처님은 미신을 믿는 부자에게 잘못된 믿음을 위해 참다운 문제에 눈을 뜨게 하셨다. 편견과 과욕을 버리고 진리의 길에 서서 옳은 길로 인도하는 생각을 키운다. 〈본생경 비양조 이야기〉

**海深 · 高光子**

제주시출생. 시인 · 아동문학가. 詩명예문학박사. 한국문인협회 마포지부 고문. 국제펜클럽한국본부 이사. 한국아동문학회 서울지회장. 한국현대시인협회심의부위원장. 한국아동문학연구회평론분과위원장. 대한민국공무원문인협회회장역임. 한국여성문학회이사. 제주 한림문학회회장. 시집 『수채화가 있는 비양도』 외 12권. 동시집 『달님과 은행나무』, 『밤하늘에 걸린 바나나』. 영랑문학상, 공무원문학상, 한국아동문학창작상 수상 등

# 격에 맞지 않는 옷

도 희 주〈연서지〉

왕사성 사람들이 부처님에게 드릴 공양물을 모으고 있었습니다. 저마다 정성껏 준비해 온 공양물을 그대로 쌓아둘 수 없어 돈으로 바꾸었어요. 그런데 뒤늦게 행상하는 사람이 찾아와 공양하고 싶다며 가사 한 벌을 내놓았습니다. 매우 값진 천으로 만들어 향기까지 났습니다. 하지만 이미 돈으로 다 바꾼 뒤라 입장이 난처했답니다. 하는 수 없이 공양물 준비위원회에서 의논했습니다.

"여러분이 보시다시피 이 옷은 돈으로 바꾸기는 늦어 애매하게 되었습니다. 이걸 사리불에게 드릴까요? 그렇지 않으면 제바달다에게 줄까요?"

의견이 갈렸습니다. 사리불을 따르는 비구들도 많았지만, 그럴듯한 차림새로 제바달다를 따르는 비구들도 많았습니다.

제바달다를 따르는 눈이 부리부리한 사람이 걸걸한 목소리로 말했습니다.

"사리불 상좌는 며칠 머물다가 적당한 때가 되면 떠날 것이요. 그러나 제바달다 상좌는 항상 우리 곁에 머물지 않소. 좋은 일이든 나쁜 일이든 우리가 의지할 수 있는 사람이지요. 그러니 제바달다 상좌에게 보시합시다!"

"아니오. 사리불 상좌야말로 저 가사를 입으셔야 됩니다. 우리들은 그의 지혜에 언제나 감복하며 많은 도움을 받지 않았습니까."

몸집이 작은 사람이 조곤조곤 말했습니다. 몇몇은 옆 사람들을 보며 고개를 끄덕였습니다.

"자, 자. 그러면 다수결로 합시다!"

"좋소, 그럽시다!"

주저하며 손을 들기도 하고 거침없이 손을 들기도 했습니다. 제바달다 편이 월등하게 많았습니다.

제바달다는 가사를 전해 받고 너스레를 떨었습니다. 몸에 척 대어보더니 인상을 찌푸렸습니다.

"음, 입을 만한데 가장자리가 형편없군."

"소매가 마음에 안 드십니까?"

"내 품격과 도대체 어울리지 않아!"

제바달다는 옷소매며 가장자리를 다 끊고 번쩍이는 천을 잇대어 수선하도록 했습니다. 눈이 부시는 옷을 받아 들고는 흡족해하며 거드름을 떨었습니다.

제바달다가 새로 입은 가사는 아무나 입는 옷이 아니었습니다.

아라한이라는 성자만이 입을 수 있는 옷과 같았습니다.

보다 못한 비구들이 우르르 부처님이 계시는 사위성을 찾아갔습니다.

"부처님, 제바달다가 그에게 어울리지 않는 아라한 가사를 입고 다닙니다."

"비구들이여, 제바달다가 자신에 어울리지 않는 가사를 입고 있는 것은 지금만이 아니오, 전생에도 그러했다."

"예? 전생에도…"

"그러하니라."

부처님은 잠시 시선을 허공에 두고 그의 과거에 대해 말씀하셨습니다.

"내가 설산지방에 코끼리로 태어나 오랜 수련 끝에 8만 코끼리의 왕이 되었었다. 그때 코끼리 어금니로 팔찌를 만들어 파는 사람이 있었어. 누구든 코끼리 어금니를 가져오면 비싼 값을 쳐줬지."

부처님은 눈을 지그시 감았다가 다시 말씀을 이으셨습니다.

"코끼리들이 다니는 길목에서 수행자로 위장한 사내가 흉기까지 몸에 지니고 무참히 코끼리 사냥을 했어. 그것도 보살을 따르는 코끼리 행렬 제일 뒤에서… 날마다 우리 코끼리 수가 줄어들어 보살에게 이유를 물었어. 보살도 심증은 갔지만 뭐라고 말을 못하겠다고."

눈과 귀가 부처님에게로 다 쏠린 비구들은 침만 꼴깍 삼켰습니다. 어떤 비구는 괘씸한 표정을 짓기도 했습니다.

"어서 말씀을 해 주십시오."

"보살은 암만해도 수행자를 위장해 길목에 있던 사내의 소행으로 보인다는데 아무래도 확인이 필요했어."

"그래서 어떻게 하셨어요?"

눈이 동글동글한 비구가 다그치듯 물었습니다. 부처님은 빙그레 웃으시며 계속 말씀하셨습니다.

"하루는 코끼리들을 모두 앞세우고 내가 맨 뒤에 섰다. 그러자 보살도 내 곁에서 걸었지. 그런데 그 사내가 아라한의 가사를 두른 채 흉기를 들고 보살을 헤치려 했다. 다행히 보살은 몸을 피했고 내가 코를 내뻗쳐 그를 땅바닥에 팽개쳐 죽일 듯 위협했다."

"세상에, 그런 나쁜 놈이…"

"쯧쯧쯧."

"그래서 어떻게 됐어요?"

부처님은 허리를 곧추 세우고 말씀하셨습니다.

"당신에게 어울리지 않는 아라한 가사는 왜 입었냐고 했다. 보살도 발끈해 한 번만 더 왔다간 네 목숨은 없다고 그를 쫓아버렸다."

"제바달다가 전생의 그런 짓을 했다니…"

비구들은 자신의 옷차림을 훑어보며 눈을 감기도 하고 제 몸을 더듬기도 했습니다.

◐ 생각 키우기

부처님이 기원정사에 계실 때 제바달다에 대해 말씀하신 것으로 왕사성에서 일어난 사건입니다. 제바달다는 부처님의 사촌동생으로, 출가하여 부처님의 제자가 되었으나 본래의 나쁜 성품을 버리지 못하여 끊임없이 부처님으로부터 꾸중을 들었어요.

덕이 없고 진리에서 멀어진 사람이 법의(가사)를 입었더라도 인품마저 빛나는 건 아니겠지요. 옷이 날개라지만 먼저 마음이 깨끗한 사람이 되어야겠습니다. 〈본생경 제221화 가사 전생 이야기〉

**蓮曙池 · 都僖主**

경남 창원 출생으로 부산문예대학에서 수학하였으며 2006년 〈아동문예〉에 동화가 당선되었다. 동화부분 남제문학 작가상을 받았으며 창원문협, 경남아동문학회, 경남문협 회원으로 활동하고 있다.

# 쇠똥구리가 된 왕비

윤 사 월〈선해〉

앗사카왕의 첫째 부인 웁바리는 매우 아름답고 매혹적인 왕비였습니다. 그런데 그 여자는 젊은 나이에 죽고 말았습니다. 왕은 그 때문에 슬픔에 잠기어 아무것도 좋아하지 않았습니다. 그는 왕비의 시체를 관에 넣고 거기에 기름과 진흙을 가득 채운 뒤 그것을 침대 밑에 두고 음식도 먹지 않고 슬픈 눈물로 누워 있었습니다. 양친도 그 밖의 친척과 친구도 대신도 바라문도 거사도

"대왕님, 비탄(悲嘆)하지 마십시오. 모든 것은 무상한 것입니다."

하는 따위의 말로는 도저히 그를 위안시킬 수 없었습니다. 그렇게 슬퍼하고 있는 동안 이레가 지났습니다. 이때에 보살은 다섯 가지 신통과 여덟 선정을 얻은 행자(行者)로서 설산지방에 살고 있었습니다. 그는 사물을 관찰하는 힘을 더욱 길러 그 하늘눈(天眼)으로 염부제를 둘러보다가 그 왕이 슬퍼하고 있는 것을 알게 되었습니다.

보살은 슬픔에 빠진 왕을 구제하리라 결심하고 곧 신족(神足)의

위력에 의해 허공에 올라 왕의 동산 상서로운 암반 위에 내려앉았는데 그것은 마치 황금의 상(像)과 같아 보였습니다. 이때 어떤 젊은이가 그 동산에 왔다가 보살을 보고 인사하고 그 곁에 앉게 되었습니다. 보살은 그에게 호의를 보이며,

"청년이여, 대왕은 그 소행이 바른가?"

하고 물었습니다.

"존자님, 대왕은 정직합니다. 그런데 그 왕비가 세상을 떠났습니다. 왕은 왕비의 시체를 관에 넣고 슬퍼하면서 누워있습니다. 오늘이 벌써 이레째입니다. 존자님 같이 덕망이 높으신 분이 구제해 주옵소서."

"청년이여 나는 아직 한 번도 뵌 일이 없는데 만일 왕이 내게 와서 묻는다면 나는 그 왕비가 죽어서 어디로 갔다는 것을 말해드릴 수 있고 또 왕의 앞에서 그 왕비에게 말을 시킬 수가 있다네."

"존자님, 그렇다면 제가 가서 왕을 모시고 오겠습니다."

청년은 달려가서 왕에게 이 사실을 아뢰었습니다.

"그 하늘눈(天眼)을 갖춘 존자에게 가 보십시오."

왕은 왕비를 만날 수 있다는 생각에 매우 기뻐하면서 수레를 타고 동산으로 가 보살에게 인사하고 그 곁에 앉았습니다.

"당신은 참으로 왕비가 죽어서 다시 태어난 곳을 아는가?"

"예, 알고 있습니다."

"어디 가서 태어났는가?"

"대왕님 그 왕비는 얼굴이 잘났다고 자랑하며 게으르고 선업을 쌓지 않았습니다. 그래서 이 동산에서 쇠똥을 먹고사는 갑충(甲蟲)

으로 태어났습니다."

"아니, 나는 그것을 믿을 수 없다."

"그러면 그와 만나 이야기 하도록 해드리겠습니다."

"좋아. 그러면 이야기 시켜보아라."

보살은 그 위선의 힘에 의해

"두 마리만이 그 쇠똥뭉치를 굴리며 왕의 앞으로 나오너라."
하자 시키는 대로 그 두 마리가 나왔습니다. 보살은 왕비를 가리키며,

"대왕님 이것이 웁바리 왕비입니다. 당신을 버리고 지금은 쇠똥을 먹는 갑충 뒤를 따라다닙니다. 잘 보십시오."

"존자여 나는 내 웁바리 왕비가 쇠똥을 먹는 쇠똥구리로 태어났다는 말을 결코 믿을 수 없습니다."

"대왕님, 그러면 이야기를 시켜보겠습니다."

보살은 구 위선의 힘으로 그녀에게 이야기를 시키려고 "웁바리 왕비여!" 하자, 그녀는 사람의 말로 "존자여, 왜 그러십니까?"라고 대답했습니다.

"그대는 전생에 이름이 무엇인가?"

"존자님 저는 전생에 앗사카 왕의 첫째 왕비로 이름은 웁바리라 하였습니다."

"지금 그대는 앗사카 왕을 사랑하는가, 그렇지 않으면 그 쇠똥구리를 사랑하는가?"

이때 그녀는

"존자님 내 전생의 일을 말하자면 저는 그때에 이 동산에서 왕

과 함께 빛깔, 소리, 냄새, 맛 등을 즐기고 있었습니다. 그런데 거기서 죽어 생(生)을 바꾼 지금은 그런 일이 내게 무슨 관계가 있겠습니까. 지금 저는 앗사카왕을 죽여 그 머리의 피를 내어 남편인 쇠똥구리 발에 발라주고 싶습니다."
하고 모여드는 대중 앞에 사람의 말로 다음과 같이 읊었습니다.

이 동산은 앗사카 왕과
서로 사랑하며 놀고 거닐던 곳
그러나 과거는 돌릴 수 없는 것
쇠똥구리 내 남편 지금은 새로운
즐거움 때문에 내 사랑 갑충이
더욱더 귀엽구나!

이 말을 듣던 왕은 후회하며 서 있는 그 자리에서 곧 왕비의 시체를 멀리 가져다 버리며 명령했습니다. 이어서 손과 머리를 씻고 보살에게 인사하고 성안으로 들어갔습니다. 왕은 다른 부인을 왕비로 삼고 나라를 정의로 잘 다스렸습니다. 보살은 왕에게 충고하여 슬픔을 없게 한 다음 설산으로 돌아갔습니다.

이 전생이야기는 부처님이 기원정사에 계실 때 이전의 아내를 연모하는 어떤 비구에 대해 말씀하신 것입니다. 부처님은 그에게 물으셨습니다.
"비구여, 너는 어떤 여자를 연모한다는데 사실인가?"

"예, 사실입니다."

"그 여자는 누군가?"

"제 과거에 아내입니다."

"비구여, 네가 그 여자를 연모하는 것을 지금만이 아니다. 전생에도 너는 그 여자를 연모하여 큰 고통을 받은 일이 있다."

하고 그 과거의 일을 말씀하셨습니다. 부처님은 다시 전생과 금생을 결부시켜

"그때의 그 웁바리는 지금의 저 이전 아내요, 그 앗사카 왕은 지금의 연정을 일으킨 비구며 그 청년은 저 사리불이요 보살은 바로 나였다."

고 말씀하셨습니다.

◐ 생각 키우기

얼굴이 잘 생겼다고 뽐내고 자랑하지 말고 하심(자기를 낮춤)으로 선행을 닦는 것입니다. 왕비 웁바리가 부지런하고 선행을 쌓았다면 단명하지 않았고 또 쇠똥을 먹는 쇠똥구리로 태어나지 않았을 것입니다. 〈본생경 제207화 앗사카왕의 전생이야기〉

**禪海 · 尹靄月**

월간 아동문학과 한국시에 신인상 당선

한국아동문학회, 한국문인협회, 한국불교아동문학회 회원

한국불교아동문학상 수상(2013). 불교 동화집 『천재와 바보』, 『백의관음보살』, 『반야심경을 물고 간 뱁새』

고창선운사 너머 서해가 보이는 경수봉 아래 작은 암자를 짓고 독거 수행 중

# 먹보 앵무새

조 평 규〈덕행〉

“그럴 줄 알았어. 부리를 짝 벌리면 입도 크고, 배도 풍선만큼 컸으니 얼마나 많이 먹었겠어.”

“그래, 걔는 공짜라고 하면 양잿물도 먹을 애야. 뭣이든 한번 먹기 시작하면 바닥을 봐야 했으니까. 그렇게 많이 먹고 배탈이 났거나 창자가 어떻게 되었을지 모르는데, 바다 위를 날아 나올 수 있었겠어?”

“안됐다. ‘먹보’ 라고 흉봤는데, 다시는 볼 수 없게 되었으니.”

앵무새들은 구부러진 부리를 움직이며 ‘먹보 앵무새’ 의 죽음에 대해 입방아를 찧었습니다. 어떤 앵무새는 날개를 앞으로 모으고 고개를 숙여, 죽은 먹보 앵무새의 명복을 빌어 주기도 하였습니다.

파도가 철썩이는 바닷가 바위산에는, 수백 마리의 앵무새가 모여 사는 동네가 있었습니다. 바위 틈 여기저기에 풀이나 나무가 자라고 있었지만, 먹이가 늘 부족하였습니다.

그러던 어느 날, 먹보 앵무새가 산봉우리에 앉아서 어디에 먹잇감이 있는지 내려다보았습니다.

그때 바다 쪽에서 불어오는 바람에 향긋한 과일 냄새가 실려 왔습니다.

"이게 무슨 냄새야? 꿀 냄새 같기도 하고……."

먹보 앵무새는 눈동자를 반짝이며, 바다 저 멀리까지 살펴보았습니다.

"음, 저기였군. 바다 가운데 버티고 앉아 있는 '저승섬'에 나 혼자 가서 실컷 먹어야지."

먹보 앵무새는 아무에게도 말하지 않고, 저승섬으로 날아갔습니다. 금빛 찬란한 빛을 내쏘며, 달콤한 향기를 내뿜는 암라 열매가 먹보 앵무새를 맞아 주었습니다.

"하늘이 무너져도 솟아날 구멍이 있다고 했어. 설마 산 입에 거미줄 치겠어?"

먹보 앵무새는 잘 익은 암라 열매의 껍질 속에 부리를 박아, 달콤한 즙을 빨아 먹었습니다.

"단물만 빨아 먹을 게 아니라 열매 살도 쪼아 먹어야지."

먹보 앵무새는 배가 불룩해지도록 암라 열매를 먹었습니다. 그리고는 열매 몇 개를 부리에 물고 집으로 돌아갔습니다.

"아버지, 어머니. 이것 드세요. 맛이 아주 좋아요."

"어디 보자."

나이가 많아서 눈이 어두워진 아버지 어머니 앵무새는 암라 열매를 코에 대어보고 냄새를 맡았습니다.

"얘야, 이건 바다에 있는 저승섬에서 따 온 암라 열매가 아니냐? 나도 젊었을 땐 이따금 그 섬에 갔었다. 네 어머니가 처녀였을 때 내가 갖다 준 암라 열매를 받아먹고, 나한테 시집 왔지."

"자식한테 별소릴. 그만 해요!"

아내 앵무새가 남편 앵무새의 날개를 쿡 쥐어박았습니다.

"얘야, 다음에는 그 섬에 가지 말거라. 이름도 안 좋아. 저승섬. 그 섬에 자주가면 오래 살지 못한다고 하더라. 나도 그 소리 듣고 다시는 안 갔어."

그때 어머니 앵무새가 재빠르게 부리를 움직였습니다.

"그것 가지고 나와 결혼했으니, 볼 일 다 봤다 그런 마음 아니었어요?"

"……"

아버지 앵무새는 잠자코 있었습니다.

"아버지, 그렇지만 주인도 없는 암라 열매가 얼마나 많은……."

"어른 말을 들으면 잠을 자다가 떡 얻어먹는다고 했다. 가지 말라고 하면 가지 말아야지!"

아버지 앵무새의 목소리가 커졌습니다. 그러나 아들 앵무새는 아버지 앵무새의 말을 한 귀로 듣고 한 귀로 흘려보냈습니다. 다음 날도 그 다음 날도 아들 앵무새는 제 혼자 그 섬에 갔습니다.

그러던 어느 날, 배가 불룩한 먹보 앵무새가,

"실컷 먹어 둬야 해. 태풍이 온다고 갈매기들이 야단법석이야."
하고, 암라 열매를 보이는 대로 쪼아 먹었습니다. 배 속에 있던 암라 열매가 목구멍으로 기어오르는 것 같았습니다. 그럴 때는 토해내지 않으려고 입 안의 침을 꼴깍 삼켰습니다.

하늘에 검은 구름이 몰려오고, 바람까지 불었습니다. 바닷물이 출렁이기 시작했습니다. 파도 소리는 마치 '바다는 메워도 욕심은 못 채운다.' 하고 소리를 지르는 것 같았습니다.

암라 즙과 열매를 너무 많이 먹어 몸이 무거워진 먹보 앵무새는, 날갯짓을 제대로 할 수 없었습니다. 저승섬에서 빨리 나가야겠다고 두 날개를 힘껏 펼쳤지만, 비바람을 이겨낼 수 없었습니다. 먹보 앵무새는 바닷물에 빠지고 말았습니다. 그 모습을 지켜본 갈매기들이,

"그렇게 많이 먹지 말고 일찍 돌아가지. 끼룩끼룩."
하고, 소리를 지르며 비바람을 피할 수 있는 바위산으로 날아갔습니다. 갈매기들은, 바다에서 본 먹보 앵무새의 얘기를 들려주었습니다.

"제 버릇 개 못 준다는 속담도 있어. 먹보 걔는 이 세상에 태어나기 전에도 식탐(음식 욕심)이 많았대. 그래서 먹보 외에 식충이, 밥벌레라는 별명도 있었다더라. 욕심이 제 목숨을 앗아 간 거야."

"그래, 제 혼자 많이 먹겠다고 말도 없이……."

비가 그쳐 밖으로 나온 앵무새들은, 먹보 앵무새 얘기를 주고받았습니다.

눈이 어두운 아버지 어머니 앵무새는 귀까지 어두워져 아들 앵무새의 죽음을 모르고 있었습니다. 배가 고플 땐 사람의 손처럼 발로 더듬어 먹이를 찾아야 했습니다.

태풍이 지나간 하늘에서 밝은 해살이 쏟아지며,

"천년을 산다는 학(두루미)은, 늘 속(위장)이 비어 있다더라. 학이 오래 사는 것은 적게 먹고 욕심이 없기 때문이다."

하고, 빗물에 젖은 새들의 날개를 말려주고 있었다.

◐ 생각 키우기

'습관은 제2의 천성' 이라고 했습니다. 욕심이 지나치면, 자신을 절망의 구렁텅이에 빠뜨리게 됩니다. 이 세상은 '나' 혼자 사는 곳이 아닙니다. 이웃과 남을 생각할 줄 알아야 합니다. 그래야 그 사람도 나를 생각하고 도와주게 됩니다. 그러면 이 세상은 아름다운 우정, 사랑의 꽃으로 아름답게 될 것입니다. 〈본생경 제255화 앵무새의 전생 이야기〉

**德行 · 曺平圭**

1945년 경남 산청 출생. 진주교육대학교 졸업. 월간문학 신인상 당선.
한국불교아동문학상.
경상남도 문화상(문학) 외

# 불청객 승냥이의 하루

석 성 환〈정암〉

갠지스강 가에 바라나시라는 왕국이 있었습니다. 바라나시 왕국을 다스리는 범여왕은 매년 반복되는 수해를 피하기 위해 도시 주변에 숲을 조성하기 시작하였습니다. 몇 년이 지난 뒤 바라나시 왕국은 홍수 피해를 막았을 뿐만 아니라 어느덧 숲의 나라로 탈바꿈하였습니다. 그 숲속에는 목신(木神)인 보살과 함께 따오기며 승냥이 등 여러 종의 동물들이 살았습니다.

따오기 떼 중에서도 흰 따오기 두 마리는 늘 함께 숲속에 날아다니곤 하였습니다. 흰 따오기 두 마리는 숲속을 날아다니며 먹이를 찾거나 쉬면서 대화를 나누기도 하였습니다. 또한 흰 따오기 두 마리는 숲속에 나타날 때마다 목신보살과 인사를 나눈 뒤에 법문을 청하여 듣곤 하였습니다. 어느 날 흰 따오기 두 마리는 먹이를 찾아다니다가 나뭇가지 위에 앉아 목신보살의 법문에 대해 토론을 하고 있었습니다. 목신보살은 흰 따오기 두 마리가 다정하게 이야기를 나누고 있는 모습을 보며 흐뭇한 표정을 지었습니다.

흰 따오기 두 마리는 숲속에 내왕하면서부터 목신보살의 법문을 듣고서 자연의 섭리와 세계의 진리를 조금씩 이해하게 되었습니다. 그 날, 흰 따오기 두 마리는 이 세계에 존재하는 모든 것이 무상(無常)하다는 점에 대해 대화를 나누었습니다.

흰 따오기 두 마리는 생명을 가진 모든 존재들이 언젠가는 반드시 죽음을 맞이하거나 사라지게 된다는 사실에 대해 고민에 빠진 것입니다. 그리하여 흰 따오기 두 마리는 목신보살에게 존재의 무상에 대해 가르침을 청하기로 하였습니다.

흰 따오기 두 마리는 목신보살로부터 진리를 배워 깨달음을 얻게 되면 다른 따오기 친구들에게도 알려주기로 결심하였습니다. 흰 따오기 두 마리는 목신보살에게 다가가서 인사를 올린 뒤 존재의 무상에 대한 가르침을 청했습니다.

"목신보살님, 저희들 왔어요."

"어서와, 따오기 친구들이구나. 함께 다니며 대화를 나누는 모습이 참으로 보기 좋구나."

"목신보살님, 오늘은 존재의 무상에 대해 말씀해주세요."

"이 우주 삼라만상의 모든 존재는 인연에 의해 생겨나거나 태어나기도 하고 그러한 인연이 다하게 되면 저절로 사라지게 된단다."

흰 따오기 두 마리는 목신보살의 가르침을 듣고 크게 기뻐하였습니다. 흰 따오기 두 마리는 목신보살의 법문을 통해 그 자리에서 목신보살의 제자가 될 것을 결심하였습니다. 목신보살은 흰 따오기 두 마리에게 수제자로 삼겠노라고 약속하였습니다. 목신보살의 가르침을 듣고서 한 마리의 흰 따오기는 깊은 지혜의 눈을 뜨게 되었으며, 다른 한 마리는 높은 신통력을 얻게 되었습니다.

흰 따오기 두 마리는 목신보살의 법문에 대해 토론하느라 시간 가는 줄도 모른 채 숲속에 머물고 있었습니다. 그때 나무 아래 저만치 숲속에서 승냥이가 나타났습니다. 승냥이는 환한 미소로 다정하게 대화를 나누는 흰 따오기들의 말소리에 귀 기울이며 나무 아래에 쪼그려 앉았습니다. 하지만 승냥이는 흰 따오기들이 나누는 대화 내용을 도무지 알아들을 수가 없었습니다. 흰 따오기들이 나누는 대화의 내용을 이해할 수 없었던 승냥이는 벌떡 일어나 나무 위를 노려보았습니다. 승냥이는 아주 못마땅한 눈빛으로 흰 따오기들에게 소리쳤습니다.

"너희들은 나뭇가지에 앉아 도대체 무슨 대화를 하고 있는 것이냐?"

흰 따오기 두 마리는 그런 승냥이의 말에 들은 체도 하지 않았습니다.

잠시 뒤 승냥이는 다시 한 번 나무 위를 바라보며 소리쳤습니다.

"도무지 너희들의 대화를 한 마디도 알아들을 수가 없단 말이야. 나무 밑으로 내려와서 이곳 숲속의 왕인 내가 알아들을 수 있도록 자세히 말해 보거라."

승냥이의 화난 목소리를 듣고 있던 흰 따오기 두 마리는 아무런 대꾸도 하지 않은 채 저 멀리로 날아 가버렸습니다. 승냥이는 허공을 가르며 날아가는 흰 따오기들의 뒷모습을 바라보다가 분을 삭이지 못해 땅바닥을 치며 억울해하였습니다. 흰 따오기 두 마리와 승냥이가 벌이는 광경을 가만히 지켜보고 있던 목신보살은 승냥이에게,

"아름다운 마음을 가진 자는 그들끼리 아름다운 대화를 나누는 법이다. 숲속처럼 맑고 아름다운 마음을 가질 때 비로소 존재의 무상함을 스스로 깨닫게 되느니라. 진리를 나누는 근본이 이러하니 그대처럼 사미(四美)를 가진 자에게는 무슨 소용이 있겠는가. 승냥이여, 그대는 그대의 인연을 쫓아 깊은 구멍으로 들어가 수행토록 하여라."

◐ 생각 키우기

지혜가 미진하여 어리석은 마음을 가진다면 무명(無明)의 덫에서 벗어날 수 없게 되지요. 청정하게 정화된 마음으로 걸림이 없는 길을 걸을 때 비로소 장엄한 부처님의 가르침을 수용할 수 있지요. 자신의 마음을 세밀히 관찰함으로써 비로소 부처님의 가르침을 받아들을 수 있습니다. 부처님의 말씀은 청하여 믿는 사람이 더없는 행복한 삶을 얻을 수 있음은 당연하지요. 〈본생경 제187화 사미(四美)의 전생 이야기〉

**靜菴 · 石性煥**

경남 진주에서 나서 「한국문인」과 「아동문예」로 등단했다. 저서로는 《한국 현대시의 현상적 미학》과 정형시집 《모래시계》가 있다. 문학박사로 논문 『무산 조오현 시조시 연구』 외 여러 편이 있으며, 가락문학회, 오늘의시조시인회의, 창원문인협회, 경남아동문학회, 경남시조시인협회, 경남문인협회, 한국시조시인협회, 한국문인협회 회원. 《화중련》 편집위원으로 활동하고 있다.

# 미늘화살 맞은 악어

이 창 규〈우봉〉

옛날 어느 나라 임금님이 궁궐 뒷동산으로 산책을 나섰습니다. 신하들은 언제나 백성 행복을 우선으로 여기는 대왕을 잠시나마 쉴 수 있도록 작은 음악회를 마련했습니다. 장악원 음악인들은 악기를 연주했고, 궁중 무희들 춤사위는 학이 되기도 하고 꽃이 되기도 하며 실바람 타고 치맛자락은 더 하늘거렸습니다.

동산 한가운데에는 연못이 있었습니다. 하늘 한 조각을 베어다 놓고 거북을 비롯해 크고 작은 물고기들이 한가로이 지냈습니다.

"얼쑤, 좋다. 내 나라 백성들이 언제나 걱정 없는 나날을 보내도록 하고 싶소!"

흥에 겨운 임금님은 가벼운 몸짓으로 하늘을 우러러 보기도 하고, 바람을 안으며 향을 맡기도 하고, 손 모아 기도도 했습니다. 신하들에게도 함께 즐기길 권했습니다. 그러다가 걸음을 옮겨 잠시 연못을 유심히 내려다 봤습니다. 연못 속의 물고기들이 계속 이어지는 연주에 취한 듯 임금님 몸짓 따라 움직이었습니다. 임금님이 손을 들거나 발을 들면 물고기들은 지느러미와 꼬리를 살랑거렸고, 대왕이 딱 멈추면 물고기들도 딱 멈추어 꼼짝하지 않았습니다. 거북들은 왕이 움직이면 고개를 주억거리며 다리를 바동거리다가 왕이 가만히 있으면 뻐끔뻐끔 숨만 쉬었습니다.

"연못 속 물고기들이 왜 나와 함께 움직입니까?"

"그건 임금님께 문안드리는 것이옵니다."

"나에게 문안이라? 기특한지고."

신하 대답에 임금님은 무척 기뻤습니다.

"여봐라, 오늘부터 이 연못에 먹이를 꼭 주도록 하라!"

"어명을 받들겠사옵니다."

그날부터 연못 먹이 담당 신하는 날마다 20㎏ 분량의 쌀을 정성껏 볶았습니다. 물고기들이 먹기 좋도록 살짝 빻아 연못을 찾았습니다. 신하가 쌀가루를 뿌리면 연못 속 물고기들과 거북들은 재빠르게 달려들었습니다. 하지만, 절반의 물고기들은 본체만체 했습니다. 연못 바닥에 가라앉은 쌀가루는 연못을 더럽혔습니다.

소식을 전해들은 임금님은 골똘히 생각에 잠겼습니다.

"먹이 줄 때 북을 울려 보거라. 북소리에 물고기들이 틀림없이 모여 들 거야. 그때 먹이를 주도록 하라."

"분부 받들겠사옵니다."

신하는 의아했습니다. 하지만 쌀가루와 북을 챙겨 연못으로 향했습니다.

"둥, 둥, 둥, 둥!"

북소리는 궁궐에도 희미하게 들렸습니다. 북소리를 들은 신하들은 영문을 알 수 없었습니다. 하지만, 연못의 거북과 물고기들은 북소리에 대답이라도 하듯, 앞 다투어 엎치락뒤치락 모여 들었습니다. 먹이 담당하던 신하는 그 모습을 지켜보며 제 배부른 듯 배를 어루만졌습니다.

며칠 후, 여느 때와 같이 북소리가 울리고 있었습니다. 그런데 어디선가 악어 한 마리가 나타났습니다. 눈을 치켜 뜬 채 입가엔 엷은 미소가 번졌습니다. 그리고는 단숨에 연못에 숨어들어 길고 넙죽한 입을 쫙 벌렸습니다. 악어의 강렬한 욕심은 연못을 뒤흔들었습니다. 순식간에 물고기들은 몸부림도 없이 악어 입 안으로 사라졌습니다. 어수선함은 쉽사리 가라앉지 않았습니다. 눈앞에서 악어의 만행을 보고도 신하는 믿을 수 없었습니다.

신하는 황당함을 감추지 못하고 임금님에게 사실을 아뢰었습니다.

"뭐라고요?"

"송구하옵니다!"

"여봐라! 악어가 와서 물고기를 헤치거든 미늘화살로 쏴라!"

미늘화살은 한눈에 봐도 오싹했습니다. 화살촉에 물음표처럼 생긴 갈고리 두 개가 양쪽으로 덧대어져 있었습니다. 누구든 그 화살에 맞으면 살갗을 파고들어 절대 뽑을 수 없었습니다. 신하는 미늘화살을 손질하여 연못가에 숨죽이고 기다렸습니다.

한 번 물고기 맛을 본 악어는 북을 치지 않아도 스르렁 나타났습니다. 한 치의 망설임도 없었습니다. 악어가 연못에 발을 들여놓을 무렵, 신하는 활에 미늘화살을 걸어 활시위를 당겼습니다. 그리고 악어를 겨냥했습니다. 활시위가 더없이 팽팽한 순간, 미늘화살은 날았습니다.

"피융, 척!"

순간, 미늘화살은 악어 등 깊숙이 박혔습니다. 악어는 연못을 핏빛으로 물들이는가 싶더니 미늘화살이 꽂힌 채 온몸을 비틀거리며 달아났습니다. 멀지 않은 곳에서 악어의 주검이 발견되었습니다.

◐ 생각 키우기

이 이야기는 부처님이 기원정사에 계실 때 출가생활이 싫어진 비구에게 들려준 내용입니다. 세상의 쾌락에 빠지면 끝내 목숨을 잃는다는 것으로 욕심이 지나치면 미늘화살을 맞은 악어의 최후와 같다는 것입니다. 그 때의 임금님, 바라나시 왕은 부처님의 전신이었답니다. 〈본생경 제233화 미늘화살 전생 이야기〉

**牛峰 · 李昌圭**

국제PEN한국본부 경남회장으로서 '경남PEN문학' 출간 후 2015년 부회장단, 운영, 이사 간담회를 통하여 사업을 확정하고 회보 제4호를 발행하였음.

지방 아동문학가로서 한국불교아동문학회장에 취임. 지난 1월 9일 조계종을 방문하고 2015년 사업 내용을 확정, 지역 이사를 구성하여 추진 계획하고 있음.

현재 한국문인협회 자문위원으로 활동하면서 창원대학교 2015년 1학기 종강 무렵, 『이창규 동시선집』을 상재하였음.

# 더펄새를 아시나요

손 수 자〈연화심〉

옛날, 범여왕이 바라나시에서 나라를 다스리고 있을 때였습니다.

숲 속에는 더펄새[1]가 살고 있었습니다. 이 더펄새는 나이는 많았지만, 갈고리 모양의 부리를 가진 아름다운 새였습니다.

더펄새는 온갖 꽃과 새들이 피고 지저귀는 아름다운 숲 속에서 자신의 몸을 가꾸기 위해 조금도 게으름을 피우지 않았습니다.

아침 일찍 일어나 옹달샘에서 세수한 후 신선한 새벽 공기를 마시며 아사간나나무와 비부타카 나무 사이를 오가며 나는 운동을 하였습니다.

운동이 끝나고 나면 아침 햇살을 받으며 조용히 마음공부 하는 시간도 가졌습니다.

1) 가마우지의 방언

'시샴마(이 뭐꼬)' 라는 화두를 가지고 아사간나나무에 앉아 허리를 곧추세우고 눈을 감고 깊은 명상을 하였습니다.

명상이 끝나고 나면 비부타카나무에 지어진 작은 집으로 갔습니다.

말끔하게 치워진 작지만 깨끗한 집에서 너무 차거나 뜨거운 음식은 먹지 않았습니다. 그리고 배부르게 먹지도 않았습니다. 또 너무 물기가 많거나 맛있는 쌀만 먹지도 않았습니다. 조금씩 골고루 꼭꼭 씹어 먹었습니다.

그래서 더펄새는 물고기를 낚으면 절대로 놓치지 않는 모두가 부러워하는 사냥꾼 새가 되었습니다.

반짝반짝 빛나는 눈을 가졌지만 혀가 퇴화해서 거의 없고 콧구멍이 작으며 위턱 깊숙이 구멍하나 뿐인 나이 많은 새였습니다. 그러나 그 어느 새보다 지혜롭고 재빠르며 날씬하였습니다.

그 무렵, 더펄새를 잡기 위해 호시탐탐 노리는 새 사냥꾼이 있었습니다.

사냥꾼은 호리새 한 마리를 데리고 다니면서 털로 만든 그물과 막대기를 가지고 숲 속으로 들어왔습니다.

"오늘은 이 더펄새를 꼭 잡고 말거야. 난 최고의 사냥꾼이니까."

"그래요, 나도 더펄새를 자세히 보고 싶어요."

호리새도 좋아했습니다.

하지만 더펄새는 날쌘 몸짓으로 교묘하게 나무숲으로 들어가면서 잡힐 듯 하다가 잡히지 않고 멀리 날아가 버렸습니다.

"날 잡겠다고? 사냥꾼 아저씨! 잡아보세요."

아사간나나무 키만큼 화가 난 사냥꾼은 생각에 잠겼습니다.

"어떻게 하면 저 더펄새를 잡을 수 있을까?"

"글쎄요?"

호리새도 이 나무 저 나무 위를 다니며 생각했지만 좋은 생각이 나지 않았습니다.

그때, 사냥꾼이 무릎을 치면서 말했습니다.

"그래, 내가 나뭇가지와 잎을 꺾어 와서 작은 나무인 것처럼 할 테니 네가 도와주렴."

"네, 제가 움직이는 나무 위에 앉을게요."

그래서 사냥꾼은 더펄새를 잡기 위해 꾀를 부렸습니다. 나뭇가지와 잎을 덮어쓰고 작은 나무인 척하고 있다가 더펄새가 날 때 그물과 막대기를 던졌습니다.

더펄새는 나무인 척하는 사냥꾼이 얄미워 아사간나나무 위로 휙 날아 앉아서 아름다운 목소리로 노래를 부르기 시작하였습니다.

숲에서 숲에서 나는 보았네. 많은 나무를
아사간나나무도, 비부타카나무도 보았지.
하지만 너 나무여, 작은 나무여.
이 더펄새가 움직이는 것처럼
움직이는 나무를 여태까지 보지 못했다네.

사냥꾼은 더펄새의 노래 소리를 듣고 깜짝 놀랐습니다. 그리고 또 날아가는 더펄새를 쫓기 시작하였습니다.

하지만 더펄새는 더 높이 더 멀리 날아가 버렸습니다.

사냥꾼은 털썩 주저앉아 크게 숨을 내쉬었습니다. 그리고는 낮은 목소리로 노래를 부르기 시작하였습니다.

나이 많은 저 더펄새는
새장을 열고 날아가 버렸다.
털로 만든 그물도 가까이하지 않고
화살처럼 쏜 막대를 잘도 피하네.
사람처럼 노래도 잘하는 현명한 더펄새여.
더펄새여, 현명한 더펄새여.

"사람처럼 더펄새는 노래도 잘하는구나."

혼자서 중얼거리던 사냥꾼이 호리새를 보고 말했습니다.

"내 힘으로는 도저히 저 더펄새를 잡을 수가 없어. 집으로 가자."

호리새는 사냥꾼의 모자에 얌전히 앉았습니다.

"힘내세요, 그래도 아주 조금 사냥한 것이 있으니까요."

사냥꾼은 숲 속으로 바삐 빠져나갔습니다.

숲에서 숲에서 나는 보았네. 많은 나무를

아사간나나무도, 비부타카나무도 보았지.
하지만 너 나무여, 작은 나무여.
이 더펄새가 움직이는 것처럼
움직이는 나무를 여태까지 보지 못했다네.

저녁놀이 아사간나나무와 비부타카나무에 사뿐 내려앉아 숲 속은 더욱 아름다웠습니다. 더펄새의 노래 소리가 사냥꾼의 발걸음을 재촉하였습니다.

◐ 생각 키우기

이 이야기는 기원정사에서 부처님이 법장 사리불 상좌가 어떤 젊은 비구에 대해 말씀하는 것을 들었습니다. 그 젊은 비구가 몸을 잘 보호하는 것이 교단에 널리 알려지자 부처님이 오셔서 해주신 이야기입니다. 그때 그 사냥꾼은 제바달다이고, 더펄새는 몸을 잘 보호하는 젊은 비구라고 하셨습니다. 평소에 자신의 몸과 마음을 잘 닦고 게으름을 피우지 않고 노력한다면 어려움이 닥쳐도 해결할 수 있다는 것을 이야기한 것입니다. 〈본생경 제209화 더펄새의 전생 이야기〉

**蓮華心 · 孫秀子**

아호는 혜정(慧靜)이고 불명은 연화심이며 부산교육대학교 교육대학원 국어교육과를 졸업했다. 아동문학평론에 동화 「호박꽃이야기」로 등단 후, 제1회 눈높이아동문학상에 장편동화 『가슴마다 사랑』이 당선되고 부산아동문학상, 해강아동문학상, 한국불교아동문학상, 영남아동문학상, 이주홍 아동문학상을 수상하고 현재 동의대학교 문예 창작과에서 아동문학을 강의하고 있다.

# 내가 만든 무딘 칼에 내 가슴이 찔렸다네

이 정 석〈고반〉

옛날 범여왕이 바라나시에서 나라를 다스리고 있을 때였습니다. 보살은 80억의 재산을 가진 어떤 바라문의 큰 집에 아들로 태어났습니다. 보살이 성년이 되자 탁실라에 가서 온갖 학예를 배우고 바라나시에 돌아와서는 결혼을 하였습니다.

부모님이 돌아가시자 보살은 장례를 성대히 치렀습니다. 유산을 정리하다가 보니 금덩어리 몇 개가 상자에서 굴러 나왔습니다.

"아버지가 숨겨둔 것이구나. 이 보물은 여기에 있으나 이것을 잠시 소유한 분은 이 세상 사람이 아니구나! 흑흑"

갑자기 슬픈 생각이 들어 눈물을 흘렸습니다. 등에서는 식은땀도 흘렀습니다.

그 보살은 몇 년을 슬픈 마음으로 보내면서 자주 깊은 생각에 잠기었습니다. 많은 재산과 가족들이 자꾸 걸림돌처럼 느껴졌습니다. 결국 그 보살은 결심을 하였습니다.

'이제 나의 길을 가야겠구나.'

그동안 모아두었던 재산을 주위 사람들에게 모두 나누어 주면서 뜬 욕심을 하나하나 버렸습니다. 그리고 설산으로 출발하였습니다. 많은 친족들이 길 양쪽에 서서 눈물을 흘리며 그 보살을 배웅하였습니다. 아내와 자식들의 눈물을 철저히 외면하였습니다.

그 보살은 설산에 들어간 즉시 선정에 들기 좋은 조용한 곳에다 초막을 지었습니다. 다음날부터 그 보살은 떨어진 열매를 주워 먹는다는 생각을 하면서 숲 속의 나무뿌리와 갖가지 야생 열매를 먹으면서 살았습니다. 처음에는 앉아 있을 때도 잡념과 과거의 생각으로 고생을 하였고, 거친 음식에 가끔은 토하고 설사도 하였습니다. 그 보살은 차근차근 설산의 환경에 적응해 갔습니다. 오래지 않아 잡념을 물리치고 맑은 정신으로 평온하게 앉아 있을 수 있기 시작하면서 신통의 힘과 선정의 힘을 얻고는 선정의 즐거움을 누렸습니다.

"이제 내 자신에 대하여 자유로움을 얻었도다! 사람 사는 마을에 내려가서 야윈 내 몸을 추슬러야겠구나."

이렇게 생각하고는 어느 날 아침 일찍 설산을 내려왔습니다.

"마을로 내려가면 짜고 신맛의 음식을 먹자. 그렇게 하면 내 몸도 튼튼해질 것이요, 또 그로써 정신이 더 맑아질 것이다. 더불어 나 같이 덕망이 높은 사람에게 보시하고 예배하는 사람이 있다면 그는 천상이나 인간세계에서 선정의 기쁨을 누리고 끝내 공중을 마음대로 날 수 있을 것이로다!"

그는 즉시 큰길을 따라 바라나시로 갔습니다. 해질녘에서야 그곳에 도착하였습니다. 시내를 돌아다니다가 왕의 동산을 발견하

고는

"이곳은 혼자서 좌선하기에 적당한 곳이구나. 오늘은 여기에서 지내야겠다."

그 보살은 그 동산에 들어가 큰 나무 아래에 앉아 선정의 참맛을 느끼면서 그날 밤을 지냈습니다.

이튿날 아침 그 보살은 머리카락을 정돈하고 새로 장만한 가죽옷을 입고 탁발을 위해 바루를 들고 거리로 나갔습니다. 청각, 시각, 후각 등 모든 감각 기관의 평정을 유지하니 보살의 위엄이 크게 보였습니다. 그는 2미터 앞의 길 아래를 보면서 천천히 걸었습니다.

거리의 사람들은 위엄을 갖춘 멋진 보살을 보면서 감탄하였습니다. 그는 고개를 들지 않고 걸었습니다. 그는 여러 곳을 돌아다니다가 왕궁의 궐문 앞에 이르렀습니다.

마침 그때 왕은 높은 누각 위를 거닐다가 보살을 발견하고는 그 위엄에 놀랐습니다.

'만일 세상에 평안과 정숙함이 있다면 그것은 저 사람의 몸에 그것이 다 갖추어져 있을 것 같구나!'

하고 생각하고는 옆에 서 있는 신하에게 명령하였습니다.

"여봐라. 저 행자를 즉시 모시고 오너라!"

즉시 신하가 말을 달려 그 보살 앞에 다가가 보살의 바루를 받아들고 왕의 명령을 전하였습니다.

"스승님. 대왕께서 당신을 부르십니다!"

"큰 공덕주 장관님! 대왕께서는 저를 전혀 알지 못하실 겁니다.

다시 가서 말씀해 주십시오!"

"스승님 그러면 제가 다녀올 동안 여기서 기다리고 계십시오!"

그 신하가 달려가 왕에게 전후 사정을 알렸습니다. 왕은 말하였습니다.

"맞도다. 지금까지 우리 궁중에 들어온 행자는 한 사람도 없었구나. 하지만 오늘은 다르도다. 다시 가서 저 행자를 잘 모시고 오너라!"

신하는 보살이 있는 곳으로 찾아와 손을 공손히 내밀며

"스승님. 대왕께서 잘 모시고 오라고 하셨습니다."

보살은 신하에게 바루를 건네주고는 왕이 있는 높은 누각에 올라갔습니다. 왕은 옥좌에서 내려와 그 보살에게 진심으로 예배를 드리고 옥좌에 앉도록 청하였습니다. 그리고 왕이 먹어야 할 수라음식을 보살에게 공양하였습니다. 그 보살은 죽과 밥을 맛있게 먹었습니다.

식사가 끝난 뒤 왕은 그 보살에게 질문을 하였습니다. 그 보살의 대답은 청아하고 내용은 명쾌하고 깊었습니다. 답변을 들은 왕은 더욱 감동하여 깊은 예배를 다시 올렸습니다. 그리고는 왕이 물었습니다.

"스승이시여! 당신은 어디서 오셨으며, 지금 어디에 계십니까?"

"대왕님! 저는 설산 지방에 사는 사람으로서 설산에서 왔습니다."

"여기는 무엇 하러 오셨습니까?"

"대왕님! 제가 경험한 선정의 방법을 전하면서 인간세계를 청정하게 만들고 싶어서 내려왔습니다. 그리고 아직 이곳의 거처는 정하지 못하고 있습니다. 큰비가 오면 어쩌나 걱정이 됩니다."

"그렇다면 스승님! 저의 동산에 계십시오. 그리고 거처에서 계실 때 불편함이 없도록 모든 물품을 마련하겠습니다. 저는 스승님을 따라 선정에 드는 방법을 익히고, 인간 세상을 청정하게 만들겠습니다."

왕은 진심어린 말투로 약속을 하였습니다. 식사를 마치고는 보살과 함께 동산에 올라 초막을 지었습니다. 잠자는 방, 좌선하는 방을 따로 만들었습니다. 또한 산책할 수 있는 길도 닦았습니다. 왕은 생활하는데 부족함이 없도록 모든 도구를 준비해 주었습니다.

"스승님! 마음 편히 계십시오."

왕은 작별인사를 하면서 왕의 동산을 지키는 관리에게 말하였습니다.

"너는 스승님이 불편하지 않도록 최선을 다하여라!"

"옛! 최선을 다해 대왕님의 명령을 수행하겠습니다!"

그 뒤 그 보살은 12년을 왕의 동산에 머물면서 많은 제자들을 기르고 그들에게 신통의 힘과 선정의 힘을 가르쳐 주었습니다.

그러던 어느 해였습니다. 국경 지방에 반란이 일어났습니다. 왕은 반란을 진압하기 위해 왕궁을 떠나게 되었습니다. 왕은 사랑하는 왕비를 불렀습니다.

"여보, 당신이 내가 떠난 이 왕궁을 잘 지키셔야겠습니다."

"안되옵니다. 왕이시여! 저도 당신을 따라 전쟁터에 가겠습니다.”

“그것은 더욱 허락할 수 없소. 반란이 일어난 국경지방이 너무 위험하오.”

“그래도 저는 따라 가겠습니다. 흑흑!”

왕비는 울면서 애원하였습니다.

“안되오. 더욱 이 왕궁에 있어야 할 이유는 저기 동산에서 계시는 덕행 높은 수행자가 있기 때문이오.”

그때서야 왕비가 정신을 차리고 눈물을 뚝 그쳤습니다.

“왕이시여! 제가 깜빡 잊었군요. 저는 여기에 남아 있겠습니다. 그 분의 일이라면 제가 충분히 돌보아 드릴 수 있습니다. 그 스승님에 대한 봉사는 저의 의무라고 생각합니다. 저를 걱정하지 마시고 당신은 당장 국경지방으로 떠나십시오.”

그리하여 왕은 홀가분하게 군대를 이끌고 국경지방으로 떠나고, 왕비는 평소 때와 다름없이 공손히 보살을 섬기었습니다. 보살은 보살대로 왕이 떠난 왕궁에서 이전처럼 언제나 자유로이 식사를 하였습니다.

어느 날 저녁이었습니다. 보살이 제자들과 토론을 하다가 왕궁의 식사 시간을 놓치고 말았습니다. 늦은 시각이었지만 보살은 배가 고팠기 때문에 식사를 하기 위해 왕궁으로 갔습니다. 왕비 또한 보살을 기다리며 음식상을 치우지 않고 기다렸습니다. 그러나 워낙 늦은 시각이었으므로 왕비는 어쩔 수 없이 한쪽 침대에 누워 잠깐 쉬고 있었습니다. 그러다 왕비가 깜박 잠이 들었습니다. 보살이 음식상 앞으로 다가오면서 순간적으로 왕비의 누워 잠든 모습을 보고 말았습니다. 흔들리는 촛불 아래에서 잠든 왕비의 모습은 너무 아름다웠습니다. 보살의 마음이 촛불 따라 마구 흔들렸습니다.

'내가 못 볼 것을 보았구나. 그런데 왜 이리 가슴이 뛸까?'

보살은 뛰는 가슴을 억제하고는 큰소리로 외쳤습니다.

"왕비 마마! 제가 왔습니다!"

그 소리에 왕비는 깜짝 놀라 침대에서 떨어지고 말았습니다.

"어이쿠, 스승님! 깜빡 잠이 들었네요."

어찌할 바를 몰라 하는 왕비의 얼굴은 부끄럼으로 붉어졌습니다.

"제가 늦어 죄송합니다."

보살은 식사를 하는 둥 마는 둥 급히 동산으로 돌아왔습니다. 자리에 누웠지만 잠은 오지 않고 왕비의 잠든 아름다운 모습만 눈앞 어른거렸습니다.

'내가 집을 나와 설산으로 떠날 때 아내의 얼굴도 즉시 잊어버렸는데…….'

그 다음날부터 보살은 번뇌가 들끓어 쉽게 선정에 들지 못하였습니다. 그 번뇌는 마치 상자 안에 든 코브라 독사처럼 머리를 치켜들고 혀를 날름거리고 있었습니다. 그는 선정의 힘을 잃어버렸고, 여섯 기관의 감각이 더러워졌습니다. 마치 날개 잃은 독수리와 같았습니다. 급기야 그 보살은 이전처럼 편안하게 식사를 할 수 없었고 앉아서 조용히 좌선할 수도 없었습니다. 그 사실을 까맣게 모르는 왕비는 매일 보살의 초막으로 찾아와 앞의 실수를 덮으려고 더욱 봉사에 열중하였습니다.

선정의 힘을 잃어버린 보살은 동산의 초막을 찾아오는 아름다운 왕비를 보고

'이제는 왕비마마가 나를 좋아하나 보다'

엉뚱한 착각에 빠지기도 하였습니다.

며칠 후 보살의 숙소 방에서 식사 준비를 하던 왕비는 자신을 바라보는 보살의 눈빛이 달라진 것을 알았습니다.

'아, 나를 보는 저 보살의 눈빛이 이상하구나.'

왕비의 등골이 싸늘해졌습니다. 그 후로 왕비는 동산에 나타나지 않았습니다. 보살은 이레 동안 자리에 누워 있었습니다.

'왕비의 손은 왜 곱고 하얗지?'

이런 잠꼬대까지 하였습니다. 먹지 않는 음식은 썩어 파리가 가득 달려들었습니다.

그 사이 범여왕은 국경지방 반란을 진압하고 왕궁으로 돌아왔습니다. 왕궁으로 돌아와 왕비보다 먼저 동산의 보살을 찾아갔습니다. 그런데 초막으로 가는 숲길은 이상하게 더럽고 어지러워져 있었습니다.

'스승님이 거리로 나가셨나?'

이런 생각을 하면서 초막의 사립문을 열고 안으로 들어갔습니다. 보살은 어두운 구석에 누워있었습니다. 왕은 동산 관리인에게 썩은 음식을 버리게 하고, 주위를 정돈하게 한 후 보살에게 물었습니다.

"아니 스승님 어디가 편찮으신가요?"

"대왕님! 저는 칼에 찔렸습니다! 흑흑"

보살의 눈에서 눈물이 저절로 나왔습니다.

"아니! 제가 없는 사이에 어떤 국경지방의 반란군이 침입해 스승님을 찔렀다는 말입니까?"

왕은 깜짝 놀라 되물었습니다. 왕이 다시 물었습니다.

"누가 감히 스승님을 칼로 찔렀습니까?"

"왕이시여! 남이 저를 찌른 것이 아니라 부끄럽지만 제가 저의 가슴을 찌르고 말았습니다."

차마 왕비에 대한 엉큼한 생각을 고백하지 못하고, 부끄러워 더 말을 잇지 못했습니다. 한참 만에 용기를 낸 보살은 왕 앞에서 노래를 부르며 선정의 힘을 다시 얻었습니다.

> 엉큼하고 더러운 생각에 내 몸을 태우고
> 내가 만든 무딘 칼에 내 가슴이 찔렸다네.
> 마음의 진실만큼 잃어버린 것도 그만큼
> 일어난 번뇌도 내 스스로 만든 고통이라네.

초막 앞에 나온 왕 앞에서 보살이 큰소리로 다시 한 번 노래 부르니 그때 갑자기 보살의 몸이 공중으로 붕 떠올랐습니다.

"왕이시여! 이제 저는 설산으로 돌아가겠습니다."

"스승님! 가시면 아니 되옵니다."

왕의 간곡한 만류도 소용없었습니다.

"왕이시여! 저 스스로 번뇌를 이길 수 있게 도와 주셔서 고맙습니다."

하늘로 오른 보살은 즉시 설산으로 돌아갔으며 그 보살은 일생 동안 살면서 범천 세계에 들어갈 몸이 되었습니다.

◐ 생각 키우기

사람은 날마다 언제나 좋은 생각을 하고 아름다운 것을 보면서 살아가기 어렵다. 가끔 싸우기도 하고 가끔 남을 욕하기도 한다. 그리고 미워하기도 한다. 이런 온갖 일은 자신의 마음에서 생기고, 자신의 마음에서 끝이 난다. 과연 미움, 아름다움, 괴로움, 욕심, 기쁨은 어디서 생기는 것일까? 하나 같이 내 마음에서 구름처럼 일어나고 구름처럼 사라지는 것이다. 보살이 만든 칼 같은 번뇌는 결국 자신을 찌르지 않았는가? 다시 일어나 설산으로 들어갈 수 있었던 것도 자신이 그 마음의 번뇌를 과감히 벗어 던졌기 때문이리라. 〈본생경 제251화 사유의 전생이야기〉

**古畔 · 李正錫**

전남 나주에서 태어남. 소년중앙 문학상 동시 당선, 무등일보 신춘문예 시 당선, 아동문학평론지 문학평론 당선. 동시집 『꽃 범벅 책 범벅』 등 5권, 아동문학평론집 『생태주의 아동문학과 해학의 동심』 등 2권 발행. 한국불교아동문학상, 방정환문학상, 전라남도 도문화상 등 수상. 현재 영산포 여자중학교장 근무.

# 가짜 신하와 진짜 신하

우 점 임〈보현심〉

옛날, 야사바니라 왕이 다스리는 바라나시 나라는 평화로웠습니다. 그 때 재판관으로 있는 카라카 장군이 있었습니다.

카라카는 뇌물을 받고 공정치 못한 재판을 한다고 원성이 자자했습니다. 왕은 진노하며 담맛다자 보살에게 재판관 일을 다시 맡겼습니다.

"부디 백성들을 위해 정의롭게 재판하시오!"

"대왕님, 명심하겠습니다."

"와! 참 소유주가 이겼다!"

재판소로 몰려온 백성들은 담맛다자를 향해 환호성을 질렀습니다. 그들이 치는 우레와 같은 박수소리에 깜짝 놀란 연꽃들이 활짝 피어올랐습니다. 재판소 앞 큰 연못에서 피기 시작한 연꽃은 나라 안의 작은 연못까지 오색 연꽃이 봉글봉글한 무지개 세상이 된 것입니다. 연꽃을 보는 사람들 마음에도 자비로움이 저절로 생겨났습니다.

그러나 자비로움이라곤 없는 카라카는 뇌물이 끊기자 담맛다자에게 보복심이 생겨 왕에게 다가와 담맛다자 보살을 모함하기 시작했습니다.

"대왕님, 담맛다자는 전쟁을 일으키고자 사람들을 모우고 있습니다."

왕은 몰려오는 인파에 내심 놀랐던 터라 화를 버럭 냈습니다.

"저런 괘씸한지고!"

"대왕님, 담맛다자 보살을 참형하소서!"

"큰 죄도 없는데 어찌 죽일 수 있겠는가?"

"하루 만에 해내지 못할 일을 시키면 됩니다."

왕은 담맛다자를 향해 첫 번째 어명을 내렸습니다.

"담맛다자여, 내일까지 새 정원을 만들라 약속을 어길 시 그대의 목을 베리라."

"대왕님 분부 거행하겠나이다."

담맛다자는 연꽃 연못을 향해 합장을 했습니다.

'연꽃왕자님, 환희원 같은 정원을 보내 주세요!'

연못에서 나온 연꽃왕자들이 무지개 망치로 뚝딱 뚝딱 담맛다자를 위해 정원을 설치해주고는 하나, 둘, 셋…, 연꽃 속으로 다시 돌아갔다.

담맛다쟈는 왕에게 아뢰었습니다.

"대왕님, 정원이 다 되었습니다. 부디 나가시어 즐겁게 노십시오."

왕은 하루 만에 만든 정원이 빨간 비소 빛깔의 담으로 둘러쳐져 있고 나뭇가지마다 열매가 주렁주렁 열려 있는 걸 보고 깜짝 놀랐습니다.

카라카만이 음흉한 미소를 띠우며 왕 곁으로 다가가 속삭입니다.

"겨우 하루 만에 정원을 만들 수 있는 사람이라면 이 나라인들 못 빼앗겠습니까?"

"그러니까 더 만들기 힘든 것이 무엇이 있는가?"

"대왕님, 이번엔 칠보로 된 연못을 만들게 하십시오."

왕은 담맛다쟈를 불러 두 번째 어명을 내렸습니다.

"담맛다쟈여, 정원 안에 칠보로 된 연못을 만드시오. 어길 시 그대의 목숨은 없을 줄 알라!"

"네 대왕님, 연못을 만들도록 하겠습니다."

담맛다쟈는 연꽃 연못을 향해 어제처럼 기도를 했습니다.

'연꽃왕자님! 칠보로 된 연못을 보내 주셔요!'

연못에서 나온 연꽃왕자들이 무지개 호미로 흙을 쓱쓱 파내어 담맛다쟈를 위해 칠보로 된 연못을 설치해 주고는 하나 둘, 셋…, 연꽃 속으로 다시 돌아갔습니다.

"대왕님, 연못이 다 되었습니다."

대왕은 아름답게 칠보로 빛난 연못을 보고 눈이 휘둥그래졌습니다.

백 개의 목욕하는 곳과 천개의 굽이가 있는 오색 연꽃에 덮인 마치 환희원의 연꽃연못 같았습니다.

왕은 카라카에게 또 물었습니다.

"그대는 이번에는 또 어찌할 셈인가?"

"대왕님, 이번에는 그 정원과 연못에 어울리는 상아로 된 관을 짓게 하십시오."

왕은 담맛다쟈를 불러 세 번째 어명을 내렸습니다.

"담맛다쟈여, 저 정원과 연못에 어울리는 상아로 된 관을 세우고 보주를 만들라. 어길 시 그대의 생명줄은 끊어지리라."

연못에서 나온 연꽃왕자들이 담맛다쟈를 위해 상아로 된 관에다 오색 빛 보주를 설치해 주고는 하나 둘, 셋…, 연꽃 속으로 다시 또 돌아갔습니다.

담맛다쟈는 상아 관과 빛나는 보주를 만들었노라고 왕에게 고했습니다.

왕은 카라카에게 물었습니다.

"카라카, 이젠 무엇을 해야 하는가?"

"대왕님 법당 바라문이 희망하면 무엇이나 이루어주는 천신이 있다고 생각됩니다. 이번에는 그 천신도 만들지 못하는 '네 가지 덕을 갖춘 인간을 만들라' 명하십시오."

왕은 담맛다쟈를 불러 네 번째 어명을 내렸습니다.

"그대는 나를 위해 정원과 연못과 상아의 누각과 그런 것을 비추는 보주를 만들었다. 이제는 이 정원을 잘 지킬 수 있는 '네 가지 덕을 갖춘 동산지기를 만들라.' 만약 만들지 못하면 그대는 참형을 면치 못할 것이다."

"네, 대왕님 알겠습니다."

담맛다쟈는 아무에게도 말 못하고 숲속으로 들어가 작은 연못가에 힘없이 앉아 있었습니다.

봉글봉글 작은 연못 가득 연꽃 속에서 연꽃왕자들이 툭 툭 튀어나와 앉았습니다.

"담맛다쟈 보살님. 저희는 '네 가지 덕을 가진 사람은 만들지 못하는데요.' 왕의 머리를 꾸며 주는 찻타파니라를 찾아가 보세요, 네?"

연꽃왕자들이 들어간 연꽃을 멍하니 보다가 찻타파니아 이발사를 찾아가 자초지종을 이야기했다. 그리고 대왕님 앞에 찻타파니아를 데려가 아뢰었습니다.

"대왕님, 이 찻타파니아가 네 가지 덕을 갖춘 동산지기입니다."

"찻타파니아, 너의 네 가지 덕을 말해 보라!"

찻타파니아 이발사는 왕에게 아뢰었습니다.

"대왕님, 저는 1) 미워함이 없고 2) 술을 마시지 않으며 3) 애정이 없고 4) 성내는 마음이 없습니다."

"찻타파니아, 그것을 게송 1)로 답하라!"

한 여자 때문에 난
왕으로서 사법관을 결박 지었네.
그 때부터 사리분별을 하고 미워함을 거뒀네.

"게송 2)로 답하라!"

내가 왕이었을 때 난
몹시 취하여 내 아들의 살을 먹었네.
그 충격으로 술을 마시지 않네.

"게송 3)으로 답하라!"

내 이름이 키타바사였을 때 내 아들이
벽지불의 쇠바루를 부수고는 그만 죽고 말았네.
그때부터 애정이 없네.

"게송 4)로 답하라!"

난 아라카 선인으로 7년 동안을 자비심 닦고,
7겁 동안을 범천에 났었네.
그 후부터 성냄이 없네.

이렇게 차타파니아가 네 가지 덕을 다 말했을 때, 왕은 신하들에게 신호를 하여 남을 모함하기 좋아하고 부정부패를 일삼는 카라카를 체포하게 하였습니다. 그 후부터 왕은 '가짜 신하와 진짜 신하'를 구별해 낼 줄 아는 현명한 왕으로서 나라를 잘 다스렸다 합니다.

◐ 생각 키우기

이 전생 이야기는 부처님이 죽림정사에 계실 때, 부처님을 해하려는 제발달다에 대해 말씀하신 것이다. 그 때의 그 카라카는 제발달다요, 그 차타파니 이발사는 저 사리불이며, 그 담맛다쟈는 바로 부처님의 전신이었다. 평소에도 남을 해하지 않고 착하고 좋은 복을 짓는 것은 후생에 또 다시 이어질 좋은 인연을 잇는 일이다. 〈본생경 제220화 법당의 전생이야기〉

**普賢心 · 禹点任**

아호는 점임이고, 불명은 자은심이며, 단국대학교대학원 문예창작(아동문학)을 전공했다. 오늘의 동시문학에 동시 〈바람 리모콘〉으로 등단 후, 단국문학상 동시부문 신인상, 서울문화재단 창작지원금 수혜, 경남아동문학상을 수상하고 현재 작가 활동 중이다.

# 메추리 보살의 전생이야기

정 소 영〈유수〉

이 전생 이야기는 부처님이 가비라성 가까이에 있는 용수원에 계실 때 들려주신 이야기입니다.

옛날 부라후마닷타 왕이 바라나시에서 나라를 다스리고 있을 때였어요.

보살이 메추리로 태어났어요.

보살은 몇 천 마리의 메추리들과 함께 어느 숲속에 살고 있었어요.

메추리들은 숲 속에서 행복하게 살았어요.

어느 날 사냥꾼이 나타났어요.

사냥꾼은 메추리들이 모여 사는 곳을 발견했어요.

"야아, 수 천 마리가 모여 사네! 이거 웬 횡재야."

사냥꾼은 메추리들이 들을 새라 아주 적은 목소리로 혼자 말했어요. 어깨가 들썩들썩 신바람이 났어요.

그때 기발한 생각이 떠올랐어요.

사냥꾼은 메추리들이 모여 사는 곳으로 살금살금 다가갔어요. 그리고는 메추리가 우는 흉내를 내었어요. 메추리들이 그 소리를 듣고 사냥꾼 가까이로 모여들었어요. 사냥꾼은 재빨리 메추리들이 모여 있는 곳으로 그물을 던졌어요. 놀란 메추리들이 날개를 퍼덕거리며 그물 속에서 바둥거렸어요. 사냥꾼은 신이 나서 잡은 메추리들을 조롱 속에 넣었어요. 집에 돌아와 그 메추리들을 팔았어요.

어느 날 메추리로 태어난 보살이 메추리들에게 말하였어요.

"저 사냥꾼은 우리 동족들을 모두 멸망시킨다. 나는 사냥꾼이 우리를 잡을 수 없는 한 가지 방법을 알고 있다."

"어떤 방법인데요?"

하고 메추리들이 궁금해서 물었어요.

"지금부터 사냥꾼이 우리 위에 그물을 던지거든 모두 머리를 그물코에 넣어 그 그물을 통째로 들어 아무데로나 가지 말고 가시 덤불에 던져 버려라. 그렇게 하면 우리는 그 그물에서 벗어날 수 있을 것이다."

"정말 좋은 생각입니다."

메추리들은 모두 찬성했어요.

이튿날 사냥꾼이 와서 그물을 던졌어요. 메추리들은 보살 메추리가 시킨 대로 그물을 들어다 가시덤불에 던져 버리고 각기 그물 밑으로 빠져나와 후다닥 달아났어요.

"아니, 요것들이 별일이네!"

사냥꾼은 화를 내며 그물을 걷었어요. 해가 저물 때까지 그물을 걷어야 했어요. 온 몸이 땀으로 젖었어요.

"빈손으로 돌아가다니. 재수 없네."

사냥꾼은 생각할수록 화가 나서 씩씩거리며 집으로 돌아갔어요.

그 이튿날도 메추리들은 사냥꾼이 그물을 던지자 전날과 똑같이 하였어요. 사냥꾼은 해가 질 때까지 그물을 벗기다가 빈손으로 돌아가야 했어요.

아내는 얼굴을 찌푸리며 버럭 화를 냈어요.

"아니, 당신은 날마다 빈손으로 돌아오시네요. 무슨 좋은 일이라도 있는 모양이네요!"

하고 아내는 입을 삐죽거리며 사냥꾼을 비꼬듯이 말했어요.

"다른 무슨 좋은 일이 있겠소. 그런데 저 메추리들은 모두 한마음으로 서로 단결하여 일을 잘 처리하는 군. 내가 그물을 던지면 서로 힘을 합하여 그것을 들어다 가시덤불에 던져버리지 않는가."

사냥꾼은 곰곰이 생각을 하다 다시 말했어요.

"메추리 떼가 계속 화합할 수는 없을 거네. 걱정할 것 없네. 그 놈들이 다툴 때 한 마리도 남기지 않고 다 잡아와 당신을 즐겁게 하겠네."

사냥꾼은 신이 나서 노래를 불렀어요.

화합하면
메추리들은 그물을 들고 가고
다투면
메추리들은 다 내손에 들어오리

며칠 뒤에 메추리 한 마리가 모이를 찾아가다가 그만 다른 메추리의 머리를 짓밟았어요.

"아야! 누가 내 머리를 밟았어?"

하고 메추리는 화가 나서 소리쳤어요.

"내가 잘못해서 그랬으니 화내지 말게."

머리를 밟은 메추리가 사과했어요. 하지만 성낸 메추리는 더욱 더 화를 내며 또 소리쳤어요.

"너는 그물을 드는 척만 하던 놈이야. 우리가 무겁게 들고 있는데도 너는 흉내만 내고 있는 것을 내가 모를 줄 알아?"

머리를 밟은 메추리는 어이가 없었어요. 눈앞이 캄캄해지도록 억울해서 화가 벌컥 났어요.

"참자참자 했더니. 뭐라고? 내가 그물을 안 들었다고? 말도 안 되는 소릴 하고 있네."

둘은 서로 한참을 다투었어요. 서로 머리를 박고 발가락으로 할퀴어서 피가 났어요.

그 모습을 지켜 본 보살 메추리는 쓸쓸한 목소리로 말했어요.

"다투기를 좋아하는 자에게는 결코 행복이 있을 수 없다. 저들이 다투어서 그물을 들지 못하게 될 때에는 큰 멸망이 올 것이요. 사냥꾼은 좋은 기회를 얻을 것이다. 나는 여기서 살 수 없다."

보살 메추리는 제자들을 데리고 다른 곳으로 갔어요.

며칠 뒤 사냥꾼이 또 메추리들이 사는 곳으로 왔어요. 사냥꾼은 메추리들이 우는 흉내를 내었어요. 메추리들이 모이자 그 위에 그물을 던졌어요.

메추리 한 마리가

"네가 그물을 들 때 내 머리털이 빠졌단 말이다. 넌 힘을 안 쓰고 있어. 이젠 네가 그물을 들어라."

다른 메추리 한 마리가

"네가 그물을 들 때 내 두 날개털이 빠졌어. 그러니까 이번에는 네가 들어라."

메추리들은 서로 다투었어요. 서로 그물을 드는 것을 미루었어요.

"옳지! 내가 생각한 대로 되었다."

사냥꾼은 그물을 힘껏 잡아당겼어요. 메추리들을 모두 잡아 집으로 돌아갔어요.

아내가 몹시 기뻐하였어요.

이야기를 마치신 부처님은 왕에게 말했어요.

"대왕님, 이와 같이 동족끼리 싸워서는 안 됩니다. 실로 싸움이란 멸망의 근본입니다."

그리고 전생과 현생을 연결시켜서 다시 말씀하셨어요.

"그 때의 저 미련한 메추리는 저 제바달다요. 그 현명한 메추리는 바로 나였다."

◐ 생각 키우기

1) 메추리로 태어난 보살이 말한 사냥꾼이 메추리들을 잡을 수 없는 한 가지 방법은 어떤 방법이었나요?

2) 메추리들이 서로 다투게 되자 어떻게 되었나요?

3) 보살 메추리는 제자들을 데리고 다른 곳으로 갔습니다. 그 이유는 무엇일까요?

4) 만약 내가 메추리 떼 중의 하나였다면 어떻게 행동하였을까요?

5) 이 이야기를 읽고 어떤 생각이 들었나요?

〈본생경 제33화 화합의 전생 이야기〉

**裕樹 · 鄭昭榮**

공주교육대학을 졸업하고 조선대학 대학원에서 「한국 전래동화 탐색과 교육적 의미」로 국문학박사 학위를 받았다. 동화 「달꽃과 아기몽돌」로 《아동문예》에 등단했으며, 연구사, 장학사를 거쳐 현재 초등학교 교감으로 있다.

# 나눔으로 찾은 행복

정 혜 진〈반야심〉

옛날 인도의 갠지스 강 왼쪽 둔덕에 바라나시라는 도시국가가 있었습니다. 바라나시를 다스리는 범여왕은 의심이 참 많았습니다. 자기 아들인 왕자까지도 믿지 않았습니다.

'내 아들이 왕의 자리를 차지하려고 반란을 일으키려하는구나, 이대로 두면 안 되겠다.'

의심에 사로잡힌 왕은 당장 명령을 내려 왕자를 나라 밖으로 멀리 내쫓아버렸습니다.

아버지에게 쫓겨난 왕자는 너무나 슬펐습니다. 그렇지만 어떻게 할 수가 없었습니다.

왕자는 아내를 데리고 이웃나라로 갔습니다. 그리고 자기를 아무도 알아차리지 못한 어느 깊은 마을로 들어가 조용히 살았습니다.

그러던 어느 날 범여왕을 모시던 대신이 왕자를 찾아왔습니다.

"왕자님, 대왕님이 돌아가셨습니다. 어서 바라나시로 가셔서 왕의 자리를 이어받으셔야 하옵니다."

왕자는 아버지가 돌아가셨다는 말을 듣고 아내를 재촉했습니다.

"여보, 어서 바라나시로 가야겠소. 아버지가 돌아가셨다하오. 서두릅시다."

왕자는 아내와 같이 바라나시를 향해 길을 떠났습니다. 한참을 걷다보니 배가 고팠습니다. 아내도 배가 고파서 힘없이 뒤따라왔습니다.

한참동안을 걸어가고 있을 때였습니다. 함께 길을 가던 사람이 밥이 든 부대를 건네주었습니다.

"배가 고프신 것 같은데 이걸 나눠 드시지요."

"예, 고맙습니다."

부대 밥을 받아든 왕자는 먹을 것을 보니 혼자 먹어야겠다는 욕심이 생겼습니다. 그래서 꾀를 냈습니다.

"여보, 이곳은 도둑이 아주 많은 곳이니, 어서 앞서서 빨리 걸으시오."

아내는 아무 말 없이 왕자를 앞질러 걸어 나갔습니다. 왕자는 그 틈에 부대에서 음식을 꺼내 혼자만 다 먹어버렸습니다.

음식을 다 먹은 왕자는 걸음을 빠르게 옮겨 앞서가는 아내를 따라잡았습니다. 왕자의 손에 밥 부대가 있는 것을 보고 아내가 물었습니다.

"그 밥 부대 어디서 났소? 나랑 나눠 먹읍시다."

왕자는 태연하게 거짓말을 했습니다.

"지나가던 사람이 빈 부대를 줬소. 자, 이걸 보시오."

왕자가 빈 부대를 흔들어 보이자 아내는 기분이 매우 나빴습니다. 왕자가 혼자만 음식을 다 먹은 것을 이미 눈치 채고 있었기 때문입니다.

아내는 먼 길을 같이 걸어오느라 둘이 다 배가 고픈 줄 뻔히 알면서 혼자만 음식을 먹어버린 왕자를 인정 없는 사람이라고 생각했습니다. 나눌 줄 모르는 왕자가 미웠습니다. 그러나 속으로 꾹 참고 미운 마음을 드러내지 않았습니다.

바라나시에 도착한 남편은 아버지 뒤를 이어 왕위에 올랐습니다. 아내는 그 나라의 왕비가 되었습니다.

"당신은 내 덕에 왕비가 된 줄 아시오."

왕은 자기만 잘났다고 뽐냈습니다. 왕비를 존경하거나 잔치를 베풀어주지도 않았습니다. 지금까지 자기를 위해 고생해온 아내를 무시했습니다. 왕비가 어떻게 지내고 있는지 살펴주지도 않았습니다.

'나는 왕을 위해 최선을 다해 살았는데, 자기 밖에 모르다니 너무해.'

왕비는 속이 부글부글 끓었습니다. 그러다가 마음에 병까지 얻었습니다.

어느 날 왕비의 슬픔을 눈치 챈 대신이 찾아왔습니다.

"왕비님, 왕비님은 대왕을 존경하고 사랑하는데 모른척하시니

아주 힘이 드시지요?"

대신이 말하자 왕비는 불만을 늘어놓았습니다.

"대왕은 지금 나에게 아무 것도 주지 않고 있소. 지난 번 가시국에서 바라나시로 오는 도중에도 부대 밥을 받아서 혼자만 다 자셨소."

대신은 왕비의 한탄소리를 듣고 위로했습니다. 그리고 왕비에게 물었습니다.

"왕비님, 대왕 앞에 가서도 지금 그대로 말씀하실 수 있겠습니까?"

대신의 말에 왕비는 그렇게 할 수 있다고 대답했습니다. 대신은 왕비에게 왕이 있는 곳으로 오시라고 하였습니다. 그리고 자기는 먼저 궁궐로 돌아가 대왕 곁에 서 있었습니다.

왕비가 왕에게 다가오자 대신이 모른 척 말을 꺼냈습니다.

"왕비님은 참으로 인정이 없으십니다. 남에게 조금도 베풀 줄을 모르십니다. 우리 아버님께 드릴 헌옷이나 음식을 좀 주시면 안 되겠습니까?"

대신의 말을 들은 왕비는 화가 난 듯이 대답했습니다.

"왕이 나에게 아무 것도 주지 않는데 내가 그대에게 무엇을 줄 수 있겠소?"

"왕비님은 대왕 덕분에 왕비의 자리를 얻지 않으셨습니까?"

"왕으로부터 특별한 존경이나 대우를 받지 못하고 있는데, 왕비면 무엇하겠소? 왕은 이제 나에게도 그대에게도 아무 것도 주지 않고 있소. 그뿐만이 아니요. 왕은 가시국에서 바라나시로 오는 도중에 부대 밥을 받았으면서도 배고픈 나에게는 조금도 나눠주지 않고 혼자만 다 먹어버렸소."

왕비의 말을 듣고 대신은 깜짝 놀라는 척 대왕에게 여쭈었습니다.

"대왕님, 왕비님의 말씀이 사실이옵니까? 도저히 믿을 수가 없습니다."

대신의 말에 왕은 그 말이 사실이라고 대답했습니다. 대신은 때를 놓치지 않고 왕비에게 말씀드렸습니다.

"왕비님, 대왕님이 그렇게 싫어지셨으면 왜 여기 계십니까? 싫은 사람과 같이 있다는 것은 불행한 일입니다."

이번에는 대신이 왕의 눈치를 살피면서 말했습니다.

"대왕님께서도 왕비님을 좋아하지 않으신 것 같은데 싫은 사람과 같이 지내는 것은 고통스러울 것입니다."

대신은 다시 왕비를 향해 말을 이어갔습니다.

"사람은 누구나 자기에게 친절을 베푸는 사람과는 친하게 지내지만 냉정한 사람과는 친해지지 않는 것입니다. 그런 줄 아시고 왕비님은 여기를 떠나십시오. 왕비님처럼 인정이 많고 훌륭한 사람은 어디를 가든지 존경을 받을 것입니다."

왕은 대신의 말에 고개를 들지 못했습니다. 잠시 후 자리에서 일어나 왕비 곁으로 다가왔습니다.

"미안하오, 그동안 너무 내 생각만 했소. 왕비 마음을 아프게 한 것은 나눌 줄 모른 내 탓이오. 앞으로는 모든 것을 왕비에게 양보하고 나누어 주겠소."

왕은 진심으로 잘못을 뉘우치고 용서를 빌었습니다. 대신은 왕비를 향해 다시 말을 했습니다.

"대왕님의 뜻이 그러하오니 왕비님도 너그럽게 받아주십시오. 두 분이 행복하셔야 백성들도 평화롭게 지낼 것입니다."

재치 있는 신하의 지혜로 왕과 왕비는 그때부터 나누어 주는 가운데 행복이 있다는 것을 깨닫고, 서로 존경하며 화목하게 지냈습니다. 바라나시 백성들도 오랫동안 평화롭게 잘 살았습니다.

◐ 생각 키우기

다른 사람을 위해 봉사하고 나눔을 실천하면 내가 먼저 즐거워집니다. 그리고 내가 다른 사람을 칭찬하고 친절하게 대하다보면 나를 좋아하는 사람이 많이 생기게 됩니다. 서로를 위하고 작은 것도 나누면서 생활하는 가운데 기쁨이 찾아오는 것이지요. 배려하고 양보하는 태도를 익혀 즐겁고 행복하게 살아가도록 깨우침을 주는 이야기입니다. 〈본생경 제223화 부대 밥의 전생이야기〉

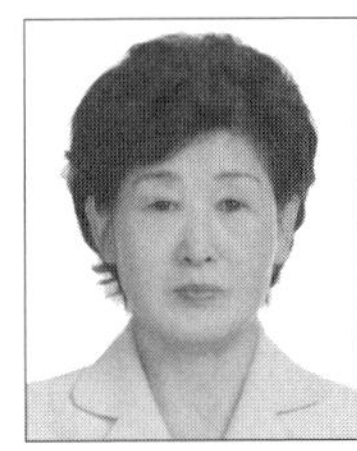

**般若心 · 鄭惠珍**

아동문에 동시 추천과 광주일보 신춘문예에 동화가 당선되었고, 세종문학상과 한정동 아동문학상, 전라남도문화상 등을 받았으며, 동시집 『해오름 빛살』 외 13권과 동화집 『스마일 캐릭터』 외 5권을 발간하였습니다. 한국문인협회, 한국아동문학인협회원, 전남여류문학회장으로 활동하면서 자연이 아름다운 화순에서 텃밭을 가꾸며 생활하고 있습니다.

# 제바달다와 대황 왕

장 지 현〈선행심〉

## 제1부

이 전생이야기는 부처님이 기원정사에 계실 때 제바달다에 대해 말씀하신 것입니다.

어느 마을에 제바달다라는 사람이 있었습니다. 그가 사람들에게 악행을 저지르며 부처님께 악의를 품은 지 9개월이 될 무렵입니다. 갑자기 하늘이 갈라지며 천둥 번개가 요동치더니 걷잡을 수 없는 회오리바람과 함께 땅이 흔들리기 시작했습니다. 그러더니 귀가 떨어져 나갈듯한 굉음과 함께 땅이 갈라지기 시작했습니다. 순간 검은 연기가 스멀스멀 올라오면서 한곳을 향해 순식간에 날아갔습니다.

검은 연기가 날아간 곳은 제바달다의 집. 방에서 잠자고 있던 제바달다의 온몸을 감싸 안았습니다. 갑자기 답답함을 느끼며 잠에서 깬 제바달다는 자신을 옭아맨 검은 연기에 놀라 두려움에 가득 쌓인 채 "악악 사람 살려, 사람살려줘 나 죽네 나죽어." 비명을 질렀지만 아무도 듣지 못했습니다.

제바달다가 아무리 발버둥, 몸부림을 쳐도 도저히 움직일 수 없었습니다. 순간 검은 연기가 제바달다를 더 옴짝달싹 못하게 둘둘 감은 채 하늘을 휙 날아가더니 자신이 나왔던 기원정사의 입구 갈라진 땅 속으로 다시 순식간에 들어가 버렸습니다.

검은 연기가 제바달다를 끌고 땅속으로 들어가자마자 신기하게도 땅은 마치 아무 일도 없었다는 듯 갈라졌던 자리가 말끔히 사라졌습니다. 다음날 소문은 기원의 주민과 백성들에게 순식간에 퍼졌습니다.

"세상에 소문 들었나? 제바달다가 사라졌다던데."

"검은 연기가 하늘을 휙 날아가는 걸 봤다는 사람이 있는데 혹시 저승사자 아닐까?"

"그럼 저승사자가 제바달다를 데려갔다는 건가?"

"그럴지도 모르지. 얼마나 못된 사람이었나. 사람들 돈 뺐고 때리고 술 마시고 행패부리고 더한 건 부처님을 욕하고 다닌 죄는 말도 못하지."

"그런 나쁜 놈은 잘 죽었지. 암 그렇고말고."

사람들은 이구동성으로 제바달다의 죽음을 기뻐하며 좋아했습니다. 이 소문은 차츰 퍼져 온 나라의 사람들과 야차, 귀신, 천인들에게까지 전해졌고 그들도 마찬가지로 매우 기뻐하였습니다.

그리고 며칠 뒤 비구들이 법당에 모여 제바달다의 죽음에 대해 얘기를 하였습니다.

"법우들, 사람들은 모두 부처님의 적인 제바달다가 땅 속에 빠져 들어가 죽었다고 하면서 매우 기뻐하고 있다네."

"오오, 그러한가."

비구들이 마을의 가장 큰 사건인 제바달다의 죽음에 대해 사람들이 기뻐한다는 소식을 서로 이야기하고 있을 때 부처님께서 들어오시며 그 얘기를 들으셨습니다.

그리고는 비구들에게 물으셨습니다.

"비구들이여, 그대들은 지금 무슨 이야기로 여기 모여 있는가?"

비구들은 부처님께 사실대로 말씀드렸습니다. 부처님께서는

"비구들이여, 제바달다가 죽었기 때문에 사람들이 모두 기뻐하며 웃는 것은 지금만이 아니요, 전생에도 그러했다."

고 그 과거의 일을 말씀하셨습니다.

## 제2부

옛날 바라나시라는 곳이 있었습니다. 그곳엔 대황이라는 왕이 있었는데 온갖 탐욕이 넘쳐흘러 나쁜 짓을 서슴지 않고 저질렀습니다. 갖가지 명목으로 재산을 몰수하고, 세금을 뜯어냈으며 가난하여 세금을 내지 못하는 사람들은 말로 형언할 수 없는 고문과

폭행으로 사람들을 괴롭혔습니다. 마치 기계로 사탕수수 즙을 짜는 것처럼 온갖 악독한 방법으로 사람들을 착취하며 동물 부리듯 학대했습니다. 사람들은 하루하루 눈물로 보냈습니다.

대황은 왕이지만 사람들을 동정하고 보살피기는커녕 악마와 같은 잔인하고 포악한 성질로 악명이 높았습니다. 그래서 남녀노소, 바라문, 거사, 모든 사람들이 왕을 마치 눈에 든 먼지인 듯, 밥에 든 돌인 듯, 혹은 손바닥을 찌른 가시처럼 진저리치며 미워하고 싫어했습니다.

그러던 차에 대황 왕의 아들이 태어났습니다. 사람들은 왕은 미웠지만 왕의 아들은 왕을 닮지 않기를 바라며 훗날 새로운 왕이 될 왕자를 위해 성심성의껏 선물을 준비해서 왕에게 바쳤습니다. 하지만 왕은

"이런 것을 선물이라고 가져왔느냐, 당장 갖다버려라. 네 놈이 낯짝이 있는 놈이냐. 대체 나를 뭐로 보고 이런 걸 선물이라고 가져왔느냐. 네 놈이 정녕 죽고 싶으냐!"

온갖 욕설을 퍼부으며 사람들이 갖고 온 정성어린 선물을 내동댕이 치거나 쫓아냈습니다.

사람들은 눈물을 흘리며 속으로 빌었습니다. '제발 왕자님은 어진 왕이 되어 저희를 굽어 살펴 주옵소서.'

오랫동안 대황 왕의 폭정 속에서 사람들은 점점 희망과 웃음을 잃어갔습니다.

어느 날 오후 갑자기 맑은 하늘에 먹구름이 끼더니 천둥 번개가

요란히 울리기 시작했습니다. 그때 낮잠을 자고 있던 대황 왕이 갑자기 숨을 거칠게 몰아쉬더니 가슴을 부여잡으며 그대로 급사를 하게 되었습니다.

대황 왕이 숨을 거두자 하늘에 낀 먹구름은 다시 걷히고 푸른 하늘이 얼굴을 내밀었습니다.

그때 멀리서 북소리가 울리기 시작했습니다. 둥둥둥둥둥……

"왕이 죽었다. 대황 왕이 죽었다."

누군가의 고함소리에 사람들이 우루루 쏟아져 나왔습니다. 그리고는 서로 손에 손을 잡고 큰소리로 웃고 손뼉을 치며 춤을 추기 시작했습니다. 왕의 장례식은 빠르게 진행되었습니다. 천대 수레의 섶을 태워 왕을 화장하고 수천 개의 병에 든 물로 그 불을 껐습니다. 그리고는 곧 관정식을 행하여 왕자를 왕에 나아가게 하였습니다.

대황 왕과는 다르게 어질고 인품이 있던 왕자이기에 사람들은 정의의 왕을 모시게 되었다며 축제의 북을 울리고 기를 달아 기쁜 마음을 표현했습니다.

훌륭하고 어진 왕이 될 분에게 경의를 표했습니다. 각 대신들뿐만 아니라 바라문, 거사, 문지기 등 모든 사람들이 꽃을 뿌리고 고개를 숙이며 새로운 왕에게 차례로 경의를 표했습니다.

그런데 그때 한 문지기가 흐느껴 우는 것을 새로운 왕이 보게 되었습니다. 그에게 천천히 다가가서는 물었습니다.

"문지기여, 사람들은 모두 아버지에게 학대받다가 그가 돌아가셨다고 모두 기뻐하며 서로 축하하고 좋아하는데 어찌 그대만 울고 있는가? 혹시 아버지가 그대에게만은 친절하고 잘해주었는가 아니면 그대는 아버지를 좋아했는가?"

왕의 물음에 문지기는 대답했습니다.

"아닙니다. 왕이시여 대황 왕이 돌아가셔서 제가 슬피 우는 것이 결코 아닙니다. 제가 우는 이유는 따로 있습니다. 대황 왕이 돌아가신 덕택으로 제 머리는 편하게 되었습니다. 대황 왕은 궁전을 출입하실 때마다 마치 대장장이가 쇠망치로 쇠를 두드리는 것처럼 제 머리를 여덟 번씩 때리셨습니다.

그 고통이 너무 무섭고 심해서 저 세상에 가셔도 제 머리를 때린 것처럼 염라왕의 머리를 때려서 오히려 염라왕이 대황 왕을 매우 귀찮은 존재라 생각하고 다시 이 세상으로 돌려보내시면 그래서 대황 왕이 제 머리를 다시 때릴까 너무 걱정이 돼서 우는 것입니다."

왕은 문지기의 얘기를 듣고는 가만히 위로하듯 말했습니다.

"대황 왕은 천 대 수레의 섶으로 화장하고 천 개의 병 물을 끼얹었으며 또 사방의 흙을 씌워 묘를 만들었느니라. 이미 저 세상에 간 사람은 다른 세상에 살기 때문에 본래의 몸으로 다시 돌아올 수 없느니라. 그러니 문지기여 두려워 할 것 없다."

왕의 말에 문지기는 위안을 얻었습니다.

대황 왕의 아들은 아버지와는 다른 정의로서 나라를 다스리며 보시 등 선업, 선정을 베풀다가 죽어서는 그 업보를 따라 다시 태어났습니다.

부처님은 이 이야기를 마치시고 다시 전생과 금생을 결부시켜 말씀하셨습니다.

"그때의 그 대황 왕은 지금의 저 제바달다요, 그 왕자는 바로 나였다."

고 말씀하셨습니다.

◐ 생각 키우기

모든 일에는 다 원인과 결과가 있습니다. 즉 과보, 인과가 있기 마련입니다. 악하고 잘못된 행동으로 다른 사람들을 괴롭힌다면 언젠가 자신도 똑같이 그 일을 당하게 되어 있습니다. 물론 선행을 베푼다면 마찬가지로 자신에게 좋은 일이 생기겠지요.

'자작지수무회피' 라는 말이 있습니다. 자신이 지은 일은 피할 수 없다는 뜻입니다.

좋은 일, 옳은 일을 많이 하는 건 다른 사람을 위해서도 또한 나 자신을 위해서도 꼭 필요합니다. 〈본생경 제240화 대황 왕의 전생이야기〉

**善行心 · 張旨見**

《문학세계》(2003), 《오늘의동시문학》(2006)
한국 동시문학(2009) 동시 당선
일러스트레이터 활동

동화로 쓴 본생경 · 6

# 난장이가 된 범여왕

2015년 9월 18일 인쇄
2015년 9월 25일 발행

엮은곳 : 한국불교아동문학회
엮은이 : 이 창 규
펴낸곳 : 대양미디어
펴낸이 : 서 영 애

서울시 중구 충무로5가 8-5 삼인빌딩 303호
등록일 : 2004년 11월 8일(제2-4058호)
전화 : (02)2276-0078

ISBN 978-89-92290-85-2 03810
값 10,000원

이 도서의 국립중앙도서관 출판예정도서목록(CIP)은 서지정보유통지원시스템 홈페이지(http://seoji.nl.go.kr)와 국가자료공동목록시스템(http://www.nl.go.kr/kolisnet)에서 이용하실 수 있습니다.(CIP제어번호 : CIP2015024616)